Myriane Angelowski ist 1963 in Köln geboren und zum Teil im Bergischen Land aufgewachsen. Nach der Schulzeit geht sie ein Jahr nach Israel, studiert anschließend Sozialarbeit und arbeitet danach mehrere Jahre als Referentin für Gewaltfragen. 2001 beginnt sie eine selbstständige Tätigkeit als Coach. Myriane Angelowski lebt und arbeitet in Köln. Im Emons Verlag erschien »Gegen die Zeit«.

Dieses Buch ist ein Roman. Handlungen und Personen sind frei erfunden. Ähnlichkeiten mit lebenden oder toten Personen sind rein zufällig.

MYRIANE ANGELOWSKI

TÖDLICHES IRRLICHT

KÖLN KRIMI

Emons Verlag

Umschlagzeichnung: Heribert Stragholz
Druck und Bindung: CPI – Clausen & Bosse, Leck
Printed in Germany 2009
ISBN 978-3-89705-632-9
Köln Krimi 36
Originalausgabe

Für meinen Vater. Für meine Mutter.
Und für Marie-Therese.

»Wer nach einem Irrlicht schlägt,
dem speit es Feuer ins Gesicht,
dass er davon stirbt.
Wer ein Irrlicht ausschlägt,
hat sich das Leben ausgeschlagen.«
Volksglaube

Prolog

Josef-Haubrich-Hof, Zentralbibliothek

Die Person fiel ihr auf. Grüner Lodenmantel, Hut mit breiter Krempe. Ungewöhnlich in der Stadt und dem Wetter nicht angemessen. Der Herbst war ziemlich mild. Lodengrün, wie sie die Gestalt insgeheim nannte, betrat seit Wochen jeden Nachmittag die zweite Etage. Schritt stundenlang die Regalreihen ab, zog hier und da ein Buch hervor, um sich anschließend an den immer gleichen Tisch zu setzen. Dort versank Lodengrün hinter der Lektüre, bis das Haus geschlossen wurde. Einmal hatte sie ihre Hilfe angeboten, aber keine Reaktion erhalten. War es Schüchternheit oder einfach schlechtes Benehmen? Sie konnte es nicht sagen. Jedenfalls machte sie keinen zweiten Versuch, schließlich tat Lodengrün nichts Verbotenes.

Auch an diesem Tag sah sie aus den Augenwinkeln den wehenden Mantel die Treppe hinaufeilen, als sie einer Lehrerin Kartenmaterial über das Kölner Umland zur Römerzeit zusammenstellte. Sie registrierte, dass Lodengrün die Regalreihen durchforstete und Bücher mit zu dem Platz in der Ecke nahm. Aber sie vergaß die Gestalt in der Ecke bald wieder. Erst als sie am Abend ihren Routinerundgang durch ihre Abteilung machte, bemerkte sie die Bücher, die auf dem Stammplatz lagen. Entgegen bisheriger Gewohnheiten waren sie nicht weggeräumt. Sogar die Leselampe brannte noch, und als sie näher kam, sah sie den Schlapphut auf dem Sessel liegen. Suchend schaute sie sich um. Vielleicht war Lodengrün kurz zur Toilette. Sie betrachtete das Buch, das aufgeschlagen auf dem Tisch lag. Entsetzt stellte sie fest, dass eines der Kapitel rot unterstrichen war. Wie konnte jemand Stadteigentum derart behandeln? Doch dann legte sich ihre Entrüstung. Neugierig geworden begann sie zu lesen:

»Im Dezember des Jahres 1589 blies der Wind den sechsten Tag eisig von Cölln-Deutz. Die Gesichter der Alten bekamen tiefere Falten

vor Gram, und niemand konnte es ihnen verdenken. In ihrer Erinnerung waren die letzten Unglücke noch wach. Und eines war sicher: Sie erkannten Unheil, wenn es sich ankündigte.

Denn wieder lag ein regenreicher und kühler Sommer hinter den Bewohnern Cöllns und den umliegenden Grafschaften. Im Herbst waren die Weinstöcke erfroren, und nach der Missernte auf den Feldern stieg der Roggenpreis beängstigend. Der Cöllner Rat lamentierte und zögerte das Zukaufen von Getreide auf dem Amsterdamer Markt heraus. Er wollte nicht abermals vierzigtausend Gulden bereitstellen, wie im Winter 1571, als man die Bevölkerung vor dem Hungertod bewahren musste.

Für Elßbeth Vischer war die Not der hohen Herren ohne Belang. Der Tod erwartete sie heute in den kalten Fluten des Rheins. Da halfen weder Fürbitten noch Geifer.

Während dichte Schneeflocken am kleinen Fenster des Frankenturms vorbei zur Erde schwebten, kauerte Elßbeth nieder, zitternd am ganzen Leibe, und überlegte, wann das Elend seinen Lauf genommen hatte. Und ganz gleich, wie sie ihre Gedanken drehte, sie endeten immer bei Theis und seinen moosgrünen Augen. Ach, hätte sie doch nie mit ihm bei Kräutergebäck und Wein gesessen!

Lieb reden, darauf hatte sich der Junker verstanden. Sein Gesäusel war süßer als der Honig vom Jahrmarkt. Zum Lachen hatte er sie gebracht, den ganzen kalten Februar hindurch. Und als er sie wieder einmal spät, die Stadttore waren längst geschlossen, zu ihrem Quartier in der Follerstraße geleitete, hatte sie ihn in ihre Kammer neben dem Walkhaus geschleust. Konnte er doch so spät unmöglich noch nach Deutz gelangen. In dieser Nacht hatte sie sich ihm hingegeben. Wegen seiner Augen und wohl auch weil er ihr die Sterne versprach.

Bevor die Hähne krähten, hatte Theis die Bettstatt verlassen, und Elßbeth wandte sich ihrem Tagwerk zu. Sie stampfte Tücher in Walktrögen und spannte die verfilzten Stoffe auf. Dabei summte sie und war in Gedanken bei ihrer Liebelei, träumte von einem Leben mit Theis, in dem sie feinstes Gewebe trug. Sie lächelte unentwegt, denn der edle Jüngling schlich sich noch so manche Nacht herbei.

Um Pfingsten bemerkte sie dann, dass ihr der Leib rund wurde, und zu ihrem großen Kummer blieb Theis nun aus. Ihr Summen verstummte, und Elßbeth spürte die Blicke der anderen Mägde und wusste, dass sie hinter ihrem Rücken gemein über sie schwatzten. Mit Argusaugen hingen sie an ihrem Bauch. Tuschelten. Fragten jeden Tag, warum Theis nicht mehr käme und warum sie dick wurde. Elßbeth schnürte den Kittel straffer und schwor den Mägden bei Gott, dass sie kein Kind trage. Immer und immer wieder.

Dann, an Allerseelen, war sie nachts hochgeschreckt. Sämtliche Glieder hatten ihr gebrannt, und sie war halb ohnmächtig vor Qual und Angst. Das Kind presste sie vor der Dämmerung unter Schmerzen hervor. Und auch weil der Bub unaufhörlich schrie, drückte sie ihm die Hand auf die Lippen. Da war er blau geworden. Blau und still. Entsetzt hatte sie ihn an sich gepresst. Ihn im Arm gewiegt. Leise weinend Kinderlieder gesummt, die halbe Nacht. Dann war die Angst gekommen.

Wie im Wahn und voller Hast hatte sie sich mit dem Knaben zur Kammer rausgestohlen, ihn zum Perlenpfuhl getragen und hineingeworfen. Unglücklicherweise sah sie einer der Kloakenreiniger, der gerade eine Grube aushob. Er fasste sie unsanft und schleifte sie auf der Stelle zum Greven. Von der Stunde an war sie als Kindsmörderin verschrien und wegen ihrer Untat zum Tode verurteilt worden. Tod durch Ertränken. Ihre Schuld galt schnell als erwiesen. Heute nun sollte der Richterspruch vollstreckt werden.

Elßbeth jammerte und klagte. Ihr Weinen wurde noch lauter, als sie am Mittag bei Eiseskälte, nur mit einem groben Leinen bekleidet, unsanft auf einen Karren gezerrt und durch die Salzgasse, an den Bettlerherbergen vorbei, zum Stadttor hinausgefahren wurde. Sie schrie vor Verzweiflung, als man sie auf einen Nachen stieß, der von Schneegestöber begleitet auf die Mitte des Rheins hinausfuhr. Dort riss ihr der Büttel das Linnen vom Leib. Noch ein letztes Mal bettelte sie um ihr Leben, aber der Henker zeigte keine Gnade und stieß sie in die eisigen Fluten.

Tags darauf notierte ein Turmschreiber: ›Am 13. Dezember ist Elßbeth Vischer wegen ihrer Untat, dass sie ihr Kinde umbrachte, am Rhein zu Cölln bei der Salzgasse aufs Wasser gefahren und ertränkt worden.‹«

Sie klappte das Buch zu, raffte die anderen Werke vom Tisch und sortierte sie ein. Als ihre Kollegen nach ihr riefen, nahm sie schnell den Hut und legte ihn zu den anderen Fundsachen hinter die Informationstheke. Sie war sich sicher, dass Lodengrün ihn abholen würde. Doch das geschah nicht. Nicht am nächsten Tag und nicht am übernächsten. Zuerst wunderte sie sich darüber. Aber dann kam ihr ein Gedanke. Wahrscheinlich hatte Lodengrün das Gesuchte gefunden. In einer ruhigen Minute nahm sie das Buch erneut aus dem Regal. Sie fand die markierte Stelle sofort und las den Text noch einmal. Doch für sie war es nur eine Abhandlung zu einer dunklen Zeit der Kölner Stadtgeschichte. Achselzuckend stellte sie das Buch schließlich zurück, schüttelte den Kopf und vergaß die ganze Angelegenheit.

EINS

Eulenthal, Bergisches Land

Die Kinder traten in die Pedale, ließen die Gehöfte hinter sich und bogen auf einen Waldweg ab. Schlamm spritzte gegen die Rahmen ihrer Mountainbikes. Nach wenigen Metern wurde der Hügel steiler, und sie mussten sich mit aller Kraft gegen den Herbstwind stemmen, der hier oben blies. Doch schon auf halber Strecke gaben die beiden Jungs auf, sprangen beinahe gleichzeitig von ihren Rädern und schoben sie weiter.

Für Lilli kam absteigen nicht in Frage. Sie machte einen Buckel, hing dabei mit der Nasenspitze fast auf der Lenkstange und kämpfte gegen die Steigung. Die bunten Bänder an den Griffen flatterten, während sie sich Zentimeter um Zentimeter vorschob. In ihrer Phantasie veränderte sich die Umgebung. Mulden wurden zu Kratern, Tannen zu feindlichen Spähern und keckernde Elstern zu Dienern des Bösen. Und auf einmal war er da, getragen von einer rosa Wolke: Slifer der Himmelsdrache. Stark. Furchtlos. Seine Nüstern verströmten glühenden Dampf, während sie auf seinem Rücken den Berg hinaufschwebte. Mit einem kräftigen Flügelschlag erreichten sie den Gipfel der düsteren Welt. Slifer setzte Lilli ab.

»Warte auf uns«, keuchte Jesse. Die piepsige Stimme des Freundes verjagte den Drachen.

Lilli lehnte ihr Rad gegen die Zweige einer mächtigen Tanne. Nieselregen setzte ein. Das Laub unter ihren Turnschuhen wurde feucht und glitschig. Ihr kam es wie eine Ewigkeit vor, bis ihre beiden Freunde die Anhöhe erreichten und sich wortlos neben sie hinter den Wachholderbusch fallen ließen. Von hier oben konnten sie das Haus gut sehen.

Jetzt, im diesigen Licht des späten Nachmittags, wirkte das Gebäude noch düsterer, als sie es in Erinnerung hatte. Lilli schob ihre Baseballkappe tiefer in die Stirn und betrachtete das Haus. Nirgends brannte Licht. Ein weißer Mercedes parkte in der Auffahrt. Auf den Stufen zum Wintergarten lagen zwei pralle Kürbisse, ansonsten wirkte das Grundstück verlassen. Der nächste Nachbar war über einen Kilometer entfernt.

Lilli fröstelte, rieb sich die Hände und atmete erleichtert auf, als sie in der Seitentasche ihres Anoraks den Dunklen Magier fühlte. Sie glaubte fest daran, dass ihr diese Yu-Gi-Oh!-Sammelkarte Zauberkräfte verlieh. Nur deshalb hatte sie sich die Spielkarte von ihrem Bruder geborgt. Geborgt war vielleicht der falsche Ausdruck. Lennart wusste nicht, dass sie sich den Dunklen Magier aus seiner Box genommen hatte. Lilli kaute auf ihrer Unterlippe und schob die Gedanken an Lennart beiseite.

Immerhin kannte sie das Haus, das sie nun schon seit einer geschlagenen Viertelstunde beobachtete. Großtante Fine hatte bis zu ihrem Tod dort gelebt. Die meisten Erinnerungen an sie waren verblasst. Außerdem dachte Lilli nicht gerne an die Besuche. Das alte Landhaus hatte immer dunkel und wenig einladend auf sie gewirkt. Altmodische Möbel, Geweihe an den Wänden. Alles behaftet vom Geruch muffiger Mottenkugeln und Zigarettenqualm. Tante Fine hatte das Rauchen nicht lassen können. Auch nicht, als die Ärzte Lungenkrebs feststellten. Jetzt war die alte Frau bei Gott, und ein Professor aus Köln bewohnte das Haus. Lillis Eltern hatten es ihm verkauft.

»Will jemand einen Kaugummi?«

Lilli ließ sich von Jesses Frage nicht ablenken. In Gedanken war sie in den letzten Tagen hundertmal im Haus gewesen, durch den Wintergarten ins Wohnzimmer gehuscht und hatte dort einen Gegenstand vom Schreibtisch genommen. Nichts Wertvolles. Vielleicht einen Kugelschreiber. Oder eine kleine Figur. Egal was, es musste nur in ihre Tasche passen. Danach raus. Mutprobe bestanden. Ein Kinderspiel. Im Geiste jedenfalls.

»Bist du endlich so weit?«, fragte Leon.

»Alles klar.«

»Hast du noch Fragen?«

»Nö«, log sie.

Natürlich hatte sie noch Fragen. Immerhin war der alte Professor zu Hause. Das war so klar wie Kloßbrühe. Angeblich konnte er nicht aufstehen. Ein Hexenschuss fesselte ihn ans Bett, bewegen konnte er sich nur unter Schmerzen. Aber was, wenn die Information falsch war? Und nicht zu vergessen Stanley. Den Zwinger konnte man von hier oben nicht sehen. Was, wenn der alte Mann den Schäferhund wegen seiner Krankheit im Haus hielt?

»Der Professor liegt im Bett«, sagte Jesse, als könnte er Lillis Gedanken lesen. »Mein Vater war gestern Morgen bei ihm. Der kann sich kaum bewegen. Ehrenwort.«

»Und Stanley liegt bestimmt in seiner Hundehütte.« Leon klang ungeduldig. »Mach jetzt. Ich frier mir sonst noch was ab.«

Sie stellten sich in einem Kreis zusammen und legten jeweils ihre rechte Hand aufeinander. Die Freunde schwiegen feierlich und schlossen die Augen. Lilli blinzelte und schielte auf die schwarzen Lederarmbänder an den Handgelenken der Jungen. Bald würde sie das gleiche Erkennungszeichen tragen.

Wenige Minuten später lief sie im Schutz der einbrechenden Dämmerung in gebückter Haltung los. Ihr Herz klopfte bis zum Hals. Und augenblicklich war er wieder da. Slifer. Der Himmelsdrache spreizte seine Flügel, trug sie den Hang hinunter, flog mit ihr über den Jägerzaun, setzte sie vor dem Haus ab und lauschte. Es war still. Vom Höllenhund keine Spur.

Der Drache berührte die Türklinke und stockte. Der Griff war eiskalt. Slifer schrumpfte und verschwand genauso schnell, wie er gekommen war. Einen kurzen Moment spielte Lilli mit dem Gedanken, umzukehren. Aber was würde Jesse sagen? Und Leon? Sein hämisches Grinsen konnte sie sich genau vorstellen.

Sie dachte an den Dunklen Magier. Er konnte einen unsichtbar machen. Wirklich. Sie holte ihn hervor, schloss die Augen und spürte, wie Kraft und Mut ihren Körper durchströmten. Jetzt musste sie sich beeilen. Der Zauber hielt nicht ewig. Lilli behielt den Magier in der Hand, holte tief Luft und öffnete die Tür. Zielstrebig durchquerte sie den Wintergarten, gelangte geräuschlos in die Diele, betrat das Wohnzimmer und stockte. Sie erkannte es nicht wieder.

Die Geweihe waren verschwunden, ebenso die schweren Eichenmöbel und auch die schlammgrünen Fliesen. Stattdessen erstrahlten die Wände in sonnigem Gelb, dunkle Dielenbretter bildeten einen behaglichen Kontrast zu den hellen Holzmöbeln. Nur der Mief war geblieben. Mottenkugeln und Zigaretten, gepaart mit einem Geruch, den Lilli nicht zuordnen konnte. Sie verzog das Gesicht und lauschte.

Alles blieb ruhig. Kein Stanley. Kein Professor.

Vorsichtig bewegte sie sich vorwärts, den Dunklen Magier fest in der Hand, und sah sich um. An den Fenstern hingen schwere Stoffgardinen. Sie reichten bis zum Boden. Die Tür zum Schlafzimmer war geschlossen.

Ihr Blick fiel auf einen überdimensionalen Schreibtisch vor dem Fenster. Nimm etwas und raus hier!, befahl sie sich. Drei Schritte, und sie stand davor. Lose handbeschriebene Seiten, Bücher, ein Laptop und ungeordnete Unterlagen.

Lilli entdeckte einen kleinen Holzelefanten. Er stand vor einer durchsichtigen Vase, in der gelbe Rosen welkten. Sie griff nach der Figur und steckte sie in die Hüfttasche ihrer Jeans. Dabei stieß sie mit dem Ellenbogen gegen einen Stapel Papier. Einige Blätter rutschten und segelten zu Boden.

Die Zauberkraft des Magiers bröckelte.

Lilli bückte sich und raffte die Papiere zusammen. Dabei fiel ihr Flummi aus der Tasche und hüpfte über den Boden. Sie starrte dem bunten Ball nach. Der Flummi sprang, einmal, zweimal, dreimal, und kullerte gegen die Badezimmertür. Sie stand einen Spalt offen. Lilli bemerkte es erst jetzt. Hielt die Luft an. Der Ball rollte auf die kaffeebraunen Bodenfliesen, verschwand, um nach langen Sekunden wieder in der Tür zu erscheinen, wo er schließlich liegen blieb.

Lilli schluckte.

Jetzt war sie nicht länger unsichtbar. Schweißperlen sammelten sich auf ihrer Nase. Sie legte die Blätter achtlos auf den Schreibtisch und schnellte, ohne lange zu überlegen, vor. Fünf geräuschlose Schritte. Ein Sprung, der nicht besonders präzise war. Sie verlor die Balance und prallte gegen die Badezimmertür, die quietschend aufschwang. Der Dunkle Magier segelte zu Boden. Lilli bemerkte es nicht und achtete auch nicht auf die Fliegen, die sie umschwirrten. Ihr Blick war starr auf die Badewanne geheftet. Eine weiße knochige Brust ragte aus dem Wasser. Ein Arm hing über dem Wannenrand.

Lillis Stimme war hauchdünn. »Herr Professor?«

Er schien sie mit offenem Mund anzustarren. Aber er rührte sich nicht.

Mechanisch ging sie in die Hocke, ohne den alten Mann aus den Augen zu lassen, und griff nach ihrem Flummi. Anschließend drehte sie sich um die eigene Achse, nahm zu viel Schwung und fiel zur Seite. Ein Luftzug wehte den Vorhang neben dem Fenster leicht zurück, und in diesem Augenblick sah sie die Schuhspitzen. Schwarz. An den Seiten klebte Matsch. Unbeweglich standen sie hinter der Gardine.

Lilli war sekundenlang wie erstarrt, bis sich die Schuhe bewegten. Wenige Millimeter nur, aber ihr war es nicht entgangen. Sie löste sich aus ihrer Lähmung. Gleichzeitig schrie sie laut auf, durchquerte das Wohnzimmer, erreichte die Diele und rannte aus dem Haus. Lilli schrie und lief, drehte sich nicht um. Stolperte die Böschung hinauf, zu ihrem Fahrrad und floh den Hügel hinab. Sie hatte keinen Blick für die verdutzten Gesichter ihrer Freunde, und sie sah erst recht nicht die Gestalt, die ihr von der Veranda des Professors aus nachstarrte und dabei den Dunklen Magier in der Hand drehte.

Oberstraße

Als die dumpfen Schläge der Standuhr verhallt waren, übertünchte Hilla schnell noch ihre fahlen Wangen mit einem kräftigen Rouge, zupfte ihr Cocktailkleid in Form und warf einen kritischen Blick in den Spiegel. Wieder störte sie sich an ihren kräftigen Oberarmen und dem muskulösen Rücken, der die festliche Abendgarderobe aus ihrer Sicht sprengte. Egal. Sie stand auf, rückte ihren Push-up zurecht und eilte in die Küche.

Ein Blick zur Uhr verriet ihr, dass sie sich beeilen musste. Noch fünf Minuten. Sie nahm die vorgewärmten Schalen aus dem Ofen, verteilte die Morchelsuppe darauf und gab frittiertes Selleriegras darüber. Pünktlich um neunzehn Uhr dreißig war die erste von zwei Vorspeisen angerichtet und stand dampfend auf silbernen Platztellern. Kerzen brannten, und Hilla legte eine CD mit Cole-

Porter-Songs auf. Augenblicklich übertönte »I love Paris« das nervige Ticken der pompösen Standuhr. Die Gäste konnten kommen.

Doch niemand erschien. Um neunzehn Uhr fünfundvierzig ließ sich Hilla auf einen der Ledersessel fallen, die im Erkerfenster standen, begann an ihren Fingernägeln zu kauen und starrte in die Dunkelheit. Bei Tageslicht konnte man von diesem Platz aus den Rhein sehen. Jetzt verhinderten die Nacht und dichte Nebelschwaden die Aussicht auf den Fluss und verschluckten die Außenbeleuchtungen der Schleppkähne beinahe, die gemächlich vorüberzogen. Hilla leerte ihr Sektglas und schloss die Augen. Der Geruch von Sellerie und Morchelsuppe hing in der Luft. Sie versuchte, ihre Gedanken zu ordnen.

Am Morgen hatte Melissa, mit der sie den Tag verbringen wollte, kurzfristig abgesagt. Hilla hatte sich ihre Enttäuschung am Telefon nicht anmerken lassen. Ihre Tennispartnerin erwies sich als unzuverlässig. Wobei Hilla, wenn sie ehrlich war, zugeben musste, dass sie mit Melissa nicht wirklich befreundet war. Und es war auch nicht ungewöhnlich, dass Gerion sich nun verspätete. In den fünfzehn Jahren ihrer Ehe hatte er sie unendlich viele Stunden warten lassen. Meist wegen seiner Patienten. Ein Arzt ist kein Beamter, pflegte er zu sagen. Hilla schnitt eine Grimasse.

Dass ihr Schwiegervater noch nicht da war, erstaunte sie auch nicht weiter. Trotzdem sprach sie ihm eine Nachricht auf sein Band.

Hilla goss sich ein Glas Wein ein und entschied gegen halb neun, am Tisch Platz zu nehmen und die drei Teller Suppe zu leeren. Sie schlang nicht und saß kerzengerade. Die Morchelsuppe schmeckte ausgezeichnet, obwohl sie mittlerweile kalt war. Anschließend räumte sie ohne Hast die Teller ab, nahm die Gänselebermousse aus der Form und drapierte sie vorsichtig auf dem Balsamico-Zabaione-Spiegel. Sie aß auch diesen Gang. Dreimal. In aller Ruhe.

Danach räumte sie ab und trank vor dem Hauptgang ein großes Glas stilles Wasser. Sie wollte einen klaren Kopf behalten und setzte sich für einen Augenblick wieder ins Erkerfenster. Dicke Regentropfen platschten gegen die Scheiben und perlten ab. Hilla bemerkte es kaum.

Sie hasste ihre Geburtstage. Seit ihrer Kindheit hafteten diesem

Tag Enttäuschungen an. Ihre Mutter hatte ihn mehrmals vergessen oder Hilla bekam Dinge, die sie nicht haben wollte. Sie seufzte und kämpfte gegen die tiefe Traurigkeit an, die sie wie eine Welle zu überrollen drohte. Sie entkam ihren Emotionen, indem sie aufstand und einer plötzlichen Eingebung folgend die Kellertür öffnete und ins Gewölbe hinabstieg. Im spärlichen Licht entdeckte sie schnell, wonach sie suchte. Da lag er. Der Bordeaux. Jahrgang 1950. Hilla strich über das verstaubte Etikett. Diese Flasche war eine Rarität und kostete ein paar hundert Euro. Gerion hatte den edlen Tropfen ersteigert und sich wie ein Schneekönig über den Zuschlag gefreut. Seitdem hütete er den Wein wie einen Schatz. Hilla nahm ihn vorsichtig in beide Hände, ging nach oben, entkorkte die Flasche und richtete den Hauptgang an.

Bevor sie dreimal Strudel vom Schwarzfederhuhn mit Sahnekraut in kleinen Portionen aß, kostete sie den Edelwein und schmolz dahin. Anschließend begann ihr Magen zu rumoren. Doch Hilla aß weiter, zerschnitt einen Mascarponekrapfen, löffelte die Cassiscreme und ignorierte die aufkommende Übelkeit. Erst nach der dritten Portion Nachtisch wurde ihr richtig schlecht. Hilla schaffte es gerade noch ins Bad. Dort brach sie das dreifache Vier-Gang-Menü wieder aus.

Anschließend fühlte sie sich besser und legte sich auf die Chaiselongue im Esszimmer. Als das Telefon klingelte, zuckte sie zusammen, machte aber keine Anstalten, den Hörer abzunehmen. Sie rührte sich auch nicht, als es eine gute halbe Stunde später an ihrer Haustür Sturm klingelte. Für heute wollte sie die restliche Welt nicht mehr ins Haus lassen.

Rudolfplatz

Lou öffnete die Tür zum Il Piatto, registrierte erleichtert die Wärme, die ihr entgegenschlug, und sah sich suchend um. Alex saß direkt am Fenster, stand auf, als er sie sah, und drückte ihr zur Begrüßung einen Kuss auf die Wange.

»Schön, dass du es noch geschafft hast.«

»Die Mädels wollten mich noch nicht gehen lassen«, sagte Lou. »Geburtstagsfeiern dauern bei uns normalerweise bis tief in die Nacht.«

»Ich bin froh, dass du dich loseisen konntest«, sagte er und strich sich das schwarze Haar zurück.

Lou blieb an seinen braunen Augen hängen. »Du hast doch schon gegessen, oder?«

»Nein, ich bin eben erst gekommen. Was ist mit dir?«

»Ich sterbe vor Hunger«, sagte Lou und riss sich von seinen Augen los. »Dieses neumodische Fingerfood macht doch nicht satt!«

Sie ließen die Speisekarte kommen, einigten sich auf Bruschetta con Parma als Vorspeise, bestellten außerdem Pizza und Rotwein.

Anschließend starrte Lou auf das rot-weiß karierte Tischtuch. Es war für beide eine ungewohnte Situation. Heute trafen sie sich zum ersten Mal allein. Es war überhaupt das erste Mal, dass Lou nach der Trennung von Henry eine Verabredung hatte. Dass sie Alex schon ewig kannte, vereinfachte die Sache nicht. Auch die Tatsache, dass er einer von Henrys Freunden war, machte die Angelegenheit eher kompliziert.

Alex zündete sich eine Zigarette an, um sie gleich wieder auszudrücken. Rauchverbot.

»Seit wann rauchst du denn?«, fragte Lou.

»Ich fasse das Zeug nur an, wenn ich angespannt bin«, antwortete er lächelnd. »Henry weiß nicht, dass wir uns heute treffen, oder?«

»Meinetwegen kann er es ruhig wissen. Schließlich gehen wir schon eine Ewigkeit getrennte Wege.«

Der Kellner brachte den Wein und schenkte ein. Anschließend stellte er die Vorspeise auf den Tisch.

»Spielt ihr denn immer noch Badminton zusammen?«, fragte Lou kauend.

»Jeden Samstagabend.«

Lou nippte an ihrem Glas und sah sich um. Die meisten Tische waren leer. Sie suchte krampfhaft nach einem Gesprächsthema. So hatte sie sich ihre Verabredung mit Alex nicht vorgestellt. Seit Wochen sprühten zwischen ihnen die Funken. Jede noch so kleine

Berührung war ihr wie ein Feuerwerk vorgekommen. Und jetzt? Sie spürte gar nichts, und was ihr fast genauso schlimm erschien, war, dass sie die Zähne nicht auseinanderbekam. Und das, wo sie sonst wirklich nicht auf den Mund gefallen war. Vielleicht hätte sie auf den Rat ihrer besten Freundin hören sollen. »Warum willst du denn mit Alex essen gehen? Geh mit ihm ins Bett und Feierabend.«

»So ein Typ bin ich nicht«, hatte Lou geantwortet und Hanna einen Vogel gezeigt, obwohl sie an nichts anderes denken konnte.

»Was denkst du?«, fragte Alex.

»Ach nichts.« Sie spürte, wie sie rot wurde, und konzentrierte sich auf die Bruschetta. Sekunden später klingelte ihr Handy. Fast erleichtert nahm Lou das Gespräch an.

»Und?«, fragte Alex anschließend.

»Das war die Leitstelle. Wir haben eine Leiche im Bergischen.«

Er schien enttäuscht.

Der Kellner brachte die Pizzen. Lou begann sofort zu essen, wählte parallel eine Handynummer und setzte ihren Kollegen Ben Stollwerk über den Leichenfund in Kenntnis.

»Warum fragst du nicht Maline, ob sie mitkommt?«, fragte Alex.

»Maline hat noch Urlaub, aber Gott sei Dank war Ben noch im Büro. Er holt mich gleich hier ab, mein Auto ist nämlich immer noch in der Werkstatt.«

»Ben ist dieser blonde, hagere Typ mit der Nickelbrille, oder?«

»Ja.«

»Der hat doch damals diese Kollegin vom Fotozentrallabor geheiratet«, sagte Alex. »Wie hieß die noch gleich?«

»Eva. Mittlerweile haben sie Zwillinge und leben in Rösrath.«

»Wie kommst du dann nach Hause? Ben wird dich ja wohl mitten in der Nacht nicht wieder nach Köln fahren können.«

»Ich werde bei meiner Mutter schlafen«, sagte Lou. »Sie wohnt in Marialinden. Der Fundort der Leiche ist im Eulenthal, das ist ganz in ihrer Nähe.« Sie atmete tief durch. »Es tut mir leid, dass ich dich jetzt hier so sitzen lassen muss.«

»Immerhin hast du dich an einem Abend mit mir verabredet, an dem du Bereitschaft hast«, sagte Alex und begann seine Pizza zu essen. »Wie groß ist da die Chance, dass der Abend auch gemeinsam endet?«

Lou hörte einen vorwurfsvollen Unterton heraus. »Du wusstest, dass ich Dienst habe«, verteidigte sie sich.

Er winkte ab. »Ja. Sorry. Ich bin einfach enttäuscht. Ich dachte, wir verbringen den Abend und vielleicht auch die Nacht ... Ach, vergiss es.«

Lou bestellte einen Espresso und war froh, der Unterhaltung zu entkommen, als Ben eine Viertelstunde später vor dem Italiener hielt. Sie schob die Pizza, die sie erst zur Hälfte gegessen hatte, zur Seite, stand auf, nahm ihre Jacke, beugte sich zu Alex runter und küsste ihn auf den Mund.

»Und beim nächsten Mal kommt garantiert nichts dazwischen«, versprach sie und verließ mit großen Schritten das Restaurant.

Eulenthal

Lou beendete ihren Rundgang im Haus des Toten mit einem Blick ins Schlafzimmer. Es war nicht sehr geräumig; der dunkle Teppich ließ den Raum noch kleiner wirken. Überhaupt stand das Schlafzimmer in einem merkwürdigen Kontrast zum Wohnzimmer, das hell und modern eingerichtet war. Sie öffnete einige Schubladen und sah kurz in den Kleiderschrank, konnte aber nichts Auffälliges entdecken.

Wenig später betrat sie erneut das Badezimmer. Zwei Leute vom Erkennungsdienst und ein Fotograf drängelten sich mittlerweile um Engelbert Fischbachs Leiche, die nach wie vor in der Badewanne lag.

Ben drehte sich zu Lou um. »Der Tote hat Verletzungen an der Lippe und Risse hinter den Ohrläppchen.«

»Merkwürdig«, sagte Lou und beugte sich vor, um die Leiche besser sehen zu können. Die auffallend blasse Haut wies starke Runzeln an Fingerkuppen, Zehenspitzen und den Fußsohlen auf. »Wer hat denn das Wasser abgelassen?«

»Das habe ich veranlasst«, sagte Frank Wiemers. Er war bis zum Eintreffen der Kölner Beamten der Einsatzleiter vor Ort gewesen. »Natürlich haben wir den Wasserstand markiert, bevor wir die Brühe abgelassen haben. Und Fotos haben wir auch gemacht. Mund und Nase des Opfers waren über der Wasseroberfläche.«

»Und der Erkennungsdienst hat eine Wasserprobe genommen.« Ben hielt ein verschraubtes Glas hoch.

»Und was riecht hier so entsetzlich?« Lou wedelte einige Fliegen von Bens Spurensicherungsoverall. Mit dem Erfolg, dass sie sich auf ihr niederließen.

Wiemers zeigte auf einen gelben Plastikeimer, der neben der Toilette stand. »Der Gestank kommt von dem Eimer hier. Wahrscheinlich hat der alte Herr vorübergehend seine Exkremente darin entsorgt.«

Lou sah jetzt den Grund für die Übergangslösung des Professors. Das Rohr zwischen Spülkasten und Toilettenschüssel war gebrochen.

»Und was meinst du?«, fragte Lou. »Selbstmord oder Mord?«

»Selbstmord können wir nicht ausschließen, aber ich tippe auf Mord. Ich habe zwar keine Erklärung für die Verletzungen, aber warten wir die Obduktion ab.«

Lou fiel die weißliche Anhaftung um Mund und Nase des Toten auf. »Ich glaube, da sind Rückstände von Schaumpilz zu sehen.«

»Das deute ich auch so«, sagte Wiemers. »Damit würde die Mordtheorie bestätigt. Aber wie gesagt, da sollten wir die Untersuchungsergebnisse abwarten.«

»Gibt es einen Abschiedsbrief?«, fragte Lou.

»Wir haben keinen gefunden.«

»Gibt es sonst irgendeinen Hinweis auf Suizid?«, fragte Ben.

»Bisher nicht.« Wiemers runzelte die Stirn.

Lou rümpfte die Nase. Der Gestank im Badezimmer war entsetzlich. »Es riecht nach Exkrementen«, sagte Lou. »Aber da ist auch noch ein anderer Geruch.«

»Es sind seine Haare«, sagte Wiemers. »Die dünsten fürchterlich aus. Ihr müsst mal daran riechen. Sie stinken nach WC-Reiniger.«

Ben und Lou beugten sich über den Toten, rochen an seinen Haaren und fuhren zurück.

»Merkwürdig«, sagte Ben. »Was ist das nur?«

»Wissen wir noch nicht«, sagte Wiemers. »Aber es gibt noch etwas anderes, das ich euch zeigen möchte.«

Der Kollege ging nach draußen und führte sie zur Rückseite des Hauses. Hier stand ein weitläufiger Hundezwinger. Am Zaun neben dem Fressnapf lag ein toter Schäferhund. Ein paar Fliegen umschwirrten den Kadaver.

»Das ist Stanley, der Hund des Professors«, sagte Wiemers und betrat den Zwinger. »Stanley war ein perfekt abgerichteter Wachhund und vollkommen auf Fischbach konditioniert. Seinem Herrchen folgte er aufs Wort. Fremde ließ er nicht in seine Nähe. Einer meiner Kollegen kannte Hund und Halter. Die beiden waren eine Einheit.« Wiemers kniete neben dem Tier nieder. »Von außen sind keine Verletzungen sichtbar.«

Lou ging ebenfalls in die Hocke. »Wahrscheinlich wurde der Hund vergiftet.«

»Ist doch möglich«, sagte Ben. »Der Professor hat vor, sich umzubringen, und tötet vorher seinen Hund.«

»Verlängerter Selbstmord.« Lou strich sich eine Strähne hinters Ohr.

Ben zuckte mit den Schultern. »Kommt ja häufig vor, auch wenn Selbstmörder in der Regel Familienangehörige mit in den Tod nehmen.«

»Klar«, sagte Wiemers. »Und trotzdem kann ich mir nicht vorstellen, dass der Professor Stanley getötet hat. Wir haben im Haus kein Gift gefunden. Die ganze Sache ist merkwürdig und ergibt überhaupt keinen Sinn.«

»Wir werden es herausfinden«, sagte Lou und wählte die Nummer des Kölner Veterinäramtes, während sie zusammen mit den anderen den Zwinger verließ. Als sie das Gespräch beendet hatte, schlug sie den Kragen ihres Mantels hoch. Die Kälte kroch ihr langsam unter die Haut. »Wer hat die Leiche eigentlich gefunden?«

»Ein zehnjähriges Mädchen.«

»Ein Kind?«, fragten Lou und Ben gleichzeitig.

»Lilli Vohwinkel.« Wiemers schüttelte den Kopf. »Eigentlich waren es drei Kinder. Die haben hier eine Art Mutprobe veranstaltet. Genaueres weiß ich auch noch nicht. Ich weiß nur, dass Lilli allein im Haus war, anschließend weinend bei ihren Eltern ankam und ihre Mutter die Polizei angerufen hat.«

»Habt ihr schon mit dem Mädchen gesprochen?«, fragte Lou.

»Nur kurz. Aber wir haben nicht viel aus ihr herausbekommen und ihre Eltern gebeten, morgen früh mit ihr zur Wache nach Rösrath zu kommen.«

»Kanntest du Fischbach persönlich?«, fragte Lou.

»Der Professor hat das Haus erst letztes Jahr gekauft und eher wie ein Ferienhaus genutzt. Wirklich gekannt habe ich ihn nicht, aber ich habe ihn ab und zu hinter Marialinden in der Gaststätte Zur Landwehr gesehen. Soweit ich weiß, war er zwar zurückhaltend, aber freundlich.«

»Habt ihr die Familie benachrichtigt?«

»Ja. Wir haben seinen Sohn erreichen können. Er muss gleich hier sein. Dr. Gerion Fischbach.«

»Wie hat er am Telefon auf den Tod seines Vaters reagiert?«, fragte Lou.

»Er hat sofort gefragt, ob es Selbstmord war«, sagte Wiemers.

»Dann hat die Familie vielleicht einen Anhaltspunkt«, meinte Ben.

Wiemers zuckte mit den Achseln. »Überrascht schien er jedenfalls nicht.«

Köln-Lindenthal

Es war weit nach Mitternacht, als Christoph Heidkamp mit seinem Rennrad am alten israelischen Friedhof vorbeifuhr. Er war länger beim Kölsch mit seinen Freunden hängen geblieben, als er es geplant hatte. Es begann zu regnen. Der November zeigte sich von der unangenehmen Seite. Christoph trat in die Pedale. In Gedanken lag er schon im heißen Badewasser. Anschließend würde er über einem Sud aus frischen Salbeiblättern inhalieren. Da führte kein Weg dran vorbei. Er fühlte sich zunehmend schlapp und krank. Ein entgegenkommendes Fahrzeug hupte, weil er mitten auf der Straße fuhr.

Heidkamp zeigte dem Fahrer einen Vogel und war froh, als er wenige Minuten später die Tür zu seinem Haus aufschloss.

Er machte Licht, zog die Schuhe aus und hängte die feuchte Trekkingjacke an die Garderobe. Anschließend ging er hinauf ins Badezimmer, ließ heißes Wasser in die Wanne laufen, legte Keith Jarretts »Kölnkonzert« in den CD-Player, entkleidete sich und stieg in die Badewanne. Im ersten Moment erschien ihm das Wasser zu heiß, doch allmählich gewöhnte sich sein Körper an die Temperatur. Er gab etwas Eukalyptusöl ins Bad, schloss die Augen und spürte, wie die Anspannung des Tages von ihm abfiel.

In Gedanken war er sofort bei Ruth. Ohne seine Frau und die beiden Mädchen war das Haus merkwürdig still. Ruth nahm sich mit den Kleinen eine Auszeit an der Ostsee. Mittlerweile war er dankbar dafür. Immerhin spürte er nun, wie sehr ihm seine Familie fehlte. Gleichzeitig ärgerte es ihn, dass seine Affäre aufgeflogen war. Vor allem deshalb, weil er im Prinzip schon vor Wochen mit Jessica Schluss gemacht hatte. Manchmal war das Leben wie verhext. Wie hätte er auch ahnen können, dass sich ausgerechnet Ruths beste Freundin regelmäßig mit ihrer alten Ausbildungsgruppe in der Hyatt-Bar traf. Verdammter Mist. Und natürlich hatte ihm Ruth gleich die Pistole auf die Brust gesetzt. Kein Wunder. Sie neigte zu Übertreibungen, und auch in diesem Fall konnte er nicht vernünftig mit ihr reden. Noch in der Nacht war sie mit den Kindern verschwunden. Gut, mit Abstand betrachtet verstand er ihre Reaktion und hoffte umso mehr, dass sie ihm den Seitensprung verzieh. Am liebsten hätte er seine Frau angerufen. Er hasste den Schwebezustand, in dem er sich befand. Aber Ruth bestand auf einer Woche Funkstille und wollte in dieser Zeit nichts von ihm hören.

An seinen Vater durfte Christoph gar nicht denken. Zum Glück befand er sich beim Eisfischen auf den russischen Anschuinseln und kam erst in ein paar Tagen zurück. Bisher wusste Rufus Heidkamp noch nichts von den Eheproblemen seines Sohnes. Und Christoph wollte ihm, wenn es irgendwie möglich war, eine intakte Familie präsentieren. Denn eines war völlig klar: Sein Vater tolerierte vielleicht seine Affäre, aber die Familie durfte daran nicht zerbrechen. Christoph lächelte. Bisher hatte ihm sein Vater jeden Fehler verziehen. Der alte Herr liebte ihn abgöttisch, und Christoph vermied es normalerweise, ihn zu enttäuschen.

Er begann zu frösteln und stieg aus der Wanne. Als er die Körperlotion im Schrank suchte, ging das Licht aus. Keith Jarrett und die Lüftung des fensterlosen Bads verstummten. Er zuckte zusammen. Stille und Dunkelheit. Schlagartig.

Das sind nur die alten Sicherungen, beruhigte er sich. In letzter Zeit hatten sie öfter verrücktgespielt. Nackt tastete er sich vor, fand die Tür, betrat den Flur und atmete tief durch. Immerhin leuchtete hier das Licht einer Straßenlaterne herein. Schemenhaft sah er das Treppengeländer und steuerte darauf zu. Auch im Parterre waren alle Lichter erloschen. Stromausfall im ganzen Haus. Er begann vor Kälte leicht zu zittern. Egal. Er musste in den Keller. Vorher aber noch zur Garderobe. In der rechten oberen Schublade lag eine Schachtel Streichhölzer. Oder sollte er ins Wohnzimmer gehen? Taschenlampe und Kerzen waren im Sekretär. Sicher ist sicher. Er war schon auf dem Weg und öffnete die Tür. Sofort nahm er den Geruch wahr. Zigarettenrauch.

»Was ist denn hier los?«, murmelte er, tastete nach dem Lichtschalter, aber das Licht ging nicht an. Natürlich nicht.

Erst jetzt registrierte er die Gestalt. Sie saß im Dunkeln auf der Couch. Regungslos. Instinktiv wich Christoph zurück, ging hinter der Tür in Deckung, ohne sie jedoch ganz zu schließen. Die Person war dunkel gekleidet und ließ den Kopf hängen.

»Hallo?« Er ließ die Gestalt nicht aus den Augen. »Hallo! Was … was machen Sie in meinem Haus?«

Die Person antwortete nicht. Stattdessen zog sie an einer Zigarette und stieß Rauch aus.

Christoph Heidkamp versuchte, einen klaren Gedanken zu fassen. Er brauchte sein Handy. Langsam ging er rückwärts. Schloss die Tür zum Wohnzimmer. Hastete zur Garderobe und wühlte in seinen Jackentaschen. Kein Handy. In seiner Panik rannte er zur Haustür. Verschlossen. Und der Schlüssel steckte nicht mehr.

Denk nach, trieb er sich an. Lauf in die Küche. Spring aus dem Fenster. Los!

Die Wucht, mit der er durch die Diele flog, als ihm ein kräftiger Schlag in die Seite verpasst wurde, überraschte ihn. Er prallte gegen die Wandvertäfelung, und nur den Bruchteil einer Sekunde später knallte sein Kopf auf die Steinfliesen. Er verlor augenblicklich das Bewusstsein, als ihn ein zweiter Tritt gegen die Schläfe traf.

Marialinden

»Schön, dass du endlich da bist«, sagte Helene Vanheyden, als sie ihrer Tochter die Tür öffnete. Lou drückte ihrer Mutter einen Kuss auf die Stirn. Durch die Glasscheibe der Wohnzimmertür konnte sie das flackernde Kaminfeuer sehen.

»Warum bist du nicht schon ins Bett gegangen?«, fragte Lou, während sie ihren Mantel über die Garderobe warf und die Stiefel auszog. »Es ist gleich halb zwei.«

»Ich kann doch nicht schlafen, wenn ich weiß, dass du kommst.« Helene Vanheyden sah ihre Tochter prüfend an. »Du siehst mitgenommen aus. Brauchst du etwas? Hast du Hunger oder gehst du gleich zu Bett?«

»Ich habe Riesenhunger«, sagte Lou und verschwand im Bad.

Als sie kurze Zeit später zusammen im Wohnzimmer saßen und Lou die erste Scheibe Beef mit Remouladensoße gegessen hatte, kam sie langsam zur Ruhe.

»Nikodemus hat die Soße extra für dich gemacht«, sagte Helene. »Ich soll dich lieb grüßen.«

Lou spürte einen Stich in der Magengrube. Nikodemus hatte bis vor ein paar Wochen ihren Haushalt geführt. Nach Henrys Auszug hatte Helene Vanheyden ihn kurzerhand dafür verpflichtet. Der Einfall ihrer Mutter war Lou zuerst absurd erschienen. Sie und Frieda kamen auch allein klar. Aber Lous Bedenken waren schnell verflogen. Innerhalb weniger Tage hatte Nikodemus sich damals unentbehrlich gemacht. Er erledigte diverse Reinigungsarbeiten, kaufte ein, ohne sein Budget jemals zu überziehen, und er kochte. Nein, er kochte nicht, er zauberte. Wenn Lou von der Arbeit gekommen war, warteten die erstaunlichsten Menüs im Ofen, und an kalten Tagen lag eine Wärmflasche in ihrem Bett. Und auch wenn Lou das vor ihrer Mutter niemals zugegeben hätte, sie vermisste Nikodemus, der jetzt für Helene arbeitete, weil ihre Hauswirtschafterin vor einigen Monaten plötzlich gestorben war. Er passte hervorragend in den Haushalt ihrer Mutter, in dem die Fransen wertvoller Perserteppiche glatt gekämmt werden mussten, gediegene Mahagonimöbel die Zimmer zierten und teurer Blue-Mountain-Kaffee in hauchdünnem Porzellan serviert wurde. Lou seufzte und schob sich ein weiteres Stück Beef in den Mund.

»Schling doch nicht so«, sagte Helene, die ihrer Tochter kerzengerade gegenübersaß und sie unaufhörlich beobachtete. »Du musst mehr auf deine Figur achten, besonders jetzt.«

»Mutter!«

»Nein, ich meine es ernst.«

Lou schaltete ihre Ohren auf Durchzug. Sie wollte jetzt nicht über ihre Probleme diskutieren. Sie wusste selbst, dass sie seit der Trennung von Henry zugenommen hatte, obwohl sie regelmäßig joggte. Aber Gespräche über ihre gescheiterte Beziehung, ihren stressigen Beruf oder ihr Singleleben deprimierten sie.

Zu Lous Erleichterung winkte ihre Mutter ab. »Ach, ich will mich heute nicht mehr streiten. Schließlich bist du alt genug.« Sie atmete tief durch. »Und? Hat Professor Fischbach sich selbst umgebracht, oder war es Mord?«

»Woher weißt du denn schon den Namen des Toten?«, fragte Lou ungläubig.

»Von Schlüters«, sagte Helene. »Franz und Helga kamen von einer Feier und haben das Polizeiaufgebot vor dem Haus des Professors gesehen. Sie haben gleich bei mir geklingelt, nachdem sie ihr Auto in die Garage gefahren hatten.« Helene schüttelte den Kopf. »Engelbert Fischbach war ein netter Mann. So kultiviert und zuvorkommend.«

»Du hast ihn gekannt?« Lou war überrascht und auch wieder nicht. Ihre Mutter kannte Gott und die Welt. Das lag wahrscheinlich daran, dass ihre Hauptbeschäftigung darin bestand, Seminare und Kurse zu besuchen. Zurzeit trainierte sie in einer Walking-Gruppe und bereitete sich so auf den Jakobsweg vor, den sie im nächsten Jahr mit zwei Freundinnen gehen wollte. In dieser Beziehung bewunderte Lou ihre Mutter.

»Hörst du mir überhaupt zu?« Helenes scharfer Unterton riss Lou aus ihren Gedanken.

»Entschuldige, Mutter, was sagtest du gerade? Woher kennst du den Professor?«

»Er besuchte ab und zu die Literaturabende unseres Dichterkreises.«

Lou nahm sich Remoulade nach. »Was weißt du über ihn?«

»Nicht viel. Er war Psychiater, früher, meine ich. Seine Frau ist vor zwei Jahren gestorben, und er hat zwei Söhne.«

»Und sonst? Hatte er Freunde hier, Kontakte zu anderen?«

Helene zuckte mit den Schultern und hob das schwere Kristallglas an ihre Lippen. »Diese Frage kann ich dir nicht beantworten. Richtig gewohnt hat er hier ja nicht. Er ist zwischen Eulenthal und Köln gependelt. Ich habe ihn ab und zu gesehen, wenn er mit seinem Hund spazieren ging. Letzte Woche ist er mir noch bei einer Wanderung in der Nähe von Büddelhagen begegnet.«

»Sein Hund ist auch tot«, sagte Lou.

»Was? Wer macht denn so etwas?«

»Ich weiß es nicht.«

»Wer hat ihn denn gefunden?«

»Dazu kann ich dir nichts sagen, aber ich muss morgen früh raus und dann zuerst auf die Wache nach Rösrath. Wir könnten also zusammen frühstücken.«

»Wunderbar«, sagte Helene.

»Frieda und ich möchten übrigens dieses Jahr bei der Weihnachtsaktion der Kölner Tafel mitmachen«, sagte Lou. »Hast du davon schon gehört?«

Ihre Mutter schüttelte den Kopf.

»Wir packen ein Päckchen mit allen möglichen haltbaren Lebensmitteln, Spielzeug und Süßigkeiten. Und dann fahren wir es an einem Stichtag zur St.-Servatius-Kirche nach Köln-Vingst. Dort werden die Pakete an bedürftige Familien verteilt.«

»Was für eine wunderbare Idee«, sagte Helene. »Ich finde es wichtig, dass sich meine Enkelin engagiert, und natürlich mache ich auch mit.« Sie leerte ihr Weinglas. »Wie läuft es eigentlich mit deinem neuen Freund?«

»Woher weißt du von Alex?«

»Deine Tochter hat ihn erwähnt. Wann stellst du ihn mir endlich mal vor?«

Lou stand auf. »Alex ist nicht mein neuer Freund.«

»Was ist er dann?«

»Keine Ahnung. Außerdem möchte ich jetzt nicht darüber sprechen.« Lou nahm das Tablett und trug es in die Küche.

Helene folgte ihr. »Dann reden wir morgen beim Frühstück weiter. Geh jetzt ruhig nach oben. Nikodemus hat dir das Gästebett bezogen, Handtücher liegen im Bad.«

Lou ging die knarrenden Treppenstufen hinauf, duschte und lag zehn Minuten später unter einem dicken, warmen Federbett. Sie spürte, wie die Müdigkeit sie überfiel, und sank in einen tiefen Schlaf.

ZWEI

Polizeipräsidium

Lou öffnete das Fenster ihres Büros und sah gedankenverloren zu den Köln Arcaden hinunter. Sie musste in der Mittagspause dringend Flüge buchen. Immerhin waren es nur noch ein paar Wochen bis Weihnachten. Sie freute sich schon jetzt auf die Feiertage, die sie zusammen mit Frieda und ihrer Mutter in Cornwall bei ihrer Schwester verbringen wollte. Seit fünfzehn Jahren lebte Dorit mit ihrem Mann und den Kindern in Sennen Cove, einem kleinen Ort in der Nähe von Lands End. Das Haus stand auf den Klippen, und an klaren Tagen konnte man vom Wohnzimmerfenster aus den Atlantik sehen. Lou machte sich eine Notiz wegen der Flüge und hoffte, dass ihr nicht wieder etwas dazwischenkam.

Ben balancierte zwei randvoll gefüllte Kaffeebecher ins Büro und stellte seiner Kollegin eine Tasse auf den Schreibtisch.

»Für mich nicht, danke«, sagte Lou. »Ich versuche, weniger zu trinken.«

Ben zuckte mit den Schultern. »Wie ist es heute Morgen gelaufen?«

»Also, zum einen können wir die Tatzeit eingrenzen«, sagte Lou. »Dr. Lohmann hat Engelbert Fischbach am Tag, bevor die Kinder ins Haus gegangen sind, einen Hausbesuch abgestattet. Er litt aufgrund eines altersbedingten Wirbelsäulenverschleißes an einer akuten Bewegungseinschränkung.«

»Soll heißen?«

»Fischbach hatte eine Art Hexenschuss und konnte sich vor Schmerzen kaum rühren. Deshalb hat ihm der Arzt eine Spritze verpasst und ist wieder gefahren. Fischbach wurde dann vermutlich innerhalb der darauffolgenden vierundzwanzig Stunden getötet. Ich bin auf Heinrichs Bericht gespannt. Du kommst doch mit in die Rechtsmedizin, oder?«

»Klar«, sagte Ben. »Dann können wir anschließend ja gleich weiter zu den Fischbachs fahren.«

»Ja.« Lou trank doch einen Schluck Kaffee.

»Und was ist bei der Anhörung der Kinder rausgekommen?«, fragte Ben.

»Du wirst es nicht glauben, aber das Mädchen hat jemanden im Haus gesehen.«

»Im Ernst? Wie sah der Kerl aus?«

»Nein, ich habe mich falsch ausgedrückt. Sie hat nur seine Schuhe gesehen.«

Lou berichtete Ben von Lillis Erlebnis.

»Mensch, da wird sich das Mädel aber ganz schön erschrocken haben«, sagte Ben und putzte seine Brillengläser. »Und ist ihr an den Schuhen irgendetwas aufgefallen?«

»Sie glaubt, dass es Cowboystiefel waren, weil ihr Vater wohl Ähnliche trägt. Und an den Rändern klebte Matsch.«

Ben setzte seine Brille wieder auf. »Das wird uns nicht sehr weit bringen.« Er nippte an seinem Kaffee. »Mensch, stell dir mal vor, dass der Mörder noch im Haus war, als die Kleine reinging!«

»Unheimlich ist die Vorstellung schon«, sagte Lou.

»Allerdings. Dann kann es ja auch sein, dass der Mensch, der hinter der Gardine stand, Lilli gesehen hat.«

»Das können wir nicht ausschließen. Aber Lilli hat das Gesicht der Person hinter dem Vorhang nicht gesehen.«

»Das weiß Lilli, und das wissen wir«, sagte Ben. »Aber was, wenn der Täter anderer Meinung ist?«

»Du hast recht. Ich werde noch mal mit Lillis Eltern sprechen und sie bitten, uns alles mitzuteilen, was ihnen im Zusammenhang mit ihrem Kind in nächster Zeit irgendwie komisch vorkommt.«

»Das ist bestimmt besser«, sagte Ben. »Hoffentlich werden sie daraufhin nicht panisch.«

»Glaube ich nicht. Die haben auf mich einen sehr bodenständigen Eindruck gemacht.«

Ben stand auf.

»Da ist noch was«, sagte Lou. »Lilli hat etwas im Haus des Professors verloren.«

Ben setzte sich wieder. »Ach ja? Was denn?«

»Eine Yu-Gi-Oh!-Karte.«

Ben sah Lou fragend an.

»Yu-Gi-Oh!-Sammelkarten«, sagte Lou. »Die sind bei den Kids angesagt.«

»Ich weiß. Und?«

»Bei dieser Karte handelt es sich um den Dunkler Magier.« Lou stand auf und schloss das Fenster. Es regnete in Strömen. »Lilli hat sich diese Karte von ihrem Bruder Lennart für die Mutprobe geborgt, sozusagen als Glücksbringer. Natürlich ohne ihn um Erlaubnis zu bitten. Gestern am späten Abend wollte Lilli die Karte heimlich in seine Box zurücklegen, und dabei hat sie bemerkt, dass die Karte verschwunden ist.«

»Vielleicht hat sie die Karte woanders verloren.«

»Das schließt sie aus«, sagte Lou.

»Aber wir haben gestern Abend keine Karte im Haus gefunden, oder?«

»Nein«, sagte Lou. »Und heute auch nicht. Wir haben am Vormittag alle Zimmer auf den Kopf gestellt.«

»Du meinst also, wenn es so war, dass die Kleine die Karte tatsächlich in Fischbachs Haus verloren hat, dann könnte der Täter …«

»… sie mitgenommen haben«, ergänzte Lou und leerte nun doch ihre Kaffeetasse.

Ben lachte. »Ich dachte, du willst keinen Kaffee.«

Lou runzelte die Stirn. »Ich glaube, es dauert etwas, bis ich diese Gewohnheit los bin.«

Ben wurde wieder ernst. »Aber warum? Wieso nimmt der Täter die Karte mit? Das ergibt überhaupt keinen Sinn!«

»Für ihn vielleicht schon«, sagte Lou.

Oberstraße

Die Wischblätter wurden mit dem Regen kaum fertig. Ben saß dicht vor der Windschutzscheibe, während Lou aus dem Fenster sah, als sie über die Deutzer Brücke fuhren. Sie konnte nicht weit sehen, eine graue Dunstglocke hing über dem Rhein. In Gedanken war sie noch in der Rechtsmedizin. Heinrich Meller hatte den Mord an Engelbert Fischbach bestätigt. Er war mindestens fünf Stunden tot, als Lilli ihn entdeckte. Nachweislich war der Professor unter Wasser gedrückt worden. Der Rechtsmediziner hatte nach dem Abpräparieren der Kopfhaut Hämatome entdeckt.

Offensichtlich hatte der Täter sein Opfer mit massiver Gewalt unter Wasser gedrückt. In den Atemwegen fand Meller Anhaftungen von schaumigem Bronchialschleim. Lou wusste, dass ein Ertrinkender, der verzweifelt um Luft kämpft, große Mengen Schleim produziert. Außerdem ließ ein weiteres Detail Lou keine Sekunde daran zweifeln, dass der Professor tatsächlich ermordet worden war. Allerdings schob sie den Gedanken beiseite. An dieses Detail wollte sie jetzt nicht denken. Es würde ohnehin schwierig werden, Fischbachs Sohn die Einzelheiten schonend beizubringen. Er klammerte sich an einen Selbstmord. Schon am Abend zuvor hatte Gerion Fischbach nur diese Theorie zugelassen.

»Jetzt ist es nicht mehr weit«, sagte Ben, als auf der Siegburger Straße das Reklameschild des Aurora-Werks im Nebel auftauchte und sie Köln-Poll erreichten. Zehn Minuten später bog er in die Gilgaustraße ab und lenkte den Dienstwagen einmal ums Karree, bis er ihn schließlich vor einem schmucklosen Bungalow parkte, der in den Hang hineingebaut war. Regen trommelte auf das Autodach. Lou schloss den Reißverschluss ihrer Lederjacke, während Ben die Kapuze seines Anoraks aufsetzte.

Wenige Augenblicke später standen sie tropfend in der Diele. Hilla Fischbach nahm ihnen die Jacken ab und ging zu einer Wendeltreppe vor, die nach unten führte.

Dort eröffnete sich den Ermittlern das Wohnzimmer. Die Fensterfront ging bis auf den Boden. Im diffusen Licht des Regens zog der schlammbraune Rhein vorbei.

Lou blieb vor dem Panoramafenster stehen. »Was für eine Aussicht!«

»Gefällt es Ihnen?«, fragte Gerion Fischbach.

»Unbedingt«, sagte Lou.

Signallichter eines Schiffes tauchten aus dem Nebel auf und glitten geräuschlos vorüber. Die Ermittler nahmen auf dem Sofa Platz. Nun sah es so aus, als würde der Rhein bis an das Wohnzimmerfenster reichen. Lou schaffte es kaum, ihren Blick vom Fenster abzuwenden und ihn auf die Fischbachs zu richten.

»Kaffee?« Hilla Fischbach hielt eine Glaskanne hoch und strich sich eine dunkle Strähne aus dem Gesicht.

»Danke«, sagte Ben und hielt ihr seine Tasse entgegen.

Lou lehnte ab. »Haben Sie keine Angst vor Hochwasser?«, fragte sie stattdessen. »Ich meine, bei Hochwasser müsste doch der ganze Keller volllaufen, oder?«

»Die Häuser sind erst vor ein paar Jahren gebaut worden«, sagte Gerion Fischbach. »Sie haben alle ganz besondere Einschalungen, extra dicke Wände, und die Fenster sind aus Spezialglas. Sie halten extremen Druck aus.«

Lou war beeindruckt. Wasser zog sie magisch an. An diesem Punkt waren sie und Henry sich immer einig gewesen. Urlaub am Meer. Tauchen, segeln, schwimmen. Ein Haus am Atlantik, davon hatten sie beide geträumt. Vorbei. Sie zwang sich, ihren Blick vom Rhein auf die Wohnung zu richten. Die Einrichtung der Fischbachs war überwiegend kühl, von gehobener Qualität. Modernes und antikes Mobiliar hielt sich die Waage. An der Wand ein Kandinsky. Lou bezweifelte nicht, dass er echt war. Daneben ein alter Langbogen und ein Pfeil mit Metallspitze. Hilla Fischbach bemerkte Lous Blick.

»Ich habe früher viel Sport gemacht. Bogenschießen war meine Leidenschaft. Heute reicht meine Zeit nur noch fürs Joggen und ein bisschen Krafttraining.«

»Liebes«, sagte Gerion Fischbach. »Ich glaube nicht, dass sich die Polizei dafür interessiert.« Er setzte sich neben seine Frau und legte ihr einen Arm um die Schulter. »Was hat die Obduktion ergeben? Sie haben mir eben am Telefon so ausweichend geantwortet.«

»Wir kommen gerade von der Gerichtsmedizin«, sagte Lou. »Die Untersuchungen sind noch nicht völlig abgeschlossen, aber so, wie es aussieht, können wir einen Selbstmord ausschließen.«

Die Eheleute sahen sich an. »Wie meinen Sie das?«, fragte Fischbach. »Wenn es kein Suizid war, was war es dann? Ich meine …«

»Es war Mord«, sagte Lou. »Wir sind uns sicher.«

»Mord?« Fischbach klang skeptisch. »Aber das ist unmöglich. Wie kommen Sie denn darauf? Gestern haben Sie doch noch gesagt, dass es sein kann, dass sich mein Vater in der Wanne das Leben genommen hat.«

»Das war nur eine Möglichkeit«, sagte Lou. »Wie Sie wissen, haben wir eine Gewalttat nicht ausgeschlossen. Und bei genauerer Betrachtung und vor allem nach der Obduktion bestätigt sich jetzt der Mord in ziemlich eindeutiger Weise.«

»Was haben Sie herausgefunden?«, fragte Fischbach.

Lou zögerte.

Gerion Fischbach lehnte sich vor. »Bitte sagen Sie es uns. Ich möchte wissen, wie mein Vater gestorben ist.«

Lou entschied sich, einen Teil der Untersuchungsergebnisse weiterzugeben. »Ihr Vater wurde ertränkt.«

»Ertränkt in der Badewanne.« Gerion Fischbach drückte seine Frau an sich. »Das ist schrecklich.«

»Nein, nicht im Badewasser«, sagte Lou. »Jedenfalls nicht nur.«

»Aber er lag doch in der Wanne.«

»Das stimmt.« Lou zögerte wieder. »Letztlich ist er auch dort gestorben.«

»Was denn jetzt?« Fischbach wirkte ungehalten. »Sagen Sie uns die Wahrheit.«

»In den Atemwegen Ihres Vaters wurden Rückstände von Urin gefunden.«

Hilla Fischbach schloss die Augen.

»Wie? Ich verstehe nicht«, sagte ihr Mann und stellte seine Kaffeetasse vorsichtig auf dem Couchtisch ab.

»Die Toilettenspülung Ihres Vaters war defekt«, sagte Lou. »Deshalb hat er seine Exkremente vorübergehend in einem Plastikeimer gesammelt.« Lou sah die Eheleute abwechselnd an. »Mit hoher Wahrscheinlichkeit hat der Täter den Kopf Ihres Vaters in diesen Eimer gedrückt. Davon gehen wir jedenfalls aus. Er hat Verletzungen am Mund. Der Rechtsmediziner hat in der Unterlippe einen Zahnabdruck entdeckt, und die Haut hinter den Ohren ist gerissen. Das ist wahrscheinlich passiert, als er in den Behälter gedrückt wurde. Wir vermuten, dass er erst danach in die Wanne verfrachtet und dort so lange unter Wasser gedrückt wurde, bis er sich nicht mehr rührte.«

Hilla Fischbach löste sich aus der Umarmung ihres Mannes, sprang auf und verschwand im Badezimmer. Fischbach rührte sich nicht.

»Sind Sie wirklich sicher?«, fragte er schließlich. »Ich meine, dass er in den Eimer mit Urin gedrückt wurde?«

»Seine Haare haben extrem gerochen«, sagte Ben. »Deshalb wurden sie toxikologisch untersucht. Das abschließende Testergebnis kommt erst übermorgen, aber auch unser Rechtsmediziner ist sich sicher.«

Fischbach schüttelte den Kopf. »Das ergibt doch überhaupt keinen Sinn. Warum sollte jemand meinen Vater auf diese grauenvolle Weise töten?«

»Eigentlich hoffen wir, dass Sie oder Ihre Frau uns diese Frage beantworten können«, sagte Lou.

Gerion Fischbach wirkte irritiert. »Wir? Nein.« Er stand auf und knipste eine weitere Stehlampe an. Lou sah aus dem Fenster. Draußen zog es sich immer mehr zu. Regentropfen trommelten gegen die riesigen Scheiben, sammelten sich und flossen als kleine Rinnsale in die Tiefe.

»Vielleicht war es ja Raubmord«, sagte Fischbach. »In diesen ländlichen Gegenden gibt es doch immer wieder Einbruchserien. Manchmal gehen die Täter dabei mit äußerster Brutalität vor.«

»In diesem Fall haben wir keine Anzeichen für einen Raubmord«, sagte Lou.

Fischbach sah Ben und Lou fragend an.

»Es gibt keine Einbruchspuren«, sagte Ben. »Außerdem befinden sich nach wie vor Wertgegenstände im Haus und sogar eine große Summe Bargeld.«

Die Badezimmertür öffnete sich. Hilla Fischbach kam zurück ins Wohnzimmer, setzte sich neben ihren Mann. Sie wirkte gefasster.

»Und darüber hinaus«, fuhr Ben fort, »spricht die Tötungsform für einen Täter, der sein Opfer gekannt hat.«

»Inwiefern?«, fragte Hilla Fischbach.

»Der Mörder hätte leichter töten können«, sagte Lou.

»Verstehe.« Gerion Fischbach drückte seine Frau an sich. Lou hatte den Eindruck, als forderte er sie durch diese Geste auf, nicht weiter nachzubohren. Seine Frau ließ sich allerdings nicht beirren.

»Haben Sie irgendeinen Hinweis auf den Mörder?«, fragte sie.

»Bisher nicht«, sagte Lou. »Wir haben auch noch kein DNA-fähiges Material gefunden, das vom Täter stammen könnte. Aber die Art und Weise, wie Ihr Schwiegervater gestorben ist, wird uns früher oder später zu seinem Mörder führen.«

Hilla Fischbach setzte sich kerzengerade auf. »Warum sind Sie da so sicher?«

»Weil wir von einer Beziehungstat ausgehen«, sagte Lou. »Das Motiv könnte Hass oder Rache sein. Ein Fremdtäter tötet meist banaler.«

»Mord«, sagte Gerion Fischbach geistesabwesend. »Ich kann es immer noch nicht glauben.«

»Der Selbstmord schien Ihnen plausibler«, sagte Lou. »Warum? Hatte Ihr Vater Probleme oder Sorgen?«

»Das nicht. Nein.« Fischbach schüttelte den Kopf. »Aber seit dem Tod meiner Mutter war er ziemlich einsam.«

»Resis Tod hat ihn sehr getroffen«, sagte Hilla Fischbach leise. »Aber das ist ja auch verständlich. Immerhin waren die beiden über fünfzig Jahre verheiratet.«

»Wann ist sie gestorben?«, fragte Ben.

»Bald ist es ein Jahr her«, antwortete Gerion Fischbach.

Lou lehnte sich vor. »Haben Sie sich gut mit ihm verstanden?«

»Ich? Er war mein Vater.«

»Das ist keine Antwort auf meine Frage«, sagte Lou.

Gerion Fischbach schien zu zögern. »Wir sind miteinander klargekommen«, sagte er dann. »Meinungsverschiedenheiten gibt es schließlich in jeder Familie.«

»Da stimme ich Ihnen zu. Worüber waren Sie unterschiedlicher Ansicht?«

»Es waren meist berufliche Auseinandersetzungen. Ärzte unter sich, Sie verstehen schon.«

»Nicht ganz.««

Fischbach lächelte. »Mein Vater mischte sich gerne in meine

Angelegenheiten. Wie Sie wahrscheinlich wissen, war er Psychiater, ich bin Kinderarzt. Früher hat er ein Kinderheim geleitet. Das ist zwar viele Jahre her, aber er glaubte etwas von jungen Patienten zu verstehen. Jedenfalls fand er, dass ich zu emotional bei der Arbeit bin, um nur einen unserer ewigen Streitpunkte zu nennen.«

Lou fixierte Gerion Fischbach. Er wirkte drahtig und durchtrainiert. Das blonde Haar fiel ihm bis in den Nacken, die Gesichtszüge waren gleichmäßig, die Haut leicht gebräunt. Aus Lous Sicht erfüllte er eher das Klischee eines alternden Berufssurfers, und mit Sicherheit öffnete ihm sein sympathisches Äußeres so manche Tür, die für andere verschlossen blieb. Ihr entging allerdings nicht, dass er ihrem Blick immer wieder auswich und auch Ben niemals direkt ansah.

»Fuhr Ihr Vater regelmäßig zu seinem Haus im Bergischen?«, fragte Ben.

»In letzter Zeit hat er sich fast ausschließlich dort aufgehalten«, antwortete Gerion Fischbach. »Er hat sich in Rodenkirchen einfach nicht mehr wohlgefühlt. Unsere Familienvilla ist sehr groß, und dann sind dort all die Erinnerungen an meine Mutter.«

»Haben Sie sich regelmäßig gesehen?«, fragte Lou.

Hilla wollte antworten, aber ihr Mann kam ihr zuvor. »Natürlich. Er war gestern noch hier bei uns eingeladen, meine Frau hatte Geburtstag.«

»Zu der Feier konnte er ja leider nicht mehr kommen.« Lou sah Hilla Fischbach an. »Haben Sie sich darüber gewundert?«

»Selbstverständlich. Deshalb habe ich ihn ja auch angerufen, aber er ist nicht ans Telefon gegangen.«

Lou lehnte sich zurück. »Wussten Sie denn nicht, dass er zu diesem Zeitpunkt schon seit zwei Tagen im Bett lag? Laut seinem behandelnden Arzt litt er an einem Hexenschuss und konnte sich nur unter starken Schmerzen bewegen.«

»Davon wussten wir nichts«, sagte Hilla Fischbach.

»Obwohl Sie regelmäßigen Kontakt hatten.« Lou sah von Hilla zu Gerion Fischbach. »Können Sie uns denn etwas über die rote Farbe an der Außenwand des Hauses sagen? Offensichtlich hatte da jemand etwas hingeschmiert, aber Ihr Vater hat den Schriftzug überpinselt. Leider ist er nicht mehr lesbar.«

Die Eheleute sahen sich fragend an. »Nein«, sagten sie gleichzeitig.

Gerion Fischbach nahm den Arm von der Schulter seiner Frau. Seine Augen huschten unruhig hin und her. »Gut, wir haben nicht jeden Tag telefoniert. Darauf legte er keinen Wert. Mein Vater wollte die meiste Zeit seine Ruhe haben. Ständige Kontakte hätte er als Einmischung in seine Privatsphäre verstanden.« Fischbach machte eine Pause. »Was wollen Sie von uns?«, fragte er dann.

»Routinefragen«, sagte Ben. »In einem Mordfall ist es wichtig, sich ein Bild von der Gesamtsituation zu machen. Wann haben Sie denn zum letzten Mal mit ihm gesprochen?«

»Drei Tage vor meinem Geburtstag«, sagte Hilla Fischbach.

»Ist Ihnen etwas aufgefallen? Hat er irgendetwas gesagt, das Sie im Nachhinein stutzig macht?«

»Nein.«

»Hatte er Ärger? Streit mit jemandem? Mit Nachbarn, ehemaligen Kollegen oder Familienmitgliedern?«

Hilla Fischbach schüttelte den Kopf.

»Nicht dass wir etwas davon wüssten«, sagte ihr Mann und schien sich etwas zu entspannen.

»Was ist mit Stanley?«, fragte Hilla Fischbach. »Stimmt es, dass er vergiftet wurde?«

»Der Hund wird noch untersucht«, sagte Ben. »Aber sein Tod gibt uns zusätzliche Rätsel auf.«

»Warum?«, fragte Hilla Fischbach.

»Dazu können wir Ihnen noch nichts sagen«, sagte Lou schnell. Sie wollte nicht, dass die Fischbachs wussten, dass der Tod des Hundes die Theorie der Beziehungstat untermauerte.

»Eins kann ich Ihnen jedenfalls sagen«, sagte Gerion Fischbach. »Mein Vater hätte seinen Hund niemals selbst getötet. Niemals.«

»Auch nicht unter Zwang?«, fragte Ben.

»Selbst dann nicht«, antwortete Fischbach mit fester Stimme.

»Eine Frage noch«, sagte Lou, stand auf und sah Gerion Fischbach an. »Wo waren Sie gestern?«

»Zuerst war ich in der Praxis und dann hier bei meiner Frau«, antwortete er, ohne zu überlegen. »Ihre Geburtstagsfeier vorbereitet. Als die Beamten von der Wache anriefen, waren wir gerade beim Essen.«

Lou sah Hilla Fischbach an.

»Das stimmt«, sagte sie. »Gerion und ich haben meinen Ehrentag mit einem Candle-Light-Dinner gefeiert.«

DREI

Gustav-Nachtigal-Straße

Der Radiowecker sprang um Punkt fünf Uhr an. Lou blieb noch einen Augenblick liegen und lauschte den Nachrichten von Radio Köln mit geschlossenen Augen. Der anschließende Wetterbericht versprach einen sonnigen Tag mit Temperaturen bis maximal sechs Grad. Sie quälte sich aus dem Bett, zog die Joggingsachen über und lief zehn Minuten später auf der Gustav-Nachtigal-Straße in Richtung Toni-Steingass-Park. Die Luft war kalt und klar. Beim Ausatmen konnte sie den Hauch ihres Atems sehen.

Lou überquerte die Niehler Straße, lief zwischen den neuen Häusern am Park-Veedel vorbei in den Nordpark, bog dort auf den schmalen Pattweg an der Kleingartenkolonie ein, joggte bis zur Xantener Straße den Park hinter der Kinderklinik entlang und war froh, als sie die Florastraße erreichte. Keine fünf Minuten später betrat sie die Bäckerei Morgenroth auf der Neusser Straße. Behagliche Wärme schlug ihr entgegen, und der Geruch von frischem Brot ließ ihren Magen augenblicklich knurren.

Lou begrüßte die Verkäuferinnen im Laden und ging in die Backstube. Hanna stand mit ihrem Gesellen vor einem riesigen Mixer. Sie wechselten Rührbesen aus.

»Du bist heute aber spät dran«, sagte ihre Freundin und überließ Steffen die Maschine.

Sie begrüßten sich mit einem Kuss auf die Wange. »Ich bin kaum aus dem Bett gekommen«, sagte Lou.

Sie setzten sich an einen kleinen Holztisch. Hanna goss Kaffee in zwei Becher. Lou liebte diese Viertelstunde am Morgen. In dieser Zeit tauschten sich die Freundinnen aus, sprachen über alltägliche Dinge oder Lous aktuelle Fälle. Mittlerweile verstand Hanna eine Menge von Lous Ermittlungsarbeit.

»Möchtest du Zimtsterne oder Spekulatius?«, fragte Hanna.

»Beides.« Bei Süßigkeiten konnte Lou nicht widerstehen.

Hanna stellte eine Schale Plätzchen auf den Tisch. »Wie war dein Essen mit Alex?«

»Ich musste zu einer Leiche«, sagte Lou kauend.

»Du triffst dich mit ihm, wenn du Bereitschaft hast?«

»Ach, jetzt mach du mir auch noch Vorwürfe!«

»Also wirklich, Lou. Kein Wunder, dass die Männer bei dir immer wieder abspringen.« Hanna schüttelte den Kopf. »Aber jetzt mal im Ernst. Geht da was zwischen euch beiden?«

»Keine Ahnung.«

»Wieso? Was passt dir denn nicht an ihm?«

Lou nahm einen weiteren Zimtstern und ließ den Zuckerguss auf der Zunge zergehen. »Er ist so … Ach, ich weiß auch nicht.«

»Wie weit seid ihr denn?«

Lou zuckte mit den Schultern.

Hanna biss in ein Käsebrötchen. »Lass dir doch nicht alles aus der Nase ziehen.«

»Er ist echt nett.«

Hanna schnitt eine Grimasse.

Lou lachte. »Nein, ich finde ihn ja auch wirklich attraktiv, und er ist ein toller Ermittler, aber ich weiß einfach nicht, was ich mit ihm reden soll.«

»Dann überspring doch diese Stufe.«

»Das sagtest du bereits, aber ich kann das nicht.«

»Okay. Vergiss es. Daraus wird sowieso nichts.«

»Wieso? Wie meinst du das?«

»Mensch, ist doch egal, wie er seinen Job macht. Und es ist schon bezeichnend, wenn dir nichts anderes einfällt, als zu sagen: Er ist ein toller Ermittler.«

Jetzt lachten sie beide.

»Wahrscheinlich hast du recht«, sagte Lou. »Ich sollte die Sache beenden, bevor sie anfängt.« Sie schwiegen einen Moment. »Außerdem will ich mal über den Tellerrand blicken. Es muss doch auch nette Männer außerhalb des Präsidiums geben.«

»Genau!« Hanna lehnte sich vor. »Ich habe auch schon ein besonderes Exemplar für dich im Auge.«

Lou beugte sich ebenfalls vor. »Wen?«

»Ray Schott.«

»Wer ist das denn?« Lou wunderte sich immer wieder über Hanna. Obwohl sie nachts schuftete und tagsüber einen Großteil der Zeit verschlief, lernte sie immer wieder neue Leute kennen. Vor allem seitdem sie sich entschieden hatte, sonntags wieder Stadtführungen anzubieten. Köln im Mittelalter, Kulte, Aberglaube und alte Bräuche waren dabei ihre Spezialthemen. Bevor Hanna die Bäckerei ihres Vaters übernommen hatte, war sie mehrere Jahre als Historikerin tätig gewesen.

»Ray ist der Bekannte eines Freundes«, sagte Hanna. »Wir waren neulich nach einer meiner Führungen zusammen Kaffee trinken. Ein toller Typ! Seine Mutter ist Kanadierin, der Vater Kölner. Ray ist vor drei Jahren von Toronto nach Ehrenfeld gezogen.«

»Schlechter Tausch, wenn du mich fragst«, sagte Lou, die Kanada liebte. »Und was macht dein Ray so?«

»Er ist Maler.«

»Maler und Lackierer?«

Hanna lachte. »Quatsch, freischaffender Künstler. Allerdings bisher ziemlich erfolglos. Deshalb hat er eine halbe Stelle an einer Schule. Er gibt Kunstunterricht.«

»Und warum angelst du ihn dir nicht?«

Hanna war seit ewigen Zeiten solo. Ein Thema, das sie gerne mied. »Er ist nicht mein Typ. Aber dir wird er gefallen. Er sieht ziemlich gut aus. Eine Mischung aus Antonio Banderas und Stephen Baldwin.«

»Dann wäre er mit Sicherheit schon vergeben.«

Hanna lachte und band ihr Kopftuch straffer. »Wie geht es eigentlich Maline? Ich hab sie ewig nicht gesehen.«

»Sie hatte Urlaub. Heute kommt sie zurück.«

Hanna stand auf. »Dann grüß sie mal von mir.« Sie reichte Lou eine Tüte mit Rosinenbrötchen. »Ich muss weitermachen. Die Christstollen backen sich nicht von allein. Vergiss nicht mein Gans-Essen, ich werde Maline anrufen und sie auch einladen.«

»Aber bitte lade Ray nicht ein. Ich muss mir erst mal über die Sache mit Alex klar werden. Außerdem sind deine Verkupplungsversuche bisher immer fehlgeschlagen.«

»Zu spät«, antwortete Hanna und ging davon.

Polizeipräsidium

»Du siehst mitgenommen aus«, sagte Lou. »Hast du dich nicht gut erholt?«

»Doch, schon.« Maline goss Kaffee in zwei Tassen, ohne ihre Kollegin anzusehen.

Lou ließ nicht locker. »Wirklich?«

»Echt«, sagte Maline. Jetzt drehte sie sich zu Lou um. »Alles bestens.«

Lou forschte in Malines Gesicht nach einem Anhaltspunkt, der diese Aussage bestätigte. Maline wirkte noch blasser und zerbrechlicher als sonst. Die ohnehin weiten Jeans hingen ihr noch schlabbriger von der Hüfte.

»Ist was mit deinem Vater?«, fragte Lou. »Geht es ihm wieder schlechter?«

Malines Vater war an Parkinson erkrankt und lebte in einem Pflegeheim. Lou hatte ihn einmal zusammen mit ihrer Kollegin besucht und wusste, wie eng das Band zwischen Vater und Tochter war. Malines Mutter war bei ihrer Geburt gestorben. Auch deshalb hing sie sehr an dem kranken Mann.

»Meinem Vater geht es ganz gut«, versicherte Maline und reichte Lou einen Kaffeebecher.

»Nein danke«, sagte Lou.

Maline sah sie entgeistert an. »Bist du krank? Du bist doch kaffeesüchtig!«

»Eben«, sagte Lou und schob sich ein Kaffeebonbon in den Mund. »Aus diesem Grund versuche ich, weniger von dem Zeug zu trinken.«

»Wie kommt ihr im Fall des toten Professors voran?«, fragte Maline und goss Lous Kaffee in den Abfluss.

»Wir haben keine wirklich heiße Spur«, sagte Lou. »Und was macht dein Fall?«

»Ist so gut wie abgeschlossen. Der mutmaßliche Täter hat gestanden, seinen Bekannten erstochen zu haben. Den Rest muss jetzt die Staatsanwaltschaft erledigen.«

Lou hörte ihr Telefon klingeln. »Ich muss los. Wir sehen uns später.« Sie eilte in ihr Büro und nahm den Hörer ab.

Gerion Fischbach kam ohne Umschweife zur Sache. »Mir ist da noch etwas eingefallen. Mein Vater hat uns erzählt, dass bei ihm eingebrochen wurde.«

»Wann?«

»Vor ungefähr einer Woche.«

Lou wurde hellhörig, setzte sich, klemmte sich den Telefonhörer zwischen Ohr und Schulter, angelte nach einem Zettel und nahm einen Kugelschreiber. »Was genau hat Ihr Vater denn gesagt?«

»Nicht viel. Nur dass jemand durch das Küchenfenster eingestiegen ist. Da waren wohl Spuren von Matsch auf dem Tresen, und ein Blumentopf lag auf der Erde.«

Lou runzelte die Stirn. »Ist etwas gestohlen worden?«

»Ich glaube nicht. Es war nichts durchwühlt oder so. Mein Vater war auch nicht in Sorge wegen der Geschichte, ich glaube, er ist nicht einmal zur Polizei gegangen. Aber ... unmittelbar nach dieser Sache ist die Toilettenspülung kaputt gegangen. Mein Vater hat die beiden Vorfälle glaube ich nicht miteinander verknüpft. Ich zuerst ja auch nicht, aber jetzt ...«

»Gut, dass Sie mich angerufen haben«, sagte Lou. »Der Verkäufer eines Gemüseladens, in dem Ihr Vater regelmäßig eingekauft hat, rief übrigens heute Vormittag an. Es ging um die Schmiererei an der Hauswand, Sie erinnern sich doch. Wir haben Sie und Ihre Frau danach befragt.«

»Ja. Was ist damit?«

»Ihr Vater hat dem Verkäufer erzählt, dass er vor ein paar Wochen zu seinem Haus gekommen ist und jemand dort in großen Buchstaben ›in brevi‹ an die Wand geschrieben hatte. Ihr Vater hat sich ziemlich darüber aufgeregt.«

»In Kürze«, übersetzte Fischbach.

»Genau. Unterschrieben war die Schmiererei mit ›Ägidius‹. Sagt Ihnen der Name etwas?«

Fischbach schwieg.

»Hallo? Sind Sie noch da?«

Er räusperte sich. »Der heilige Ägidius ist der Schutzpatron der Minderbemittelten.«

»Wie bitte?« Lou legte den Stift beiseite.

»Ich meine natürlich der Menschen mit Behinderungen.«

»Und?«

»Sie wissen doch, dass mein Vater früher ein Erziehungsheim geleitet hat. Da gab es eine Menge von denen.«

»Und Sie vermuten, dass die Schmiererei damit im Zusammenhang steht?«

»Es ist das Erste, was mir dazu einfällt. Vielleicht liege ich auch völlig daneben.«

Nachdem Lou wenig später aufgelegt hatte, stand sie auf und ging in Bens Büro. Sie berichtete ihm von ihrem Gespräch mit Gerion Fischbach.

»Hast du Wiemers zurückgerufen?«, fragte sie anschließend.

»Ja. Er wollte uns mitteilen, dass das Verbindungsrohr zwischen Spülkasten und Toilettenschüssel fein säuberlich durchgesägt wurde. Jedenfalls hat Fischbach deswegen einen örtlichen Klempner angerufen, der ist auch sofort zu ihm rausgefahren, aber dann war der Professor nicht da. Das sagt jedenfalls der Handwerker.«

»Siehst du! Gerion Fischbach hat recht mit seiner Vermutung. Wann war das?«

»Drei Tage, bevor die Leiche des Professors entdeckt wurde, allerdings hat es der Handwerker dann noch mal versucht. Und zwar am 2. November gegen zwölf Uhr.«

»Also einen Tag, nachdem der Arzt nach Fischbach gesehen hat«, sagte Lou.

»Ja.«

»Vielleicht war der Professor schon tot, als der Klempner geklingelt hat«, sagte Lou. »Oder hat der Hund gebellt?«

»Keine Ahnung.«

»Wiemers soll ihn fragen.« Lou sah aus dem Fenster. »Ich frage mich nur, was der Mörder noch im Haus zu suchen hatte, als die Kinder kamen.« Sie sah Ben an. »Er hat seine Tat von langer Hand geplant. Das mit dem Rohr kann doch kein Zufall sein, ebenso wie die Wandschmierereien.«

»Das sehe ich auch so«, sagte Ben. »Offensichtlich hat er das Abwasserrohr manipuliert und gehofft, dass Fischbach seine Fäkalien in einem Eimer sammelt, damit sein Plan funktioniert.«

»Sieht so aus«, sagte Lou. »Anscheinend hat sich Fischbach unwissentlich an die Spielregeln gehalten.«

VIER

Oberstraße

Am Tag der Beerdigung ihres Schwiegervaters wurde Hilla Fischbach mit Kopfschmerzen wach. Sie stand auf, ging ins Bad, holte sich ein Glas Wasser, schluckte zwei Schmerztabletten und legte sich wieder ins Bett. In den letzten Tagen hatte sie Gerions Erwartungen erfüllt. Die Familie war informiert, sie hatte Fragen beantwortet, Behördengänge erledigt, Blumengeschäfte aufgesucht, Absprachen wegen des Reueessens getroffen, und die Anwälte der Familie grübelten über den Erbangelegenheiten. Als der zweite Wecker klingelte, quälte sie sich widerwillig aus dem Bett, zog die Vorhänge auf, warf einen ihrer seidenen Bademäntel über und setzte in der Küche Kaffee auf. Auf der Anrichte lag ein Zettel. Hilla warf nicht einmal einen Blick darauf. Es interessierte sie nicht, welche Nachricht Gerion für sie hinterlassen hatte. Stattdessen hörte sie den Anrufbeantworter ab. Cornelius, Gerions jüngerer Bruder, entschuldigte sich. Er wollte nicht zur Beerdigung kommen.

Hilla fiel es schwer, das Verhalten ihres Schwagers nachzuvollziehen. Die letzte Ehre konnte man seinem Vater doch erweisen. Differenzen hin, Differenzen her. Aber letztlich war ihr Cornelius egal. Er lebte in Mailand und war Modedesigner, angeblich ein erfolgreicher. Tatsache war, dass er sich kaum über Wasser hielt. Dieses Tuscheltherma wurde bei jeder Familienfeier neu aufgewärmt. Aber darüber wollte sich Hilla keinen Kopf machen. Ihr genügten die eigenen Sorgen.

Sie sah aus dem Fenster, während sie Kaffee in eine Tasse goss. Die Sonne suchte sich einen Weg aus dem bedeckten Himmel.

Der Stress um Engelberts Tod und seine Beerdigung hatten Hilla einige Zeit abgelenkt. Aber nun holten sie die Gedanken wieder ein, die sie seit Wochen beschäftigten. Ihre Ehe hing an einem seidenen Faden. Diese Erkenntnis war nicht neu. Hilla zog die Mundwinkel nach unten. Gerion war flatterhaft, nicht besonders ehrgeizig und ging Problemen lieber aus dem Weg. So war es, seit sie sich kannten. Architekturstudium. Abgebrochen. BWL, geschmissen nach fünf Semestern. Gerion hatte Jahre als Taxifahrer gejobbt und vom Geld seines Vaters gelebt. Er war Hilla orientierungslos und unselbstständig vorgekommen.

Anfangs hatte sie das nicht weiter gestört. Sie waren beide jung und wollten die Welt sehen. Hilla nahm das Zepter in die Hand. Sie reisten. Zuerst nach Afghanistan, später lebten sie monatelang in Marokko. Rückwirkend war das für Hilla die beste Zeit ihres Lebens gewesen. Wieder in Deutschland ließ sich Gerion allerdings weiter gehen, während Hilla ihr Studium an der Sporthochschule beendete und als Lehrerin arbeitete.

Sie heirateten, und für kurze Zeit keimte so etwas wie Ehrgeiz in Gerion auf. Er schrieb sich wieder ein. Sozusagen als Hochzeitsgeschenk. Diesmal für Medizin. Zehn lange Jahre schleppte Hilla ihn durchs Studium, während sie arbeitete und nebenbei auch noch für das Team der Deutschen Nationalmannschaft trainierte. Bogenschießen. Bis heute ihre Leidenschaft. Gerion bestand sein Examen nur mit Ach und Krach.

Mittlerweile arbeitete er seit Jahren in einer Gemeinschaftspraxis, weil seine eigene Praxiszulassung immer wieder an der Kassenärztlichen Vereinigung scheiterte. Die Gründe hierfür waren Hilla schleierhaft. Immerhin hatte Engelbert Fischbach zeit seines Lebens gute Kontakte zu Mitgliedern dieses Gremiums gepflegt, dem er jahrelang sogar selbst angehört hatte. Und trotzdem blieb Gerion die ersehnte Zulassung verwehrt, obwohl er, soweit Hilla informiert war, alle Voraussetzungen für eine eigene Praxis erfüllte. Sie schob den Gedanken beiseite. Gerions Probleme interessierten sie nicht wirklich. Was sie störte, war, dass er den perfekten Ehemann nur dann spielte, wenn sie in Gesellschaft waren. Dass Gerion manchmal tagelang nicht nach Hause kam und dass er sie völlig ignorierte, wenn sie allein waren, wusste niemand. Über die Gründe für sein Verhalten wollte sie lieber nicht nachdenken. Eine Affäre schloss sie aus. Gerion interessierte sich nicht für andere Frauen. Doch die Alarmglocken in ihrem Kopf klingelten schon eine Weile. Leise zwar, aber unüberhörbar.

Hilla gab sich einen Ruck. Sie wollte sich in nichts reinsteigern, leerte die Kaffeetasse und ging ins Badezimmer. Als sie unter der Dusche stand, fühlte sie sich entsetzlich allein. Diese Erkenntnis kam nicht überraschend, war aber immer wieder schmerzhaft. Hilla wusste, dass sie sämtliche Kontakte in den vergangenen Jahren vernachlässigt hatte. Gut, das Verhältnis zu ihrer eigenen Familie war seit ewigen Zeiten angespannt. Einzig die Beziehung zu ihrer älteren Schwester konnte sie als normal bezeichnen, doch die war gerade verreist und nicht zu erreichen.

Hilla hielt ihr Gesicht unter den Duschstrahl und nahm sich vor, mal wieder ein klärendes Gespräch mit Gerion zu führen. Als sie kurze Zeit später aus der Dusche stieg, schwand ihre Entschlossenheit ein wenig. Sie brauchte lange, bis sie sich abgetrocknet und eingecremt hatte. Als sie fertig war, zog sie ihren Bademantel über, ging ins Schlafzimmer, hob Gerions Hose gedankenverloren vom Boden auf und tastete gewohnheitsmäßig in den Taschen nach Kleingeld. Dabei fiel eine bunte Spielkarte auf den Teppichboden. Hilla bückte sich nach der Karte. Und in diesem Augenblick begannen die Alarmglocken in ihrem Kopf lauter zu schrillen.

Nordfriedhof

Lou parkte den Dienstwagen auf dem Parkplatz an der Pallenbergstraße und stieg gemeinsam mit Ben aus. Wortlos gingen sie in Richtung Trauerhalle. Lou mochte die Atmosphäre des Nordfriedhofs, der 1896 zur Entlastung des Melatenfriedhofs angelegt worden und auch die letzte Ruhestätte von Trude Herr war. Dieser Friedhof glich einer Parkanlage; eine Oase inmitten der Mehrfamilienhäuser von Köln-Mauenheim. Hier war Platz zwischen den Gräbern. Im Sommer erfreuten sich Besucher an den Rosenbeeten, und Bänke luden zum Verweilen ein. Jetzt fuhr ein frischer Wind in die Berge aus Herbstlaub, die einer der Friedhofsgärtner mit Geduld zusammenfegte.

In der Trauerhalle zählte Lou höchstens zwölf Personen, die sich auf die Holzbänke der ersten Reihen verteilten. Sie war überrascht, denn sie hatte mit wesentlich mehr Anteilnahme gerechnet. Als Gerion Fischbach sie entdeckte, stand er auf und begrüßte sie.

»Ist Ihnen schon irgendetwas Verdächtiges aufgefallen?«, fragte Ben und schaltete seine Digitalkamera ein. Er wollte Fotos von den Anwesenden machen. Die Vorgehensweise war mit den Eheleuten abgesprochen.

»Nein«, sagte Gerion Fischbach. »In den Bänken sitzen ausschließlich Verwandte und Freunde.«

»Wir werden sehen«, sagte Lou. Sie hofften, dass Fischbachs Mörder an der Beerdigung teilnehmen würde. Immerhin bestand diese winzige Chance. Für manche Täter gehörte die Teilnahme am Geschehen rund um die Tat mit zum Verbrechen. Bei Beziehungstaten war dies zwar unwahrscheinlich, aber eine winzige Hoffnung bestand dennoch.

Während Fischbach wieder nach vorne ging, blieben Lou und Ben in der letzten Reihe sitzen. Einige Minuten später begann die Trauerfeier, die auf Lou unpersönlich wirkte. Offenbar waren nur die notwendigsten Absprachen zwischen den Angehörigen und dem Pfarrer erfolgt; jedenfalls erklärte sich Lou so die steife, fast kühle Atmosphäre. Als sich die Anwesenden zum letzten Geleit erhoben, schien die Sonne durch die Fenster des Spitzdachs auf den Sarg, der an dem Ermittlerteam vorbeirollte. Ben machte einige Fotos von den Trauernden.

»Ich gehe schon mal mit raus«, flüsterte er und folgte dem Kondukt.

Lou blieb noch einen Augenblick in der Kapelle sitzen und sah den Beerdigungshelfern zu, die alles für die nächste Trauerfeier herrichteten. Als die Sonne wieder hinter einer dicken Wolke verschwand, stand sie auf, verließ die Halle und folgte dem Trauerzug, der parallel zur Pallenbergstraße ging. Lou hielt etwas Abstand, las die Inschriften einiger Gräber, an denen sie vorbeikamen, und beobachtete unauffällig die Umgebung. Am Flur 57 bog der Trauerzug ab, und nach wenigen Metern entdeckte Lou den frisch ausgehobenen Erdhügel neben dem Familiengrab der Fischbachs. Als kurz darauf der Sarg in die Grube hinabgelassen wurde und der Geistliche »Wir sind nur Gast auf Erden …« anstimmte, bemerkte Lou einen Mann, der einige Meter entfernt vor einer Hecke stand. Er war nicht besonders groß, schmal, dunkel gekleidet und trug eine schwarze Wollmütze auf dem Kopf. In der Hand hielt er eine der blauen Friedhofsgießkannen und goss unnötigerweise das Gestrüpp. Lou ließ ihn nicht aus den Augen und war erleichtert, als es ihr gelang, ihren Kollegen auf ihn aufmerksam zu machen. Ben zögerte nicht lange und schoss einige Bilder von ihm. Auch als sich die Trauergemeinde auflöste, blieb der Mann vor dem Busch stehen und sah auffallend oft herüber. Ben schaffte es, dass Gerion Fischbach und seine Frau ihn bemerkten. Aber das Ehepaar schüttelte die Köpfe. Sie kannten den Mann nicht. Allerdings schien jetzt der Unbekannte nervös zu werden. Er warf die Gießkanne unter eine Tanne und ging eilig in Richtung Schmiedegasse davon. Ben und Lou liefen hinterher.

»Stehen bleiben!«, rief Ben. »Polizei!«

Der Mann schlug einen Haken, rannte nun in Richtung Trauerhalle zurück, bog dann allerdings nach rechts zum Urnenfeld ab und verschwand in einem schmalen Seitenweg. Lou und Ben hetzten ihm nach, wurden aber von einer großen Beerdigung gebremst, die auf einmal wie aus dem Nichts auftauchte. Sie bahnten sich einen Weg durch die Trauernden, die wenig Verständnis für die Ermittler zeigten. Als Lou und Ben sich endlich durchgekämpft hatten, war der Verfolgte wie vom Erdboden verschluckt. Sie liefen noch bis zur Schmiedegasse, die den alten vom neuen Teil des Friedhofs trennte. Umsonst.

»Mist!«, sagte Lou. Sie war vollkommen außer Atem.

»Immerhin habe ich einige Fotos von ihm«, keuchte Ben.

Polizeipräsidium

Alex zog einen Pullover über. In seinem Büro auf der Vermisstenstelle war die Heizung ausgefallen. Er fröstelte und trank einen Schluck Tee. Anschließend versuchte er, sich auf eine Akte zu konzentrieren. Erfolglos. Seine Gedanken kreisten um Lou. Sie hatte sich noch nicht gemeldet. Das war typisch für sie, aber ihr Verhalten machte ihn nervös. Offensichtlich gab es Wichtigeres in ihrem Leben als ihn. Dabei konnte er nicht aufhören, an sie zu denken. Ihrem Ruf, unnahbar zu sein, wurde sie jedenfalls gerecht. Leider. Doch Alex ließ sich nicht entmutigen. Immerhin war sie im Il Piatto erschienen, und sie flirtete mit ihm, da gab es keinen Zweifel, auch wenn er nicht wusste, ob es etwas zu bedeuten hatte. Andererseits konnte er sich nicht vorstellen, dass eine Frau wie Lou ihre Zeit mit Belanglosigkeiten vertrödelte.

Als es klopfte, zuckte Alex leicht zusammen und sah von seinen Unterlagen auf. Eine Frau betrat sein Büro und blieb in der Tür stehen.

»Kommissar Jedeke?« Ihre Stimme war tief und kräftig. »Ich bin Ruth Heidkamp, wir haben einen Termin. Ihr Kollege, der mich hochgebracht hat, sagte, dass ich einfach klopfen soll.«

Alex stand auf. »Ja, bitte setzen Sie sich schon mal. Ich muss noch kurz diesen Vermerk fertig schreiben.«

Sie knöpfte ihren Mantel auf und nahm Platz. Alex spürte, dass sie ihn beobachtete, während er seine Unterschrift unter einige Schriftstücke kritzelte. Er sah sie über den Schreibtisch hinweg an. Der Kajalstrich unter ihren Augen war verschmiert, die Lippen rot geschminkt. Zu rot für seinen Geschmack.

»Kaffee? Mineralwasser?«

»Wasser. Danke.«

Er goss ihr ein Glas ein, nahm einen dünnen Schnellhefter und schlug ihn auf. »Sie sagten mir ja schon am Telefon, dass Ihr Mann verschwunden ist.«

»Ja.«

Alex räusperte sich. »Aber es ist so, wie ich es Ihnen bereits erklärt habe. Ihr Mann ist erwachsen und, wenn ich mich recht erinnere, gesundheitlich nicht gefährdet. Und deshalb befürchte ich, dass ich nicht viel für Sie tun kann.«

Ruth Heidkamp schien den Tränen nahe.

»Seit wann ist er denn verschwunden?«, fragte Alex, weil sie ihm leidtat.

»Das kann ich Ihnen nicht genau sagen.« Jetzt zitterte ihre Stimme leicht. »Meine Kinder und ich … wir waren verreist.«

»Wann haben Sie gemerkt, dass etwas nicht stimmt?«

»Gestern, als wir nach Hause kamen. Christoph war nicht da, und im Haus sah es aus, als habe er es fluchtartig verlassen.«

Alex wurde hellhörig. »Inwiefern?«

»Die Haustür war nicht abgeschlossen. In der Wanne im Bad stand noch das Wasser. Seine Anziehsachen lagen überall im Schlafzimmer verstreut, und auf dem Küchentisch habe ich eine aufgeschlagene Zeitung gefunden. Ich meine, das ist doch merkwürdig, oder?«

»Jedenfalls ungewöhnlich«, sagte Alex so gelassen wie möglich und begann, sich Notizen zu machen. »Erinnern Sie sich zufällig an das Datum der Zeitung auf dem Küchentisch?«

»Nein, beim besten Willen nicht. Ich habe auch gar nicht darauf geachtet.« Ruth Heidkamp griff nach dem Wasserglas und trank einen Schluck. »Vor allem macht mich stutzig, dass sein Handy in der Küche lag. Christoph ist ein Handyjunkie. Er würde niemals ohne das Ding aus dem Haus gehen.«

»Wie lange waren Sie weg?«

»Eine Woche.«

»Wann haben Sie das letzte Mal mit ihm gesprochen?«

»Vor einer Woche.«

Alex sah von seinen Unterlagen auf. »Sie hatten also eine Woche keinen Kontakt. Warum?«

»Aus persönlichen Gründen.«

Alex legte den Stift zur Seite. »Ich muss es genauer wissen, wenn ich Ihnen helfen soll.«

Ruth Heidkamp sah auf ihre Hände. »Wir haben uns gestritten. Mein Mann hat eine Affäre.«

»Deshalb sind Sie mit den Kindern weggefahren?«

»Ja. Und wir haben vereinbart, uns gegenseitig in Ruhe zu lassen. Keine Telefonate, keine Vorwürfe. Wir wollten einen klaren Kopf bekommen.«

»Verstehe.« Alex räusperte sich. »Er hat also eine Geliebte.«

»Aus Ihrem Mund klingt das harmlos, dabei … sie vögeln schon seit Monaten.« Sie sah aus dem Fenster. »Entschuldigen Sie bitte meine vulgäre Ausdrucksweise, aber ich bin immer noch stinksauer.«

»Wo hat er sie kennengelernt?«

Ruth Heidkamp schloss für einen Moment die Augen. »In einem Fitnesscenter, es ist so banal. Mein Mann fällt auf ein langhaariges Blondchen in eng anliegendem Sportdress herein.«

»Wie ist ihr Name?«

»Jessica Carboni.« Ruth Heidkamp verzog den Mund. Offensichtlich sprach sie den Namen ihrer Rivalin nur widerwillig aus. »Sie wohnt irgendwo in Deutz. Die genaue Adresse kenne ich nicht.«

»Kann es sein, dass er bei ihr ist?«

»Das halte ich für ausgeschlossen. Sie ist verheiratet.«

»Haben Sie Ihrem Mann die Pistole auf die Brust gesetzt?«, fragte Alex.

»Wie bitte?«

»Na ja. Kann es sein, dass Sie ihn zu sehr unter Druck gesetzt haben und er deshalb abgehauen ist? Kam er mit der Situation nicht klar? Hat er sich vielleicht …?«

»… etwas angetan, meinen Sie?« Ruth Heidkamp schüttelte energisch den Kopf. »Das glaube ich nicht. Christoph ist nicht der Typ, der bei Problemen in den Rhein springt. Und außerdem würde er das unseren Kindern nicht antun.«

»Haben Sie auf seiner Arbeitsstelle angerufen?«, fragte Alex.

»Heute Morgen. Aber Christoph hat seit zehn Tagen Urlaub. Dort vermisste ihn deshalb niemand.«

»Hat Ihr Mann noch andere Probleme? Geldsorgen, Streit mit Nachbarn, Freunden, Berufskollegen?«

»Nein, aber …« Sie zögerte.

»Alles kann wichtig sein«, sagte Alex.

»Wir sind erst seit einem knappen Jahr aus Neuseeland zurück. Mein Mann hat sich eine Auszeit bei der Stadt gegönnt und ist mit uns nach Auckland gezogen. Ein Jahr haben wir dort gelebt.«

»Ist es ihm schwergefallen, zurückzukommen?«

»Nein«, sagte Ruth Heidkamp. »Christoph wollte schon nach ein paar Monaten wieder zurück. Ihm hat es in Neuseeland auf Dauer nicht gefallen. Vor allem weil er seinen Vater nicht sehen konnte. Die beiden verbindet ein ungewöhnlich starkes Band.«

»Und trotzdem glauben Sie, dass die Zeit im Ausland eine Rolle spielen könnte«, sagte Alex.

»Ich weiß es nicht.« Ruth Heidkamp nippte noch einmal an ihrem Mineralwasser. Alex sah deutlich den Lippenstiftabdruck, den ihr Mund am Glasrand hinterließ. »Ich finde nur, dass Christoph seit Neuseeland etwas aus der Spur läuft.«

»Wie meinen Sie das?«

Sie strich die Falten ihres Rockes glatt. »Ach, da sind so viele Dinge. Die Affäre, sein übertriebener sportlicher Ehrgeiz, seine Unzuverlässigkeit. Früher konnte ich mich hundertprozentig auf ihn verlassen, aber jetzt?« Sie blickte Alex an, lächelte und sah zu Boden. »Ach, ich glaube, jetzt übertreibe ich ein bisschen.«

»Gut«, sagte Alex. »Ich kann Ihnen nichts versprechen. Aber vielleicht statte ich seiner Geliebten mal einen Besuch ab.«

Ruth Heidkamp nahm einen Umschlag aus ihrer Handtasche und reichte ihn Alex. »In dem Kuvert sind ein Foto und eine Personenbeschreibung meines Mannes.«

»Ihr Mann arbeitet also bei der Stadt?«, sagte Alex.

»Ja, als Beamter im Stadthaus, und vielleicht sollten Sie noch wissen, dass Jessica Carbonis Mann ziemlich eifersüchtig war und sie wegen der Affäre mächtig unter Druck gesetzt hat.«

»Inwiefern?«

»Genaues weiß ich nicht«, sagte Ruth Heidkamp und stand auf. »Da müssen Sie das Miststück schon selbst fragen.«

Mauenheimer Straße/Ecke Bergstraße

Hilla ließ sich auf einen Stuhl fallen und beobachtete die Gäste, die zur Trauerfeier ins Alt Mauerheim gekommen waren. Sie standen in einiger Entfernung und schoben sich Mettbrötchen mit Zwiebelringen in den Mund. Hilla aß nichts. Seit der Nachricht vom Tod ihres Schwiegervaters brachte sie kaum einen Bissen herunter. Zusätzlich kreisten ihre Gedanken um ihren Mann. Sie musste ihn dringend sprechen, doch er wich ihr aus. Als sie nun sah, dass er in Richtung Toiletten verschwand, folgte sie ihm kurz entschlossen.

Hier waren sie allein. Hilla zögerte. Aber der Verdacht, den sie seit dem Mittag gegen ihren Mann hegte, zwang sie zu handeln.

Gerion stand mit dem Rücken zu ihr vor dem Urinierbecken und drehte träge den Kopf. »Um Himmels willen! Kannst du mich nicht mal allein aufs Klo gehen lassen?«

Hilla verschränkte die Arme vor der Brust. »Ich habe mit deiner Sprechstundenhilfe gesprochen. Du hast an meinem Geburtstag die Praxis gar nicht betreten. Angeblich hattest du Magenprobleme und warst zu Hause. Deine Sprechstundenhilfe hat für dich gelogen.«

Gerion schloss den Reißverschluss und ging zum Waschbecken. »Und? Schließlich hast du mein Alibi bei der Polizei bestätigt. Was willst du also von mir?«

»Wir wissen beide, dass du an dem besagten Tag erst nach zweiundzwanzig Uhr zu Hause warst. Ich habe meinen Geburtstag allein vorbereitet. Du und Engelbert, ihr seid beide nicht zum Essen gekommen.«

Er drehte sich zu ihr um. »Mein Vater konnte ja wohl kaum kommen. Er ist an deinem Geburtstag gestorben. Hast du das schon vergessen?«

»Lass deinen Zynismus. Wo warst du? Was hast du an diesem Abend gemacht?«

Gerion sah auf seine Schuhe und schwieg.

Sie ließ nicht locker. »Sag es mir.«

»Müssen wir das in einer Toilette besprechen?«

»Ich will es jetzt wissen!«

Von draußen versuchte jemand in den Toilettenraum zu gelangen. Hilla öffnete die Tür einen Spalt und sah in Tante Margrets verblüfftes Gesicht. »Müllers wollen gehen und möchten sich von euch verabschieden«, sagte sie.

»Wir kommen. Einen Moment noch«, sagte Hilla.

Die Tante verschwand kopfschüttelnd.

»Lass uns wieder reingehen«, schlug Gerion vor. »Du machst uns ja vor allen Leuten lächerlich.«

»Das ist wohl deine größte Sorge«, giftete Hilla. »Ich möchte erst eine Antwort auf meine Frage haben.«

»Ich weiß nicht mehr, was ich an dem Tag gemacht habe.« Gerion klang gereizt. »Ich war müde, fühlte mich nicht gut. Ich glaube, ich bin einfach so mit dem Auto herumgefahren.«

Hilla zögerte. Sie wusste, dass Gerion oft stundenlang mit dem Auto durch die Gegend fuhr. Trotzdem wurde sie sauer.

»Mal angenommen, du lügst mich nicht an, findest du es nicht wahnsinnig, dass du an meinem Geburtstag in der Pampa herumfährst und mich zu Hause mit einem Vier-Gänge-Menü sitzen lässt?«

»Jetzt mach aber mal einen Punkt. Seit wann legst du denn Wert auf meine Gesellschaft? Sei doch nicht so scheinheilig. Dir ist es doch scheißegal, ob ich zu deinem bescheuerten Essen komme oder nicht!«

Hilla rang nach Luft. »Ist es mir auch! Und trotzdem möchte ich wissen, wo du warst!«

Gerion machte einen Schritt auf seine Frau zu. »Und ich möchte jetzt hier raus. Heute ist die Beerdigung meines Vaters, und draußen warten Gäste.«

Er wollte an Hilla vorbei zur Tür. Aber sie packte ihn am Arm.

»Und was ist das?« Hilla hielt ihm die Spielkarte vor die Augen, die am Morgen aus seiner Hose gefallen war. »Ich habe draußen mit Kevin gesprochen. Er hat mir erklärt, dass dies eine sogenannte Yu-Gi-Oh!-Karte ist.«

»Und? Was soll der Unsinn?«

Hilla ließ sich nicht beirren. »Ich kenne mich damit nicht aus, aber das spielt auch keine Rolle. Kinder sammeln solche Karten oder spielen damit.«

»Na und? Bist du jetzt völlig übergeschnappt?«

»Ich möchte wissen, wo du sie herhast!«

»Wieso schnüffelst du mir nach?«

»Weich mir nicht aus! Ich habe die Karte zufällig entdeckt, als ich die Hose aufhängen wollte. Woher hast du sie?« Hilla hielt Gerions Arm umklammert.

Er riss sich los. »Keine Ahnung! Wahrscheinlich aus meiner Praxis, was glaubst du denn!«

»Du willst mir also sagen, dass einer deiner Patienten die Karte in deiner Praxis verloren hat.«

»Ich nehme es an. Jedenfalls lag sie im Wartezimmer auf dem Boden.«

»Ach, jetzt erinnerst du dich auf einmal.«

»Ja!«

»Du lügst«, sagte Hilla.

»Mach dich nicht lächerlich.« Gerion atmete tief durch. »Was willst du eigentlich von mir? Ist doch egal, wo ich die Karte herhabe. Ich werde meine Vorzimmerdamen fragen, ob sich jemand nach ihr erkundigt hat. Sonst noch was?«

»Ich glaube dir kein Wort«, sagte Hilla.

»Das sagtest du bereits.«

»Ich warne dich«, sagte sie und holte tief Luft. »Halt mich ja nicht für blöd.«

Gerion trat bis auf wenige Zentimeter an sie heran.

Hilla roch seinen Atem. Kölsch und Mettwurst. Ihr wurde übel.

»Jetzt gebe ich dir einen guten Rat«, flüsterte Gerion. »Halte dich aus meinen Angelegenheiten raus.«

Hilla lachte schrill. »Du willst mir drohen? Treib es nicht zu weit, mein Lieber!«

Gerion stand vor ihr und starrte sie aus ausdruckslosen Augen an.

»Du machst es wieder«, sagte Hilla leise. Ihre Augen funkelten. »Du machst dich wieder an Kinder ran.«

Ihr Mann wirkte wie erstarrt.

Hilla schloss für eine Sekunde die Augen. Dann sammelte sie sich.

»Diesmal werde ich meinen Mund nicht halten, und Engelbert lebt nicht mehr. Er kann seine Hand nicht mehr schützend über dich halten.« Sie lachte kurz auf. »Ich werde dich ans Messer liefern. Ich werde zur Polizei gehen. Du bist ein Wiederholungstäter.«

»Mein Eintrag bei der Polizei ist längst gelöscht«, sagte Gerion. Er wirkte teilnahmslos. »Die Verjährungsfrist bei Delikten dieser Art liegt bei zehn Jahren. Meine angebliche Tat ist über zwölf Jahre her. Was also willst du der Polizei mitteilen?«

Hilla lachte. »Sie werden sich schon für die Angelegenheit interessieren.«

Gerion schnellte blitzschnell vor und packte Hilla am Hals. »Halt dich zurück. An deiner Stelle würde ich den Bagger nicht zu weit aufreißen. Du kennst doch den Spruch: Wer im Glashaus sitzt, soll nicht mit Steinen werfen, oder?« Er lächelte und drückte zu. »Außerdem bist du irre und eine Gefahr für die Allgemeinheit. Es fehlt nicht mehr viel, und ich lasse dich einweisen.«

Hilla röchelte und riss die Augen auf.

»Ich habe als dein Ehemann die Pflicht, dich zu beschützen, auch vor dir selbst«, keuchte Gerion dicht an ihrem Ohr. Dann ließ er von ihr ab, riss ihr die Karte aus der Hand und rannte auf den Flur.

Hilla zitterte am ganzen Körper.

So kannte sie Gerion nicht. Noch nie hatte er sie grob angefasst. Sie wertete es als Zeichen. Als Zeichen dafür, dass sie der Wahrheit nah gekommen war. Offensichtlich zu nah, und sie war froh, dass er nicht mehr sah, wie sehr sie diese Erkenntnis aus dem Gleichgewicht warf.

Deutzer Freiheit

Alex parkte den Dienstwagen vor der Bäckerei Hansen und stieg zusammen mit seiner Kollegin aus. Im gleichen Moment brach ein Hagelschauer los. Haselnussgroße Körner trommelten auf die Autodächer und Straßen nieder, Passanten suchten Schutz in den Hauseingängen. Alex und seine Kollegin liefen die wenigen Meter an den Fensterfronten der kleinen Geschäfte vorbei und waren froh, als sie das Haus mit der Nummer 63b erreichten. Das Gebäude lag direkt gegenüber von St. Heribert. Alex drückte auf den Klingelknopf. Der Türsummer ertönte. Im Haus roch es nach Essen, von den Flurwänden löste sich der Putz.

Im ersten Stock erwartete sie eine junge Frau. Ihre blonden langen Haare hatte sie zu einem Pferdeschwanz zusammengebunden. Sie war auffällig grell geschminkt und kaute Kaugummi. Alex war ein wenig überrascht. Ruth Heidkamps Rivalin hatte er sich anders vorgestellt.

»Jessica Carboni?«, fragte er vorsichtshalber.

»Ja.«

»Mein Name ist Jedeke, und das ist meine Kollegin Müller. Wir sind von der Polizei Köln.«

»Polizei?« Die junge Frau sah sich um, als fürchte sie heimliche Lauscher. »Ist was mit Salvatore, mit meinem Mann?«

»Nein, es ist alles in Ordnung. Wir wollten Ihnen ein paar Fragen stellen.«

»Mir?« Sie schien irritiert. »Worum geht es?«

»Es geht um Christoph Heidkamp.«

Jessica sah Alex mit großen Augen an. »Christoph? Wieso?«

»Können wir kurz reinkommen?«, fragte Alex. »Ich würde die Angelegenheit ungern hier im Hausflur besprechen.«

Sie schien einen Moment zu zögern, bat Alex und seine Kollegin dann aber doch herein. In der Wohnung roch es nach Reinigungsmittel.

Jessica Carboni ging vor in die Küche, lehnte sich gegen den Kühlschrank und zündete sich eine Zigarette an.

»Was ist los? Was wollen Sie von mir? Eigentlich bin ich nicht gut auf Christoph Heidkamp zu sprechen. Er ist ein aufgeblasener Idiot, der mich nur ausgenutzt hat.«

»Sie und Herr Heidkamp hatten ein Verhältnis.«

»Und?«

»Wann haben Sie ihn das letzte Mal gesehen?«

»Vor ungefähr zehn Tagen. Wir haben in der Hyatt-Bar einen Drink genommen. Er wollte reden. Offensichtlich setzte ihm das Ende unserer Affäre ganz schön zu. Leider hat uns da die Freundin seiner Frau gesehen. Dumm gelaufen – für ihn, meine ich. Seine Frau hat ihm daraufhin wohl die Hölle heißgemacht.«

»Hatten Sie nach dem Abend im Hyatt noch Kontakt zu ihm?«

»Nein.« Jessica schnippte die Asche in einen leeren Joghurtbecher. »Hat jemand etwas anderes behauptet? Seine Frau etwa? Die Zimtzicke geht mir ja so was von auf die Nerven.«

»Sie haben sich nicht noch einmal mit ihm getroffen?«, hakte Alex' Kollegin nach.

»Nein. Seit dem Hyatt-Abend herrscht absolute Funkstille zwischen uns.«

»Und Ihr Mann?«, fragte Alex. »Wusste er von Heidkamp?«

»Vor Salvatore kann man nichts geheim halten, der findet alles raus.« Sie lächelte und löschte die Glut ihrer halb aufgerauchten Zigarette unter dem Wasserhahn. »Außerdem hat er ihn mir selbst vorgestellt.«

»Ihr Mann hat Sie mit Christoph Heidkamp bekannt gemacht?«

»Ja, er kannte ihn flüchtig aus dem Fitnessklub. Salvatore hat mir ein paar Trainerstunden zum Geburtstag geschenkt, obwohl ich mir eigentlich nichts aus Muckibuden mache. Na, jedenfalls hab ich Christoph so kennengelernt. Wir haben ein paarmal zusammen trainiert und sind zu dritt was trinken gegangen. Anfangs hat sich Salvatore sehr für Christoph interessiert, er wollte ständig etwas mit ihm unternehmen. Ich dachte, das ist so ein Männerding. Salvatore war schon immer auf der Suche nach einem Freund, einem wirklichen Kumpel. Aber dann hat er auf einmal das Interesse verloren. Tja, und dann hat es zwischen Christoph und mir gefunkt.«

»Und Ihr Mann hat nichts mitgekriegt?«, fragte Alex' Kollegin.

»Nein. Entweder wollte er es nicht sehen oder ... Ach, ich weiß auch nicht. Jedenfalls hat es eine Weile gedauert, bis bei ihm der Groschen gefallen ist, und dann hat er mal wieder einen Affentanz aufgeführt.« Sie seufzte, zündete sich eine neue Zigarette an und inhalierte den Rauch tief ein. »Dabei war die Sache mit Christoph und mir nichts Ernstes.« Sie zögerte. »Ich wollte bloß etwas Spaß haben, ein bisschen Abenteuer und ein paar Nummern im ›Alexander‹, mehr nicht.«

»Meinen Sie das Hotel in der Tempelstraße?«

»Ja.«

»Das ist ja direkt hier um die Ecke«, sagte Alex' Kollegin. »Finden Sie es nicht riskant, sich mit Ihrem Liebhaber nur ein paar Schritte von Ihrer Wohnung zu treffen?«

Jessica Carboni schien diese Bedenken nicht zu teilen. »Immer noch besser als in unserem Ehebett. Außerdem war es praktisch. Christoph arbeitet ja im Stadthaus, da konnte er in der Mittagspause schnell mal ins Hotel kommen.« Sie sah Alex an. »Natürlich wurde Salvatore irgendwann eifersüchtig. Vielleicht fing er deshalb an, große Reden zu schwingen. Vorknöpfen wollte er sich Christoph.«

»Und?«, fragte Alex. »Hat er?«

Jessica Carboni lachte. »Natürlich nicht. Salvatore ist ein Schaumschläger, der gerne mal den großen Macker markiert. Aber letztlich würde er keiner Fliege etwas zuleide tun. Außerdem hat er mir bisher jede Affäre verziehen.« Sie drückte ihre Zigarette aus und lachte schrill. »Sie können sich nicht vorstellen, wie langweilig das ist. Sonst noch was?«

»Ja, wo arbeitet Ihr Mann?«

»Er hat eine kleine Firma. Gebäudereinigung, nichts Großartiges.«

»Und was für einen Wagen fährt er?«

»Einen roten Renault-Kangoo.«

»Nur noch eine Frage«, sagte Alex. »Sie erwähnten anfangs, dass Sie und Heidkamp die Affäre beendet haben. Was war der Grund?«

Jessica Carboni griff nach ihrer Zigarettenschachtel, ließ sie dann aber doch liegen.

»Wir werden es sowieso rausfinden«, sagte Alex. »Schlimmstenfalls muss ich Sie vorladen.«

Das wirkte.

»Ich bin schwanger.« Jessica Carboni zeigte auf ihren Bauch, der schon zu sehen war. »Deswegen haben wir uns schon vor Wochen gestritten. Es ist alles so ein verdammter Mist. Christoph wollte, dass ich es wegmachen lasse.«

»Und?«

»Der Mistkerl ist förmlich ausgerastet deswegen. Aber ich hab's behalten. Außerdem bin ich nicht sicher, vielleicht ist es ja auch von Salvatore.

»Ihr Mann weiß also von der Schwangerschaft?«

»Klar, ich musste es ihm sagen. Ein Baby kann ich ja nicht verheimlichen.« Jessica Carboni ging ans Küchenfenster und drehte den Ermittlern den Rücken zu. »Ich habe Salvatore gesagt, dass das Kind von ihm ist.«

»Und hat er Ihnen geglaubt?«

Jessica Carboni drehte sich um und sah Alex direkt in die Augen. »Natürlich. Salvatore glaubt alles, was ich ihm sage.«

Gustav-Nachtigal-Straße

Lou machte einen Umweg und kaufte im Bioladen noch einige Lebensmittel. Sie trug ihren Einkauf die Neusser Straße hinauf, bog in die Blücherstraße ein und verweilte einen Augenblick vor dem Schaufenster der Buchhandlung. Die Auslage war herbstlich dekoriert. Kürbisse, bunte Blätter, selbst gebastelte Drachen. Als es wieder leicht zu regnen begann, ging sie zügig weiter, überquerte die Nordstraße und sah einen Kombi mit der Aufschrift »Tierheim Longerich« in ihrer Auffahrt stehen. Lou ging ins Haus und hörte Henry schon in der Diele.

»Natürlich sind wir damit einverstanden, wenn Sie nach ein paar Wochen unangemeldet hereinschauen«, sagte ihr Exmann gerade.

Lou zog ihre Jacke aus, stellte die Einkäufe in der Diele ab und ging ins Wohnzimmer.

»Guten Abend zusammen«, sagte sie, gab Frieda einen Kuss, begrüßte Henry und zum Schluss die Frau vom Tierheim.

»Frau Melchior hat uns gerade erklärt, wie sie arbeiten«, sagte Henry und strich sich über seine stoppelkurzen roten Haare. »Stell dir vor, eine Mitarbeiterin des Heims kommt nach ein paar Wochen nachsehen, wie es dem Hund geht, den wir aufnehmen. Das ist doch sehr löblich, findest du nicht?«

Lou ließ sich aufs Sofa fallen. »Wir nehmen einen Hund auf?«

Frieda strahlte. »Ja, wir könnten einen Mittelschnauzer kriegen! Der Ärmste ist von seinem Herrchen extrem gequält worden. Aber wenn wir ihn wollen, können wir ihn sofort haben. Wäre doch echt cool, oder?« Friedas Stimme überschlug sich vor Begeisterung. Seit einigen Monaten interessierte sie sich für den Tierschutz, war Mitglied im WWF und schrieb flammende Artikel für eine Online-Zeitung, die sich für Tierrechte einsetzte. Lou fand das alles lobenswert, und sie unterstützte Frieda dabei, genau wie Henry. Er liebte Hunde. Besonders solche, um die er sich nicht kümmern musste.

»Dann wären wir uns ja einig«, sagte Frau Melchior. »Ich würde mir allerdings noch gerne ihre räumlichen Möglichkeiten ansehen. Coco soll sich doch wohlfühlen, nicht wahr?«

»Natürlich«, sagten Frieda und ihr Vater gleichzeitig.

Frau Melchior zog ein Klemmbrett aus ihrer Tasche und erhob sich ebenso wie Henry. Frieda war schon an der Tür. Nur Lou blieb sitzen.

»Wollen Sie denn nicht mitkommen?«, fragte Frau Melchior über den Rand ihrer Lesebrille.

Lou verschränkte die Arme vor ihrem Bauch. »Nein. Und Sie werden auch nirgendwo hingehen. Das ist mein Haus. Mein Exmann lebt nicht mehr hier, und da der Hund, korrigieren Sie mich, wenn ich da etwas falsch verstanden habe, in diesem Haus leben soll, sage ich, es gibt keinen Rundgang.«

»Aber ...« Frau Melchior sah sich nach Henry um. »Herr Austen, ich dachte, Sie wären autorisiert ...«

Frieda ging zu Lou und drückte ihren roten Lockenkopf an ihre Schulter. »Aber Mama, hier geht es doch nicht um unsere Interessen. Wir haben die Pflicht, Coco zu helfen. Er kann doch unmöglich die nächsten Jahre in einem Zwinger verbringen. Da wird er nur noch mehr traumatisiert, und am Schluss ist er eine Zumutung für jede Familie, die ihn aufnehmen will.«

Henry und Frau Melchior setzten sich wieder.

»Das mag ja sein«, sagte Lou. »Trotzdem waren wir uns noch nicht einig. Außerdem dachte ich, dass der Termin heute eine reine Informationsveranstaltung ist. Und ich habe auch nicht damit gerechnet, dass ich einer Angestellten des Tierheims mein ganzes Haus zeigen muss.«

Frau Melchior atmete tief durch und lächelte. Offensichtlich war sie solche Widerstände gewohnt.

»Unsere Tiere haben meist eine schwierige Vergangenheit. Manche sind, wie Coco, sehr schlecht behandelt worden, und wir wollen verhindern, dass ihnen das Gleiche noch einmal passiert.«

»Das ist ja auch nachvollziehbar«, sagte Lou. »Aber es kommt mir schon etwas übertrieben vor, wenn Sie deshalb mein Schlafzimmer sehen möchten. Nachher wollen Sie noch einen Plan über unsere Gewohnheiten.«

Das Lächeln verflog aus Frau Melchiors Gesicht. »Ich muss schon wissen, wer wann nach Hause kommt und wie Sie zukünftig Zeit für Coco einplanen wollen. Ein Hund braucht schließlich einen festen Rhythmus.«

»Gut«, sagte Lou. »Dann kann ich Sie nur bitten zu gehen. Über diese Details haben wir nämlich noch nicht gesprochen.«

Frieda war entsetzt. »Nein, Mama! Bitte lass uns doch in Ruhe über die Sache reden.«

Aber Frau Melchior packte bereits ihre Sachen. Henry brachte sie zur Tür.

»Was ist denn mit dir los?«, fragte er, als er wieder ins Wohnzimmer kam.

»Das Gleiche wollte ich euch auch gerade fragen«, sagte Lou. »Wie könnt ihr entscheiden, dass wir in ein paar Tagen einen Hund bekommen, und diese Idee nicht einmal mit mir besprechen? Davon mal ganz abgesehen, dass das Tier bei uns lebt und ich mich letztlich darum kümmern muss.«

»Ach, jetzt kommt die Nummer wieder«, sagte Frieda.

»Ja, genau. Wer kümmert sich denn nicht um seine Pflichten, wer lässt denn alles stehen und liegen, ohne Verantwortung zu übernehmen?«

Frieda verdrehte die Augen.

»Ich meine, ich muss mich schon wundern«, sagte Lou und sah von Frieda zu Henry. »So ein Hund braucht doch mehr als nur sein Futter und einen Spaziergang am Tag. Besonders wenn er vorher misshandelt wurde. Das ist viel Arbeit, wirklich, Frieda. Und wer soll das leisten? Ich habe dafür definitiv keine Zeit, und du hast auch fast jeden Nachmittag feste Termine nach der Schule. Der Hund wäre die meiste Zeit allein, und das ist in der Tat unverantwortlich.«

»Du hast ja recht«, lenkte Henry ein. »Natürlich müssen wir über all diese Dinge noch reden. Ich dachte nur, dass wir alles bis zu Friedas Geburtstag regeln könnten.«

Frieda stand auf, ohne ein weiteres Wort zu sagen, und verließ das Wohnzimmer.

»Vielen Dank«, sagte Lou. »Jetzt bin ich wieder die Buhfrau!«

Sie hatte es satt. Die Beziehung zwischen Henry und Frieda war eng. Das lag vor allem daran, dass er sich von Anfang an mehr um Haushalts- und Erziehungsfragen gekümmert hatte. Bei seiner Tätigkeit in der Verkehrsdirektion fielen kaum Überstunden an, und somit war für ihn die Vereinbarung von Familie und Beruf schon früher kein Problem gewesen. Natürlich fand Lou Henrys Engagement für Frieda grundsätzlich positiv. Aber es gab Situationen, in denen sie sich von den beiden, die sich blind verstanden und in vielen Dingen die gleichen Ansichten vertraten, in die Enge gedrängt fühlte. Nicht selten zog sie in solchen Auseinandersetzungen den Kürzeren.

Lou sah Henry an. »Du versuchst ständig , mich vor vollendete Tatsachen zu stellen, und irgendwie schaffst du es immer, Frieda zu suggerieren, dass letztlich alles an mir scheitert. Du bist der Gute, und mir schiebst du den schwarzen Peter zu. Fällt dir das eigentlich gar nicht auf?«

Lou stand auf und ging in die Küche. Sie war Henrys Schnellschüsse leid. Sie goss sich ein Glas Weißwein ein und versuchte, sich zu beruhigen. Seit sie geschieden waren, nervte Henry durch einen Aktionismus, der Lou immer wieder erstaunte. In ihrer achtzehnjährigen Ehe hatte er sich eher phlegmatisch verhalten und sie gebremst, Freundschaften nicht gepflegt und Einladungen abgesagt. Henry hatte sich ihr als Familienmensch präsentiert, der die meisten Einflüsse von außen als Störung empfand. Der Prozess ihrer Entfremdung war schleichend gewesen. Als ihnen das Unausweichliche klar geworden war, hatten sie alles versucht, um ihre Ehe zu retten. Gespräche, Paartherapie, Mediation. Zu spät. Schließlich hatten sie sich beide mit der Tatsache abgefunden, dass ihre gemeinsame Zeit nur ein Abschnitt ihres Lebens war. Henry war zu seiner Mutter gezogen. Sie waren stolz darauf, dass sie das Ende ihrer Ehe, von kleineren Verletzungen mal abgesehen, ohne Streit und Vorwürfe abgewickelt hatten.

Aber zu Lous Überraschung änderte Henry, sobald er ausgezogen war, sein Verhalten. Er entwickelte sich vom Stubenhocker zum Partymenschen. Kurz nach der Trennung präsentierte er eine neue Frau an seiner Seite, von der er allerdings schon wieder getrennt war, lernte lateinamerikanische Tänze und kaufte sich ein kleines Apartment auf Mallorca. Es schien, als wäre Henry nach der Scheidung aufgeblüht. Aber das war es nicht, was Lou einen Stich versetzte. Sie war froh, dass es Henry gut ging. Nur machte er jetzt all die Dinge, gegen die er sich früher gesträubt hatte. Natürlich ging es ihm auch finanziell besser als ihr. Sie hatte ihn ausbezahlen müssen. Der erneute Kredit war ihr erst kürzlich von der Bank bewilligt worden. Und deshalb konnte Henry gut reden. Die Probleme, mit denen sie sich rumschlagen musste, kannte er nicht. Lou trank einen Schluck und ging zurück ins Wohnzimmer.

»Wenn du darauf bestehst, Frieda ihren Wunsch zu erfüllen«, sagte Lou und setzte sich wieder, »dann nimm du doch den Hund. Tagsüber ist deine Mutter zu Hause, du bist meistens auch um sechzehn Uhr da, und Frieda kommt dich regelmäßig besuchen.«

»Du weißt doch, dass meine Mutter eine Hundehaarallergie hat«, sagte Henry. »Außerdem ziehe ich wieder aus.«

»Ach ja? Wohin?«

»Ich habe mir eine Eigentumswohnung im Park-Veedel gekauft.«

Lou blieb der Mund offen stehen. Henry war doch tatsächlich immer wieder für eine Überraschung gut.

»Ich dachte, dass es für Frieda besser ist, wenn ich näher bei euch wohne. Es ist dir doch recht, oder?«

Natürlich war es ihr recht, dass sie nun fast Tür an Tür wohnten. Sie freute sich darauf, ihm regelmäßig beim Einkaufen über die Füße zu laufen und konnte es kaum erwarten, mit ihm im gleichen Restaurant zu sitzen, wenn er seine neuste Errungenschaft ausführte.

»Und du hast wirklich kein Problem damit?«, fragte er.

»Dreimal darfst du raten«, sagte Lou und machte ein langes Gesicht.

Henry schüttelte den Kopf. »Es ist dir nicht recht. Das sehe ich dir doch an.«

Lou winkte ab. »Du machst doch sowieso, was du willst.«

Henry wusste, dass es klüger war, das Thema zu wechseln und seine Exfrau nicht weiter zu reizen. Auch deshalb schlug er nun einen versöhnlicheren Ton an. »Wenn du so gegen ein Tier im Haus bist, warum hast du dann nichts gesagt?«

»Ich dachte eigentlich mehr an eine Patenschaft. Es gäbe ja auch die Möglichkeit, ein Tier regelmäßig zu besuchen und mit ihm spazieren zu gehen.«

»Das ist doch nicht das, was sich unsere Tochter wünscht.« Henry stand auf. »Ich muss jetzt los.«

Lou begleitete ihn noch bis zur Tür und drückte ihm einen flüchtigen Kuss auf die Wange. »Weißt du, was mich auch stört«, sagte sie. »Dass sie so einen Wind machen.«

»Wer?«

»Die Leute vom Tierheim. Ich meine, die erwarten, dass man Auflagen erfüllt, die doch in keiner Relation stehen.«

»Ja, aber Leute, die ein Kind adoptieren wollen, müssen noch ganz andere Auflagen erfüllen«, sagte Henry.

»Das ist ja auch richtig so. Bei Adoptionen geht es schließlich um Menschen. Aber bei aller Achtung vor jedem Geschöpf, Coco ist ein Hund.«

»Das darf Frau Melchior aber nicht hören.«

Lou öffnete die Haustür.

»Trotzdem werde ich einer Tierheimmitarbeiterin nicht mein Leben offenlegen, nur weil ich einen Hund aufnehmen möchte«, sagte sie.

»Lass uns ein anderes Mal weiterreden.«

»Wo musst du denn so eilig hin?«, fragte sie. »Tanzschule? Neue Geliebte?«

Henry lächelte und blieb auf der Treppe stehen. »Wir wollten uns diese Fragen doch nicht mehr stellen. Ich erkundige mich ja auch nicht danach, wie weit du mit Alex bist.«

Er machte auf dem Absatz kehrt, und Lou war froh, dass er ihr überraschtes Gesicht nicht sehen konnte. Woher um alles in der Welt wusste Henry von der Sache zwischen ihr und Alex? Es gab nur eine Möglichkeit. Frieda. Ihre Tochter konnte einfach nichts für sich behalten.

FÜNF

Zeisigweg

Die Heimstätten des Kastanienbergs lagen etwas versteckt im Stadtwald, in unmittelbarer Nähe zum Militärring in Köln-Vogelsang. Lou parkte den Dienstwagen und stieg aus. Die Sonne schien, doch ein kalter Nordwind regierte den Herbsttag. Lou klappte ihren Mantelkragen hoch.

»Der Gebäudekomplex ist ja riesig«, sagte Ben und schlug die Beifahrertür zu.

Lou war ebenfalls erstaunt, allerdings eher über die Tatsache, dass sie vom Kastanienberg bisher nicht viel gehört hatte. Es war ihr nur als heilpädagogisches Zentrum bekannt, in dem überwiegend mit autistischen Kindern gearbeitet wurde. Aber von der Geschichte des Kastanienhofs wusste sie wenig.

Sie näherten sich den roten Backsteingebäuden, gingen zum Haupteingang und betraten das Haus. Bunte Bilderrahmen mit Kinderzeichnungen zierten in regelmäßigen Abständen die freundlich gestrichenen Flurwände. Lou und Ben gingen auf eine Glastür zu, die sich automatisch öffnete, als sie zwei Meter von ihr entfernt waren.

Am Ende des Gangs erwartete sie eine stämmige Frau im Wollkostüm. »Dr. Steinberger möchte, dass Sie direkt zu ihm durchgehen.«

Mit diesen Worten öffnete sie eine Tür und ließ die Beamten eintreten.

Der Heimleiter saß hinter einem wuchtigen Schreibtisch. Das runde Gesicht wurde von einem weißen Vollbart eingerahmt. Sein Sinn für Farben war unübersehbar. Er trug einen zitronengelben Rollkragenpullover und eine modisch blaue Lesebrille. Er sah Lou und Ben über ihren Rand hinweg an, während er ihnen die Hand reichte. Sein Händedruck war erstaunlich schlaff.

»Ich habe nicht viel Zeit«, sagte er, bot ihnen einen Platz an und räumte einige Ordner zur Seite. »Der alljährliche Jahresabschlussstress. Was führt Sie zu mir, ich meine, was kann ich für Sie tun? Ich hörte, dass Sie mit mir über Professor Fischbach sprechen wollen.«

»Ja«, sagte Lou. »Sie kannten doch den Professor, oder?«

»Natürlich. Eine scheußliche Sache, ich meine, die Umstände seines Todes. Wir waren alle erschüttert. Haben Sie mittlerweile einen Verdächtigen?«

»Wir ermitteln noch«, sagte Ben. »Deswegen sind wir hier.«

Steinberger nahm die Brille ab und sah abwechselnd von Lou zu Ben. »Ich wüsste nicht, wie ich Ihnen in dieser Angelegenheit weiterhelfen könnte.«

Lou schlug die Beine übereinander und lehnte sich zurück. »Sie könnten uns sagen, was Sie über ihn wissen. Jedes noch so kleine Detail kann wichtig sein.«

Steinberger legte die Stirn in Falten. »Ich fürchte, da kann ich wenig Licht ins Dunkel bringen.«

»Aber Fischbach war doch einmal der Leiter dieser Einrichtung«, sagte Lou. »Davon bleibt doch etwas. Geschichten, Gerüchte. Irgendetwas.«

Steinberger schüttelte den Kopf. »Du meine Güte, das ist über vierzig Jahre her. Er hat den Kastanienberg 1960 übernommen. Damals ist er mit seiner Frau und den Söhnen hierhergezogen. Aber Sie haben recht. Gerüchte und Geschichten bleiben. Soweit ich weiß, gab es von Anfang an Probleme.«

»Inwiefern?«, fragte Lou.

»Seine Frau hat sich hier nicht wohlgefühlt. Sie litt an Depressionen und hat versucht, sich umzubringen. Dazu kam der Ärger mit den damaligen Zöglingen ...« Steinberger schien nach Worten zu suchen. »... unser Haus hat eine wechselvolle Geschichte. Früher, also ganz früher, war es einmal ein Spital, dann wurde es ein Sanatorium für besser Betuchte. Die Nazis machten dann eine Art ...« Er räusperte sich. Offensichtlich war ihm nicht wohl in seiner Haut. »Also heute würde man sagen, es war ein Heim für psychisch Kranke. Früher sagte man ...«

»Irrenanstalt«, half Lou ihm weiter.

»So könnte man es nennen. Aber hier wurden auch sogenannte Asoziale und Gemeingefährliche untergebracht. Als Fischbach das Haus übernahm, war es eine geschlossene Erziehungsanstalt für Kinder und Jugendliche.«

»Also ein streng geführtes Heim, mit Erziehungsmethoden, die heute abgelehnt werden«, sagte Lou.

»Ich fürchte, ja«, sagte Steinberger. »Allerdings waren das damals auch andere Zeiten. Unser Wertesystem und vor allem unser Blick auf Erziehung hat sich seitdem stark verändert.«

»Trotzdem ist damals, glaube ich, viel Unrecht geschehen«, sagte Lou. »Da kann man sich schwer rausreden, oder? Auch wenn die Methoden für die damaligen Erziehungsheime in Deutschland wahrscheinlich nichts Ungewöhnliches waren.«

»Das stimmt.« Steinbergers Lächeln gefror. »Und selbstverständlich distanzieren wir uns heute von den früheren Geschehnissen.« Er räusperte sich. »Professor Fischbach hatte mit den Methoden damals jedenfalls keine Probleme. Er leitete das Heim mit strenger Hand, war überzeugt, richtig zu handeln, und hat die Vorwürfe, die seinerzeit gegen ihn erhoben wurden, stets zurückgewiesen.«

Steinberger sah die Ermittler über den Schreibtisch hinweg an. Lou bemerkte, dass seine Wangen rosig geworden waren.

»Was waren das für Vorwürfe?«, fragte Ben.

»Angeblich wurden die Zöglinge hier misshandelt, von sadistischen Alt-Nazis gequält und mit Elektroschocks behandelt.«

»Und? Waren die Anschuldigungen gerechtfertigt?«, fragte Lou.

»Diese Dinge sind nie ganz geklärt worden. Natürlich wissen wir rückblickend, dass sich einige der damaligen Pädagogen nicht gerade mit Ruhm bekleckert haben. In vielen Heimen herrschten katastrophale Zustände.«

»Das ist uns bekannt«, sagte Lou. »Aber wie war es hier?«

»Es gab einzelne Verfehlungen.«

Lou hakte nach. »Und wie ist Professor Fischbach damit umgegangen?«

»Ich denke, er hat die Verantwortlichen zur Rechenschaft gezogen.«

»Genau wissen Sie es nicht?«

»Ich weiß nur, dass die meisten Vorwürfe haltlos waren. Sonst wären die Verfahren, die einzelne Bewohner gegen den Kastanienberg später angestrebt haben, wohl kaum eingestellt worden.«

»Verfahren?«, fragte Ben.

Steinberger begann zu schwitzen. »Es gibt eine Handvoll ehemaliger Bewohner, die Schadensersatzansprüche stellen. Aber wie gesagt, wir haben noch nicht einen Prozess verloren. Die meisten von denen wollen gar nicht vor Gericht, sondern begnügen sich mit Beschwerdeschreiben und wollen eine Entschuldigung.«

»Können wir die Briefe sehen?«, fragte Lou.

»Natürlich. Meine Sekretärin wird sie Ihnen gerne zeigen.« Steinberger stand auf, öffnete das Fenster und setzte sich wieder.

»Was wissen Sie über den heiligen Ägidius?«, fragte Lou.

»Wieso?«

»Beantworten Sie einfach die Frage«, sagte Ben.

»Der heilige Ägidius ist der Schutzheilige der Minderbegabten.«

»Genauer gesagt, der Schutzheilige der Geistesschwachen«, sagte Lou.

Steinberger zuckte mit den Schultern. »Meinetwegen, obwohl ich das nicht so ausdrücken würde. Wie kommen Sie jetzt auf den heiligen Ägidius?«

Steinbergers Telefon klingelte. Er nahm das Gespräch an. »Ich muss los«, sagte er, als er wieder aufgelegt hatte. »Kann ich sonst noch etwas für sie tun?«

»Was hat Professor Fischbach nach seiner Entlassung hier gemacht?«, fragte Lou. »Wo hat er gearbeitet?«

»Er war Dozent an der Uni in Köln und führte nebenbei eine psychotherapeutische Praxis, die, soweit ich informiert bin, hervorragend lief.«

»Existiert die Praxis noch?«, fragte Ben.

»Nein. Sie wurde längst geschlossen.«

»Hatte er Mitarbeiter, kennen Sie jemanden, der mit dem Professor dort zusammengearbeitet hat?«

»Die Frage kann ich Ihnen nicht beantworten. Da müssen Sie seine Söhne fragen. Aber ich glaube, er beschäftigte kein Personal.«

»Gibt es hier noch jemanden, der früher mit Professor Fischbach zusammengearbeitet hat?«, fragte Lou.

»Nein. Frau Hannemann ist vor einigen Jahren in den Ruhestand gegangen. Sie war Fischbachs Sekretärin.«

Lou lehnte sich vor. »Gut, dann werden wir sie aufsuchen.«

»Sie ist tot, schon seit über einem Jahr.«

»Woran ist sie gestorben?«, fragte Lou.

»Krebs, da war nichts mehr zu machen.« Steinberger stand auf und ging zur Tür. Er schien es jetzt eilig zu haben.

»Eine letzte Frage noch«, sagte Lou. »Was ist mit den ehemaligen Heimbewohnern?«

Steinberger blieb in der offenen Tür stehen. »Was soll mit ihnen sein?«

»Pflegt Ihr Haus noch Kontakt zu ihnen?«

»Natürlich. Seit 1990 laden wir alle zwei Jahre zu einem Ehemaligentreffen ein. Diese Feste sind bei unseren früheren Bewohnern sehr beliebt.«

»Und was ist mit den Menschen, die zu Professor Fischbachs Zeiten hier untergebracht waren?«, fragte Ben.

Steinberger sah die Ermittler erstaunt an. »Von denen erhalten sicher auch einige eine Einladung, aber von den allermeisten Menschen, die um 1960 hier untergebracht waren, haben wir keine Akten mehr, geschweige denn ihre aktuelle Anschrift.«

»Aber grundsätzlich würden Sie die Ehemaligen aus dieser Zeit auch einladen?«, fragte Lou.

Steinbergers Miene verfinsterte sich. »Selbstverständlich.«

»Und? Was glauben Sie?«, fragte Lou. »Würden die Menschen, die zu Professor Fischbachs Zeiten hier leben mussten, eine solche Einladung annehmen?«

»Ich verstehe Ihre Frage nicht«, sagte Steinberger und schüttelte den Kopf. »Meine Sekretärin wird Ihnen weiterhelfen und Ihnen auch die Unterlagen zeigen, die Sie sehen wollen. Ich muss jetzt wirklich los.«

Stadthaus, Willy-Brandt-Platz

Die Frau am Info-Point schien unbeeindruckt von Alex' Dienstausweis und beschrieb ihm den Weg zum Büro von Christoph Heidkamps Vorgesetzten so schnell und mechanisch, dass Alex

Mühe hatte, ihr zu folgen. Während er anschließend über die sechste Etage des Westgebäudes irrte, immer auf der Suche nach Raum 95 in Riegel C, nutzte er die Gelegenheit, um sich innerlich zu sammeln. In Gedanken war er noch im Haus des Verschwundenen in Köln-Lindenthal. Ruth Heidkamp lebte mit ihren Kindern zurzeit bei ihrer Mutter. Und sie hatte nicht übertrieben. Ihre Schilderungen waren exakt. Alex hatte alles vorgefunden: die verstreute Kleidung, das Wasser in der Wanne, die aufgeschlagene Zeitung auf dem Küchentisch. Auch das Handy und die Autoschlüssel lagen am Platz, aber Heidkamps Zweitwagen blieb verschwunden.

Alex fuhr auf die siebte Etage. Er mochte das Stadthaus nicht. Für ihn war der Hauptsitz der Kölner Stadtverwaltung ein seelenloser Bau im Schatten der Köln-Arena, die offiziell Lanxess-Arena hieß, die aber kaum ein Kölner so nannte. Lange Flure. Anonyme Büros. Hier konnte er ewig umherirren, ohne einem Menschen zu begegnen. Er seufzte. Der Wandel war sowieso nicht sein Ding. Er vermisste das Deutz seiner Kindheit. Die Großveranstaltungen in der Sporthalle, den alten Kirmesplatz.

Bleiwinkels Büro war ein kleiner Raum, den er nach einiger Sucherei endlich fand. Christoph Heidkamps Vorgesetzter saß hinter einem Schreibtisch, auf dem sich Berge von Papier stapelten. An den Wänden standen einfache Regale mit penibel beschrifteten Aktenordnerreihen. Bleiwinkels kantiges Gesicht passte zu seinem Bürstenhaarschnitt. Er stand auf, begrüße Alex freundlich und bot ihm einen Platz an.

Bleiwinkel kam gleich zur Sache. »Wie ich Ihnen schon am Telefon sagte, kann ich gar nicht glauben, dass Christoph Heidkamp verschwunden ist.«

»Die Umstände sind uns ja auch noch nicht ganz klar«, sagte Alex. »Einerseits könnte Herr Heidkamp im Urlaub sein. Andererseits gibt es da einige Dinge, die uns stutzig machen.«

»Und wie kann ich Ihnen helfen?«

»Ich muss versuchen, so viel wie möglich über Herrn Heidkamp zu erfahren. Dazu gehört natürlich auch sein berufliches Umfeld.«

»Verstehe.«

»Wie ist er denn als Mitarbeiter?«

»Was soll ich sagen?« Bleiwinkel legte die Fingerkuppen seiner Hände aneinander und lehnte sich zurück. »Ich kann mich nicht beklagen. Herr Heidkamp ist fleißig, eher ein ruhiger Typ, aber immer motiviert.«

Alex sah auf seine Notizen. »In welchem Bereich arbeitet er denn?«

»Er ist bei der Bauaufsicht und bearbeitet überwiegend Genehmigungsverfahren.«

»Da hat er also auch Außentermine, und da gibt es auch bestimmt mal Stress mit einzelnen Bauherren.«

»Natürlich gibt es auch Meinungsverschiedenheiten, aber Sie glauben doch nicht, dass Heidkamps Verschwinden etwas mit seiner Arbeit zu tun hat, oder?«

»Im Augenblick kann ich nichts ausschließen«, sagte Alex. »Gibt es also etwas, das Ihnen aufgefallen ist? Einen Leistungsabfall bei Herrn Heidkamp, Probleme mit Kollegen oder Vorgesetzten?«

Bleiwinkel schüttelte den Kopf.

»Können Sie mir sonst etwas über ihn sagen? Hat er sich zum Beispiel irgendwie verändert, seit er aus Neuseeland zurück ist?«

»Da sehe ich keinen Unterschied, jedenfalls nicht, was die Arbeit betrifft.« Bleiwinkel trommelte mit den Fingern auf der Schreibtischplatte. »Seit dem Sabbatjahr kommt er mir aufgeschlossener vor. Aber das ist meine persönliche Meinung.« Er lehnte sich vor und sprach leiser. »Angeblich hat er eine Affäre. Genaueres weiß ich aber nicht. Das Privatleben meiner Mitarbeiter geht mich nichts an, es sei denn, es hat Einfluss auf die Arbeit hier. Es wundert mich nur, dass so einer wie Heidkamp einen Seitensprung wagt, denn im Grunde ist er ein Familienmensch. Jedenfalls habe ich ihn immer so eingeschätzt.«

»Gibt es sonst etwas, das ich über ihn wissen sollte?«, fragte Alex.

Bleiwinkel zuckte mit den Achseln. »Keine Ahnung, aber vielleicht sprechen Sie auch mal mit Frau Lützenkirchen. Sie und Heidkamp sitzen in einem Büro und verstehen sich ganz gut. Privat auch, soweit ich informiert bin. Vielleicht kann sie Ihnen mehr über Christoph Heidkamp sagen.«

Alex löste seinen Blick von den Zeichenbrettern und betrachtete die vielen Kinderfotos an der Wand hinter Heidkamps Schreibtisch, während er auf Frau Lützenkirchen wartete.

Bleiwinkel hatte ihn in das Büro von Heidkamps Kollegin geführt, um sie anschließend aus einer Besprechung zu rufen. Die Fotos an der Wand hatten unterschiedliche Größen und steckten in roten Rahmen. Zwei fast gleichaltrige Mädchen lachten Alex entgegen. Die Bilder zeigten Stationen ihres bisherigen Lebens. Als Babys im Buggy, erste Gehversuche am Strand, Funkenmariechen und Prinzessin im Kindergarten. Porträtaufnahmen zur Einschulung.

»Sie sind sein ganzer Stolz«, sagte Frau Lützenkirchen und zog die Bürotür leise ins Schloss.

Alex fuhr herum.

Heidkamps Kollegin war Mitte vierzig. Klein, hager. Eher der sportliche Typ. Sie begrüßten sich, und Alex deutete auf die vielen Startnummern an der Wand hinter ihrem Schreibtisch.

»Sie sind den New-York-Marathon gelaufen?«, fragte er.

»Vor zwei Jahren. Nach drei Stunden und achtunddreißig Minuten bin ich ins Ziel gekommen.«

Alex war beeindruckt.

Sie bot ihm Heidkamps Bürostuhl an. Es gab keine andere Sitzmöglichkeit.

»Mein Chef meint, dass Sie einige Fragen wegen Christoph haben. Ist er immer noch nicht aufgetaucht?«

»Nein.«

»Also ist er einem Verbrechen zum Opfer gefallen.« Sie klang sehr bestimmt. »Eine andere Möglichkeit kann es nicht geben.«

»Wieso sind Sie so sicher?«

»Christoph ist kein Mann, der einfach verschwindet. Er ist ein Gewohnheitstier. Ich teile dieses Büro, bis auf seine Auszeit, nun fast zehn Jahre mit ihm, und glauben Sie mir, da lernt man einen Menschen kennen. Er kommt jeden Morgen um Punkt sieben Uhr, brüht sich einen grünen Tee auf, checkt seine E-Mails und isst um Punkt sieben Uhr dreißig sein erstes Butterbrot. Ab sieben Uhr fünfundvierzig hat er Termine. Alles ist minutiös geplant. Besprechungen, Mittagspause, Außentermine.«

»Und daran hat sich nichts verändert?«

»Sie meinen, nach seinem Auslandsjahr?«

Alex nickte.

»Nein. Christoph ist berechenbar wie der Lauf der Sonne. Unvorhersehbarkeiten sind absolut die Ausnahme.«

»Asteroide sind auch die Ausnahme, aber sie kommen vor«, sagte Alex. »Gewohnheitsbahnen können auch verlassen werden. Die Folgen sind mitunter katastrophal.«

Frau Lützenkirchen schwieg einen Augenblick. »Ach, Sie meinen Christophs Affäre.«

»Seine Affäre, das konsequente Verhalten seiner Frau. Für mich hört sich das nicht unbedingt nach einem berechenbaren Menschen an. Und wenn er es doch ist, dann könnte sein Leben ganz schön durcheinandergeraten sein. Wann haben Sie Ihren Kollegen zum letzten Mal gesehen?«

»Am seinem letzten Arbeitstag vor dem Urlaub.«

»Können Sie mir sonst noch etwas sagen? Hatte Herr Heidkamp Probleme im Job oder Streit mit jemandem?«

»Beruflich mit Sicherheit nicht.« Frau Lützenkirchen schien zu zögern. »Allenfalls durch seinen Seitensprung könnte er in Schwierigkeiten sein.«

»Warum?«

»Ich habe gesehen, wie ihm ein Mann in der Tiefgarage aufgelauert hat. Er und Christoph haben sich lauthals gestritten, und dabei hat der Mann Christoph am Kragen gefasst. Er war danach ganz außer sich.«

»Wann war das?«

»Ungefähr vor sechs Wochen.«

»Kannten Sie den Mann?«

»Nein. Aber ich vermute, dass es Jessicas Ehemann war.«

»Warum?«

»Christoph hat später so eine Andeutung gemacht.«

»Wie hat der Mann denn ausgesehen?«

»Er sah auffallend gut aus. Groß, ziemlich durchtrainiert, schulterlange schwarze Haare, Pferdeschwanz. Ich fand ihn sehr attraktiv und habe mich gefragt, warum Jessica eine Affäre mit Christoph anfängt, wenn sie so einen Ehemann zu Hause hat. Nichts gegen Christoph, aber komisch fand ich das schon.« Sie lächelte. »In solchen Dingen steckt man eben nicht drin.«

»Kennen Sie Jessica Carboni?«

»Ich habe sie einmal gesehen. Sie hat Christoph überrascht und ihn von der Arbeit abgeholt.« Sie lehnte sich vor und sprach leiser. »Ich war platt. Ich meine, wenn man Jessica und Ruth miteinander vergleicht. Ruth ist irgendwie ...«, Frau Lützenkirchen suchte nach Worten, »... so vornehm, eine richtige Dame. Und Jessica. Haben Sie sie schon kennengelernt?«

Alex ging nicht darauf ein und überreichte Heidkamps Kollegin seine Karte. »Falls Ihnen noch etwas einfällt, können Sie mich jederzeit anrufen.«

»Eine Sache wäre da noch«, sagte Frau Lützenkirchen. »Vielleicht bringt es Sie weiter, wenn Sie sich mal Christophs Wagen ansehen.«

Alex stutzte. »Seinen Zweitwagen? Wieso?«

»Er steht um die Ecke bei der ›Marie‹ in der Constantinstraße.«

SECHS

Escher Straße

Antonia Satorius setzte die Kapuze auf. Sie hielt den vorbeirasenden Fahrzeugen ihr selbst gebasteltes Schild mit der Aufschrift »WARUM?« entgegen. Vor einer Stunde hatte ein heftiger Platzregen eingesetzt, der nun endlich nachließ. Am Fahrbahnrand hatten sich tiefe Pfützen gebildet, und einige Autofahrer machten sich einen Spaß daraus, durch die Pfütze zu rasen und Antonia nass zu spritzen. Es störte sie nicht. Ihr ging es einzig um die gerechte Sache. Und dafür nahm sie einiges in Kauf.

Aus den Augenwinkeln sah sie einen älteren Mann, der sich langsam auf einem alten Klapprad näherte. Neben ihm lief ein kleiner Dackel, der bellte und an der Leine zog, die an der Lenkstange festgemacht war. Durch das Gezerre des Hundes geriet der Mann bedenklich ins Wanken. Es dauerte eine Weile, bis er auf Antonias Höhe war.

»Was machen Sie hier?«, fragte er, während der Dackel Antonia anknurrte.

»Ich halte eine Mahnwache für den kleinen Theo«, antwortete Antonia, die es mochte, wenn sie Passanten ansprachen.

Der alte Mann runzelte die Stirn. »Theo?«

»Ein Säugling. Er wurde vor ein paar Tagen tot dort drüben im Gebüsch entdeckt.« Antonia zeigte auf die andere Straßenseite in Richtung Blücherpark.

»Ach.« Der Mann zog an der Hundeleine.

»Haben Sie nichts von dem Fall gehört?«, fuhr Antonia fort. »Ein Rentner hat das Kind gefunden.«

Der Mann zeigte die Escher Straße hinunter. »Aber hier, nur ein paar Meter die Straße runter, ist doch das Babyfenster von den katholischen Frauen. Das sind doch nur ein paar Schritte.«

»Ich weiß.«

Der Mann kam jetzt richtig in Fahrt. »Die haben da so eine beheizte Schlummerdecke, und durch so eine Art Sensor im Bettchen wird dann ein Alarmknopf ausgelöst und die Rettungskette gestartet. Das haben die mal in der Lokalzeit gebracht, damals, als das Moses-Baby-Fenster eröffnet wurde. Frauen können da ihr Kind anonym abgeben. Ist doch immer noch besser, als es in die Walachei zu werfen.«

»Das sehe ich auch so, und deshalb stehe ich hier.«

Der Mann nickte ihr zu, trat in die Pedale und fuhr davon.

Antonia freute sich über die aufmunternden Worte. Unterstützung bekam sie nicht immer. Es kam sogar vor, dass Leute sie beschimpften oder sie vom Hauseingang wegjagten, wenn sie eine Kerze für ein Kind aufstellte, das zu Tode geprügelt worden war. In dieser Hinsicht erlebte Antonia einiges. Die Geschichten ähnelten sich, und doch hatte jeder Fall seine eigene Brisanz. Theo rührte Antonia, weil die Rettung so nah und doch unerreichbar für ihn gewesen war. Jetzt lag der kleine Leichnam in der Rechtsmedizin.

Gerade als sich Antonia entschied, langsam den Heimweg anzutreten, sah sie Norman die Straße runterfahren. Sie erkannte ihn gleich. Schwarze Kleidung, grell orange gefärbter Irokesenschnitt. Am liebsten wäre sie abgehauen. Aber zu spät. Norman stand bereits vor ihr.

»Ich wusste, dass ich dich hier finde.« Er sprang von seinem Fahrrad. »Willst du nicht endlich nach Hause gehen? Du musst doch völlig durchgefroren sein.«

Antonia packte ihre Sachen in den Rucksack, schwang sich auf den Sattel ihres Rades. »Ich habe dir gesagt, dass ich nichts mehr mit dir zu tun haben möchte. Warum lässt du mich nicht einfach in Ruhe?«

Sie fuhr in Richtung Ehrenfeld.

Norman folgte ihr. »Komm schon, ich hab es doch nicht so gemeint. Du hast mich völlig falsch verstanden.«

Antonia stoppte und sah Norman fest in die Augen. Es gelang ihr kaum, ihre Wut vor ihm zu verbergen. »Du hast meine Mahnwachen als sinnlose Zeitverschwendung und mich als krankhafte Persönlichkeit bezeichnet. Was kann ich daran missverstehen?«

»Ich finde auch wirklich, dass es nicht gut für dich ist, wenn du dich in jeden Einzelfall derart hineinsteigerst«, sagte Norman.

»Ich meine, du reist den Fällen ja sogar hinterher. Gestern Schwerin, heute Köln, morgen Oberhausen. Das ist einfach …«

»Krank?«

»Nein. Ja. Ich …«

»Es ist mir egal, was du denkst«, sagte Antonia. »Wenn du nicht siehst, warum mir diese Mahnwachen so wichtig sind, kann ich es dir auch nicht erklären.« Sie fuhr weiter. Er folgte ihr.

»Ich verstehe dich ja«, sagte Norman. »Ich weiß, dass du die Mahnwachen initiierst, weil es sonst niemand machen würde. Aber du vergisst dich selbst dabei.«

Antonia fuhr herum. »Du meinst wohl, dass ich dich dabei vergesse!«

Er antwortete nicht. Aber Antonia wusste auch so, dass sie ins Schwarze getroffen hatte. Sie und Norman, das funktionierte schon lange nicht mehr. Dafür gingen ihre Ansichten zu weit auseinander. Kennengelernt hatten sie sich bei gemeinsamen Aktionen gegen Gewalt. Doch ihre Meinungen über das Erreichen der Ziele und die Methoden gingen meilenweit auseinander. Norman ließ nicht locker. Dabei war Antonia die ewigen Diskussionen mit ihm so satt. Trotzdem forderte er sie immer wieder heraus. Erschwerend kam hinzu, dass er das Ende ihrer Beziehung einfach nicht akzeptieren wollte. Auch deshalb lauerte er ihr immer wieder auf.

»Hierbei geht es doch nicht um mich«, sagte Norman. »Ich sehe doch, dass du dich kaputt machst.«

Antonia trat in die Pedale.

»Wirklich, Tonia«, fuhr Norman fort. »Aus meiner Sicht steht der Aufwand, den du betreibst, in keinem Verhältnis zur Effektivität. Kaum jemand nimmt Notiz von dir. Und morgen wird wieder irgendwo ein Kind zu Tode geprügelt oder direkt nach der Geburt auf den Müll geworfen. Deine Pappschilder werden daran nichts ändern. Es ist einfach ein Fass ohne Boden.«

Antonia bremste vor dem Café Franck und hielt Normans Rad am Gepäckträger fest. »Wenn du gekommen bist, um mir das zu sagen, hättest du zu Hause bleiben sollen.«

»Nein. Quatsch. Ich wollte …« Er legte seine Hand auf ihren Arm. »Gib uns noch eine Chance. Ich weiß, dass wir zusammengehören.«

»Nein, Norman, es ist aus.« Sie entzog sich ihm vorsichtig.

Sofort wurde sein Tonfall aggressiver. »Dann schließ dich wenigstens unserer Gruppe an. Wir werden immer mehr, und unsere Aktionen bringen was. Gestern haben Kemâl und ich einen Prozess im Amtsgericht gestört. Es ging um einen Kinder-Vergewaltiger. Ich habe dem Täter einen Farbbeutel an den Kopf geschmissen. Du glaubst nicht, was da los war. Die Medien haben sogar berichtet, und die allgemeine Zustimmung ist groß. Mein Postfach quillt über. Echt!«

»Ich habe dir schon hundertmal gesagt, dass das nicht mein Weg ist«, sagte Antonia so ruhig wie möglich. »Unsere Gruppe ist auseinandergebrochen, weil wir zwei unterschiedliche Lager waren, erinnerst du dich. Euer Weg ist mir zu radikal, und ehrlich gesagt kann ich einfach nicht verstehen, warum du dich mit einem Schläger wie Kemâl weiterhin verbündest. Ich lehne Gewalt in jeder Form ab.«

»Ach, glaubst du vielleicht, dein Freund Dennis ist besser?« Norman funkelte sie böse an.

»Du bist doch nur eifersüchtig«, sagte Antonia. »Und im Gegensatz zu dir unterstützt Dennis mein Engagement und meinen weniger radikalen Weg.«

Norman winkte verächtlich ab. Er kannte ihren Arbeitskollegen Dennis schon seit Jahren. Früher waren sie unzertrennbare Kumpels gewesen. Aber seit sich Antonia in den zehn Jahre jüngeren Dennis verliebt hatte, waren die Dinge kompliziert.

»Ich und eifersüchtig«, sagte Norman, schob sein Rad an Antonia heran und beugte sich vor. Antonia sah die Lachfältchen um seine Augen und die Grübchen in seinen Wangen. Aber das vertraute Gesicht war ihr fremd.

»Ich möchte nur, dass du dich von Dennis fernhältst.«

Antonia seufzte.

»Ich meine es ernst«, beharrte Norman. »Der Typ ist unberechenbar.«

»Ach Norman, was soll der Mist denn jetzt? Nur weil du keinen Bock mehr auf Dennis hast, soll ich ihn jetzt auch meiden. Darum geht es doch, oder?«

»Du verstehst gar nichts.«

»Will ich auch nicht. Dennis und ich verstehen uns super. Und unsere Geschichte war sowieso am Ende. Aber wenn wir schon mal dabei sind, halte du dich lieber von Kemâl fern, der Typ hat nämlich tatsächlich nicht alle Tassen im Schrank.«

»Lass Kemâl in Ruhe. Er hat einfach viel Scheiße durchgemacht.«

»Zeig mir einen, der durch seine Kindheit nicht verkorkst ist«, konterte Antonia. »Dennis, du und ich. Wir haben alle unser Päckchen zu tragen. Aber das kann doch kein Freischein für irgendwelche bescheuerten Gewaltexzesse sein.«

Norman verschränkte die Arme vor der Brust. »Jetzt kommt die alte Leier wieder!«

»Ja, genau!«

»Du kannst mich mal«, sagte Norman und trat in die Pedale.

»Außerdem möchte ich dich bitten, mich in Ruhe zu lassen!«, rief Antonia ihm nach. »Wirklich, Norman, ich meine es ernst. Sonst …«

Norman machte eine Vollbremsung und drehte sich nach ihr um. »Was? Willst du eine einstweilige Verfügung gegen mich erwirken?«

»Schlimmstenfalls ja!«, sagte sie. »Ich sage es dir jetzt zum letzten Mal. Ich möchte keinen Kontakt mehr zu dir.« Antonia betonte jedes einzelne Wort.

Polizeipräsidium

Als Lou und Maline sich gerade ausbuchen wollten, liefen sie Alex in die Arme.

»Ich bin heute mit dem Auto da und muss in die Wilhelmstraße«, sagte er und sah Lou an. »Wenn du willst, kann ich dich mitnehmen.«

»Kein Problem«, sagte Maline. »Ich muss sowieso dringend nach Hause. Wenn Alex dich mitnimmt, spare ich einen Haufen Zeit.«

Sie gingen gemeinsam zum Parkdeck und verabschiedeten sich.

Lou war Alex für die Mitfahrgelegenheit dankbar. Allerdings staute sich der Feierabendverkehr schon ab der Auffahrt zur Zoobrücke.

Sie beschloss, sich zu entspannen, und lehnte sich zurück. »Wie war dein Tag?«

»Wir haben heute den Wagen des Vermissten gefunden. Du weißt schon, ich habe dir von Heidkamp erzählt. Es ist merkwürdig, aber er hat sein Auto offensichtlich an seinem letzten Arbeitstag in der Nähe des Stadthauses in der Constantinstraße stehen lassen und ist mit der Bahn nach Hause gefahren.«

»Wieso ist das merkwürdig? Vielleicht wollte er noch in die Innenstadt, musste dort etwas erledigen und hat seinen Wagen aufgrund der schlechten Parkplatzsituation einfach in Deutz stehen lassen.«

»Ja, vielleicht.«

Lou sah aus dem Fenster. Sie fuhren gerade im Schritttempo am alten Fabrikgebäude des »Kunstwerk« vorbei. Soweit Lou wusste, teilten sich dort Künstler und andere Freischaffende Ateliers. Auf dem Flachdach des Hauses thronte eine Skulptur. Zwei Biker saßen in Lebensgröße um ein Lagerfeuer. Im Hintergrund standen zwei Motorräder. Jetzt im Dunkeln sah man das Flackern des Feuers ganz deutlich. In Lou weckte es für einen kurzen Augenblick die Sehnsucht nach Freiheit. Früher hatte sie gerne Fahrten mit ihrer Kawasaki unternommen. Nun stand sie seit vielen Jahren in der Garage.

Alex hupte.

Lou schreckte hoch. Ein Autofahrer wechselte einfach die Spur, ohne zu blinken.

»Habt ihr etwas in Heidkamps Auto entdeckt, das euch weiterbringt?«, fragte Lou.

»In der Tat. Das heißt, wir wissen noch nicht, wohin uns der Fund führt, aber wir haben einen Umschlag mit zwei Fotos gefunden.«

»Was denn für Fotos?«

»Es sind etwas vergilbte Polaroidbilder. Fotos von zwei Kindern. Auf der Rückseite der Bilder steht die Jahreszahl 1984.«

»Hat er nicht zwei Töchter?«

»Doch, aber seine Kinder sind es nicht, die sind auch viel jünger. Wir haben die Fotos an Heidkamps Arbeitsplatz herumgezeigt. Überall Fehlanzeige.«

»Komisch. Sind die Bilder identisch?«

»Nein. Das eine Bild zeigt zwei Jungen im Winter vor einem Fachwerkhaus. Auf dem anderen Bild stehen dieselben Kinder in Badehose vor einem Bach.« Alex schaltete einen Gang höher. Aus unerklärlichen Gründen floss der Verkehr auf einmal ein paar Meter. »Aber wer weiß, was das für Fotos sind. Vielleicht haben sie überhaupt nichts mit Heidkamps Verschwinden zu tun.«

»Heidkamp«, sagte Lou. »Der Name kommt mir bekannt vor.«

Alex zuckte mit den Achseln. »Echt? Mir nicht.«

Lou bot Alex ein Kaffeebonbon an. Er lehnte ab. »Und was ist mit diesem Italiener? Du weißt schon, der Typ, mit dessen Frau Heidkamp eine Affäre hatte?«

»Salvatore Carboni, den gucken wir uns morgen an. Der ist heute einfach nicht zur Vernehmung erschienen.« Alex ging wieder in die Bremsen. »Also wenn du mich fragst, ist das alles sowieso Zeitverschwendung. Ich glaube, dass Heidkamp sich abgesetzt hat.«

»Wie kommst du darauf?«

»Weil er Geld auf die Seite geschafft hat. Eine Woche vor seinem Verschwinden hat er mehrere tausend Euro von einem seiner Konten abgehoben. Seine Frau ist aus allen Wolken gefallen, als wir ihr davon erzählt haben.«

»Du glaubst also, dass er sich in den Flieger gesetzt hat und abgehauen ist?«, fragte Lou.

»Warum nicht. Seine Frau macht ihm Stress, seine Affäre ist schwanger, Carboni bedrohte ihn, und er hat Schulden bei seinem Vater. Über zwanzigtausend Euro. Es gibt Menschen, die machen schon wegen weniger Problemen die Düse. Die einzigen Puzzleteile, die nicht richtig ins Bild passen, sind seine Töchter und sein Vater. Diese drei Menschen scheint Heidkamp über alles zu lieben.«

»Ich glaube nicht, dass er einfach abgehauen ist. Leute wie Heidkamp verlassen ihr altes Leben geordnet, glaube mir. Gibt es sonst noch irgendwelche Ungereimtheiten?«

»Nein.«

Sie schwiegen einen Augenblick.

»Du? Könntest du einen kleinen Umweg zum Ebertplatz machen?«, fragte Lou nach einer Weile. »Ich möchte beim Chinesen auf der Riehler Straße noch Koriander und Ingwer fürs Abendessen holen.«

»Kein Problem«, sagte Alex und fuhr in Richtung Zoo von der Brücke ab. Fünfzehn Minuten später hatte sie beim Chinesen eingekauft, und sie quälten sich zur Neusser Straße. Als sie an der Schillingstraße vorbeikamen, sah Lou den Smart ihrer Kollegin.

»Da ist Maline«, sagt Lou. »Ich dachte, sie wollte dringend nach Hause.«

Alex sah flüchtig aus dem Beifahrerfenster. »Vielleicht muss sie noch etwas erledigen.«

Lou sah Maline nach. Aber sie konnte nicht sehen, wohin sie verschwand.

Eine gefühlte Ewigkeit später hielt Alex an der Ecke Gustav-Nachtigal-Straße, um Lou rauszulassen.

»Sehen wir uns morgen?«, fragte Alex.

Statt einer Antwort beugte sich Lou zu ihm rüber und küsste ihn. Sie lächelte, als sie sein überraschtes Gesicht sah. »Ich dachte, ich hebe unseren Flirt mal auf eine andere Stufe und lass das Abendessen im Kreis der Familie zu Hause sausen.«

Hinter ihnen hupte ein Auto. »Wie meinst du das?«, fragte Alex und sah flüchtig über seine Schulter.

»Ich habe doch unser letztes Essen verpatzt und vor allem das, was danach gekommen wäre. Jetzt könnten wir es nachholen.«

»Ist das dein Ernst? Ich meine, was ist mit Frieda?«

»Sie ist beim Sport. Ich spreche ihr eine Nachricht auf die Mailbox und schicke sie zu ihrem Vater. Für solche Situationen wurden die Handys erfunden.«

Der Autofahrer hinter ihnen hupte erneut. Diesmal energischer.

»Du meinst, ich soll mit zu dir kommen?«, fragte Alex.

»Zu mir oder zu dir, die Frage aller Fragen.« Lou lachte. »Es ist deine Entscheidung.«

Alex legte den ersten Gang ein und fuhr mit quietschenden Reifen los.

Schillingstraße

Maline stand an der Rezeption der Pension Kleefisch und wartete. Sie hatte es sich abgewöhnt, wiederholt auf die Klingel zu schlagen. Dadurch wurde die massige Wirtin auch nicht schneller. Natürlich hätte Maline auch einfach hinter die Theke greifen und sich den Schlüssel mit der Nummer 6 selbst nehmen können. Denn es tat ihr jedes Mal leid, dass sie die Pensionswirtin nur wegen ihres Zimmerschlüssels vom Fernseher wegholen musste. Aber Walli Kleefisch bestand ausdrücklich auf diesem Service. Also fügte Maline sich, betrachtete gedankenverloren das düstere Mobiliar des Empfangsbereichs und war erleichtert, als knarrende Dielen ankündigten, dass sich Frau Kleefisch vorwärtsbewegte. Minuten später quetschte sie sich durch den engen Gang, der ihre Privaträume von der kleinen Lobby trennte.

»Aha«, sagte sie nur und atmete dabei so schwer, als sei sie gerade eine Runde gejoggt. Umständlich griff sie mit ihren wurstähnlichen Fingern nach der Nummer 6 und reichte den Schlüssel über den Tresen.

»Warten Sie mal«, sagte sie, als Maline loswollte. »Hier, den habe ich heute Mittag gebacken. Frischer Pflaumenkuchen. Ich dachte, Sie könnten den vertragen.« Sie bückte sich und zauberte zwei riesige Stücke Kuchen hervor. Maline wusste nicht, was sie sagen sollte.

Die Pensionswirtin schob ihr den Teller rüber. »Ich habe Ihnen direkt zwei Stücke geschnitten. Ich weiß doch, dass Sie gleich wieder Besuch kriegen.« Walli Kleefisch lächelte und zwinkerte vergnügt. Maline bedankte sich mehrmals, nahm ihren Schlüssel, den Kuchen und stieg schnell die steile Treppe zum ersten Stock hinauf.

Sie wollte nicht reden, mit niemandem und erst recht nicht mit Walli Kleefisch, die im Grunde genommen ja nur freundlich sein wollte.

Als Maline ihr Zimmer betrat, öffnete sie das Fenster, um die stickige Luft herauszulassen, und nahm eine lange heiße Dusche. Sie hatte sich kaum abgetrocknet, als es leise an der Tür klopfte.

Magdalenenstift

Gerlinde Sommer schloss die Tür und setzte sich ihrer Heimbewohnerin gegenüber. Das Gesicht der alten Frau war zerfurcht, die Augen wässrig.

»Schön, dass Sie sich nach dem Abendessen noch kurz Zeit für mich nehmen«, sagte Gerlinde Sommer.

»Was ist denn los?«, fragte Lene Markowitz. »Gibt es ein Problem?«

»Nein. Überhaupt nicht. Nur, Sie sind jetzt seit acht Wochen bei uns, und da möchte ich als Pflegedienstleitung gerne wissen, ob es Ihnen bei uns gefällt oder ob Sie etwas zu beanstanden haben. Wie Sie sicher wissen, sind wir ein zertifiziertes Unternehmen. Kundenzufriedenheit ist uns sehr wichtig.«

Die Seniorin lächelte. »Danke, es ist alles in bester Ordnung.« Ihre Hände ruhten auf den Rädern ihres Rollstuhls.

»Und das Essen?« Gerlinde Sommer warf einen Blick in ihre Unterlagen. Der Gewichtstabelle entnahm sie, dass Frau Markowitz in den vergangen Wochen vier Kilo zugenommen hatte.

»Danke. Das Essen ist ausgezeichnet.«

Die alte Frau war höflich und pflegeleicht. Von dieser Sorte wünschte sich Gerlinde Sommer mehr. Seit sie zur Pflegedienstleitung aufgestiegen war, ärgerte sie sich täglich mit Problemen herum, mit deren Auswüchsen sie vorher nur am Rande konfrontiert gewesen war. Beschwerden der Heimbewohner eingeschlossen. Einige von ihnen gingen ihr mächtig auf die Nerven. Trotzdem bemühte sie sich um einen freundlichen Ton, auch bei denen, die förmlich nach Ärger suchten.

Lene Markowitz gehörte definitiv nicht zu dieser Personengruppe. Das hatte Gerlinde Sommer schon beim ersten Gespräch mit ihr gemerkt. Sie war bescheiden, krakeelte nicht herum, beschwerte sich nicht über zu niedrige Toiletten oder zu wenige Haltegriffe in der Dusche. Lene Markowitz fand ihr Zimmer groß genug und freute sich über jede Form der Zuwendung. Sie war eher eine der Patienten, die schnell hinten runterfielen. Still und unauffällig.

Gerlinde Sommer mochte die kleine alte Frau, und sie war froh, dass sie ihr den Einzug ermöglicht hatte. Sie war dankbar für den kleinen Spielraum, der hin und wieder solche Entscheidungsfreiräume möglich machte. Das privat geführte Seniorenheim finanzierte sich überwiegend durch die hohen monatlichen Sätze, die die meist gut situierten alten Menschen, die hier lebten, mühelos zahlen konnten. Allerdings gab es ein überschaubares Kontingent an Betten, die für weniger bemittelte Senioren bereitstanden. Und diesem Umstand verdankte unter anderem Lene Markowitz ihren Platz im Magdalenenstift. Natürlich waren dieser Praxis Grenzen gesetzt, und bei der aktuellen finanziellen Situation des Hauses wurde gerade wieder im Vorstand diskutiert, ob die sogenannten »Sozialplätze« nicht besser abgeschafft werden sollten. Gerlinde war dagegen. Oft waren gerade die weniger betuchten Bewohner des Hauses diejenigen, die kaum Probleme machten.

Überhaupt waren es häufig eher die Angehörigen, die ihr Schwierigkeiten bereiteten. An diesem Punkt gab es kaum einen Unterschied zwischen Arm und Reich. Kaum jemand wusste die Arbeit, die ihre Mitarbeiterinnen leisteten, zu schätzen. Nur wenige äußerten mal ein gutes Wort oder zeigten sich erkenntlich. Es war so wie überall. Gute Arbeit war selbstverständlich. Fehler wurden gnadenlos ausgeschlachtet.

Gerlinde spürte einen pochenden Schmerz in ihrer rechten Schläfe. Ein Migräneanfall kündigte sich an. Sie kannte die Symptome, atmete tief durch und versuchte, sich zu konzentrieren.

»Also, wie sieht es aus? Brauchen Sie noch etwas? Eine andere Matratze? Mehr Hilfe? Egal, was es ist, Sie können mir alles sagen.«

»Nein, wirklich, ich bin sehr zufrieden hier.« Frau Markowitz lächelte und löste die Bremsen ihres Rollstuhls.

»Einen Augenblick noch«, sagte Gerlinde Sommer. »Es gibt zwei Dinge, die ich gerne mit Ihnen besprechen würde.«

»So, was denn?«

Gerlinde lehnte sich vor und sah Lene Markowitz aufmunternd an. Sie wählte ihre Worte mit Bedacht. Schließlich waren die meisten Menschen doch sehr empfindlich, wenn es um ihre eigenen Belange ging.

»Erstens wollte ich Sie fragen, warum Sie immer im Rollstuhl umherfahren. Ihre Beinmuskulatur wird dadurch immer schlaffer, und irgendwann können Sie wirklich nicht mehr gehen. Ich habe mit Frau Palm gesprochen, und sie ist davon überzeugt, dass Sie mit etwas Übung in der Lage wären, zumindest kleine Strecken zu laufen. Was meinen Sie dazu?«

Lene Markowitz sah Gerlinde Sommer mit großen Augen an. Dann guckte sie aus dem Fenster.

»Wissen Sie«, sagte sie nach einer Weile, »ich bin so wackelig auf den Beinen. Der Rollstuhl gibt mir einfach Sicherheit.«

»Das verstehe ich gut«, sagte Gerlinde. »Aber denken Sie doch noch mal über das Angebot nach. Frau Palm würde Sie gerne unterstützen, und sie ist eine unserer fähigsten Trainerinnen. Da können Sie ganz beruhigt sein.«

Lene Markowitz nickte, drehte den Rollstuhl, hielt dann aber noch einmal an und wandte sich zu Gerlinde Sommer um. »Was war Ihr zweites Anliegen?«

»Wie bitte?«

»Sie haben eben gesagt, dass Sie zwei Sachen mit mir besprechen wollen.«

»Ach ja. Uns ist aufgefallen, dass Sie sich sehr zurückziehen und so gut wie keinen Besuch bekommen.«

»Ja, das stimmt. Ich habe mich schon immer schwergetan, Kontakte zu knüpfen. Deshalb fühle ich mich manchmal ein bisschen einsam. Aber ich bin es gewöhnt. Darüber müssen Sie sich keine Gedanken machen.«

»Was ist denn mit Ihrer Tochter? Warum kommt sie nicht öfter?«

»Ach, die hat doch viel zu viel zu tun. Das Haus, die Arbeit und die Kinder.«

»Natürlich. Ich möchte Sie ja auch nicht unter Druck setzen. Nur, wir bieten unseren Bewohnern eine Vielzahl von Angeboten. Da wäre zum Beispiel die Singgruppe, der Kochkurs und auch die Bastelnachmittage. Wir würden uns freuen, wenn Sie bei der einen oder anderen Aktivität dabei wären. Gerade jetzt in der nahenden Vorweihnachtszeit. Gehen Sie doch mal zum gemeinsamen Plätzchenbacken am Donnerstag, immer um halb drei.«

Frau Markowitz nickte. »Ich werde es mir überlegen.«

»Ansonsten haben wir auch noch ein anderes Angebot, für das Sie vielleicht in Frage kommen.«

»Ja?«

»Hätten Sie Interesse, an unserem Tandem-Projekt teilzunehmen?«

»Was ist das denn?«

Gerlinde faltete die Hände und lehnte sich zurück. »Nun, wir suchen für Sie eine Person, die Sie regelmäßig besucht, Ihnen vorliest oder mit Ihnen spazieren geht.«

Lene Markowitz schien nicht abgeneigt. »Sie geben sich aber wirklich große Mühe mit uns.«

»Also sind Sie interessiert?«

Die alte Frau zögerte. »Ja, aber nur, wenn ich dafür nichts bezahlen muss. Ich bin im Moment nicht so flüssig, wissen Sie.«

Gerlinde Sommer machte eine abwehrende Handbewegung. »Darüber brauchen Sie sich keine Gedanken zu machen. Unsere Tandem-Partner arbeiten alle ehrenamtlich. Eventuell anfallende Kosten übernimmt unser Förderverein.«

SIEBEN

Domstraße

Die Sessionseröffnung wäre völlig an Antonia Satorius vorbeigegangen, wenn sie nicht in der SB-Bäckerei neben einer Indianerin gestanden hätte. Für Antonia tauchte die verkleidete Frau völlig unerwartet auf, und erst da bemerkte sie, dass sie von Karnevalsjecken umgeben war. Antonia wunderte sich jedes Jahr, wenn die Menschen am 11. November, wie aus dem Nichts, auf einmal in Kostümen durch die Straße liefen.

Als sie aus der U-Bahn am Hauptbahnhof ausstieg, kamen ihr Cowboys, Hexen, Clowns und Menschen in Phantasiekostümen entgegen. Sie alle strömten wahrscheinlich zum Alter Markt. Dort wurde pünktlich um elf Uhr elf die diesjährige Session eröffnet. Einen kurzen Augenblick beneidete Antonia fünf Frauen, die als Piratinnen verkleidet waren. Sie standen im Kreis, aßen Krapfen, tranken Sekt und lachten lauthals. Antonia wunderte sich, dass sie sogar Gläser dabeihatten, und wünschte sich, dazuzugehören. Einmal alle Sorgen vergessen, einmal einfach dabei sein, lachen und das Leben genießen. Diese Leichtigkeit war ihr fremd.

Sie fuhr die Rolltreppe hoch, durchquerte den Hauptbahnhof und bahnte sich einen Weg durch das dichte Gedränge. Drei betrunkene Matrosen kamen ihr entgegen. Sie hatten Bierflaschen in der Hand und grölten lautstark »Die Karawane zieht weiter«. Antonia zog die Schultern hoch und ging schnell an ihnen vorbei. Sie vermied jeden Blickkontakt und ging zum Ausgang Breslauer Platz.

Hier riss der Bau der Nord-Süd Bahn immer noch ein riesiges Loch in den Boden. Antonia ging den Bauzaun entlang und wurde erst wieder langsamer, als sie die Johannisstraße erreichte. Erleichtert registrierte sie, dass niemand sie beachtete. In ihrem grauen Regenmantel, der schwarzen Hose und den praktischen Schuhen fiel sie nicht auf. Ihr war es recht, sie hatte auch nicht vor, aufzufallen.

Gedanklich war sie schon bei der Arbeit. Sie liebte ihren Job.

Seit fünf Jahren arbeitete sie hauptberuflich für einen privaten Verein, der bedürftige Menschen jeden Tag mit einer warmen Mahlzeit versorgte und ihnen zweimal in der Woche auch die Möglichkeit gab, in einem kleinen Laden günstig einzukaufen. Die Kombüse bezog ihre Lebensmittel aus Spenden von Supermärkten. Teilweise waren die Waren über dem Verfallsdatum. Trotzdem waren sie noch gut. Auch das Mittagessen wurde geliefert. Meist handelte es sich hierbei um Reste aus Großküchen, wie den Mensas und den unterschiedlichen Kantinen der Stadt. Antonia überraschte es jeden Tag aufs Neue, wie viele Portionen da zusammenkamen. Allerdings nahm die Zahl der Bedürftigen rapide zu. Waren es vor zwei Jahren noch um die fünfzig, kamen heute fast doppelt so viele pro Tag. Und dabei handelte es sich nicht mehr ausschließlich um Menschen aus der Unterschicht. Mittlerweile stellten sich auch Leute aus der sogenannten Mittelschicht in den Reihen an.

Antonia erreichte die Kombüse in der Domstraße. Schon jetzt standen einige Leute vor dem Tor an, denn heute öffnete auch der Verkaufsladen. Sie ging an den Menschen vorbei, die sie begrüßten. Die Leute, die hier Schlange standen, kannten sie und dankten ihr immer wieder für ihr Engagement, das in der Regel weit über die normale Arbeitszeit hinausging.

Drinnen ging es hektisch zu. Gerade war ein riesiger Behälter geliefert worden.

»Du kommst genau richtig!«, rief Dennis, als er Antonia sah. »Kannst du mir kurz helfen, die Gulaschsuppe umzufüllen? Der Fahrer will den Kessel wieder mitnehmen.«

Antonia band sich ein Kopftuch über ihren schwarzen Pagenkopf und kam ihrem Freund zu Hilfe. Anschließend sah sie die neuen Waren durch, gab Anweisungen und schaute, ob die Regale im Laden gut sortiert waren.

Gegen drei Uhr fanden Antonia und Dennis endlich Zeit für eine Tasse Kaffee. Sie saßen in der Küche, in der mittlerweile Ruhe eingekehrt war.

»Was ist los?«, fragte Dennis.

Antonia sah ihm in die Augen. »Warum hast du mich gestern nicht mehr angerufen?«

Die Sache zwischen ihr und Dennis lief noch nicht rund. Sie vermutete, dass er gegen eine feste Bindung ankämpfte, denn mal war er anhänglich und dann entzog er sich ihr wieder. Es konnte auch vorkommen, dass er sich tagelang gar nicht bei ihr meldete, was meist dann der Fall war, wenn er seine monatliche Freiwoche hatte. Denn die Kombüse bezahlte Dennis nur an fünfzehn Tagen im Monat. Für mehr reichte das Budget des Vereins nicht. Da blieb ihm eine Menge Zeit, um abzutauchen, und Antonia vermied es, ihn festzunageln.

»Ich hatte viel um die Ohren«, sagte Dennis. »Wie ist denn deine Mahnwache gelaufen?«

»Wie immer«, antwortete Antonia. »Kaum jemand hat mich beachtet. Am Schluss ist Norman vorbeigekommen.«

Dennis stellte seinen Kaffeebecher heftig auf dem Tisch ab. »Mensch! Der soll dich verdammt nochmal in Ruhe lassen.«

»Ich kann ihm ja schlecht verbieten, auf dem Radweg entlangzufahren.«

»Was wollte er denn?«

»Keine Ahnung. Angeblich hat er sich Sorgen um mich gemacht.«

»Der Spinner? Niemals.« Dennis fuhr sich über seine langen blonden Haare, löste das Gummi und band seinen Pferdeschwanz fester. »Mein Gott! Ich hasse dieses Arschloch.«

»Ihr wart mal Freunde«, sagte Antonia. »Und so ein Idiot ist er nun auch wieder nicht.«

»Jetzt verteidige ihn auch noch!«

»Ich verteidige ihn nicht. Aber schließlich hat er in seinem Leben so viel Scheiß erlebt. Da ist es doch kein Wunder, wenn er einen Weg sucht, um zurückzuschlagen. Bei Kemâl ist es übrigens nicht anders.«

»Ach ja?« Dennis packte Antonia an den Schultern und sah ihr in die Augen. »Jetzt hör mir mal gut zu! Es stimmt, Norman wurde als kleiner Junge von seinen Großeltern schwer misshandelt ...«

»Sie haben ihn in Ketten gelegt wie einen Hund«, fiel Antonia ihm ins Wort.

»... ja, und sie haben ihn monatelang in einem Verschlag hinter ihrem Geschäft gefangen gehalten«, sagte Dennis, »ich weiß. Und wenn die Großeltern nicht einen Verkehrsunfall gehabt hätten, wäre Norman vielleicht nie von der Polizei gefunden worden.«

Antonia schüttelte Dennis' Hände von ihren Schultern. Sie war den Tränen nahe. Dennis stand auf und nahm sie in den Arm.

»Entschuldige«, flüsterte er. »Lass Norman seinen Weg gehen und zieh du deine Aktionen durch, denn ich finde deinen Einsatz bewundernswert. Du bist so selbstlos. Norman und den anderen geht es doch nur um Publicity, die wollen doch bloß ihre Namen in der Zeitung sehen. Du bist so … so bodenständig und …«

»… und halte Pappschilder in die Höhe. Aber wozu?« Antonia verbarg ihr Gesicht mit den Händen. »Manchmal zweifel sogar ich am Nutzen meines gewaltlosen Protests.«

»Aber doch nur deshalb, weil du glaubst, dass du allein auf weiter Flur kämpfst.« Dennis küsste sie auf die Stirn. »Dabei hast du doch auch Unterstützer wie Gerta und Richard.«

»Aber im Grunde kämpfe ich allein.«

»Jetzt sieht es vielleicht noch so aus. Aber alle großen Bewegungen haben mal klein angefangen. Denk mal an Mahatma Gandhi, Nelson Mandela oder Martin Luther King.«

Antonia lachte gequält und schüttelte den Kopf. »Mit denen kann ich mich kaum vergleichen. Diese Menschen haben Massen bewegt und motiviert. Ich schaffe es nicht einmal, eine fünfköpfige Gruppe zusammenzuhalten.«

»So ein Unsinn«, sagte Dennis. »Ich finde dein Engagement unglaublich. Es gibt nicht viele Menschen, die solche leisen Pfade gehen können. Und deshalb habe ich dich für den Kölner Ehrenamtspreis vorgeschlagen.«

»Du hast was?«

»Ich finde, du hast eine Anerkennung für deinen Einsatz verdient. Allein schon für die Arbeit hier in der Kombüse.«

»Du spinnst. Außerdem arbeite ich hier nicht ehrenamtlich.«

»Ich weiß«, sagte Dennis. »Aber du engagierst dich in anderen Bereichen.«

»Du siehst mich völlig falsch.« Antonia stand auf, nahm ihre Schürze ab und hängte sie an den Haken. »Wirklich, ich entspreche nicht dem Bild, das du dir von mir gemacht hast.«

»Trifft das nicht auf uns alle zu?«

Polizeipräsidium

Lou saß in der Polizeikantine und wärmte ihre Hände an einem großen Becher Kakao. Allmählich schaffte die Sonne den Weg durch die dichte Nebeldecke. Sie seufzte. Der Fall Fischbach lag ihr schwer im Magen. Mittlerweile gingen sie und Ben zwar davon aus, dass das Motiv für den Mord in der Vergangenheit des Professors begründet war, aber ein wirklich konkreter Hinweis hatte sich bisher nicht ergeben. Auch nicht aus den Unterlagen, die ihnen die Sekretärin auf dem Kastanienberg mitgegeben hatte. Lou schloss für einen Augenblick die Augen und dachte an Alex. Seinen muskulösen Körper, seine starken Arme und die Leidenschaft, mit der sie sich geliebt hatten.

»Ich bin vielleicht froh, wenn ich diesen Tag hinter mir habe.« Mit diesem Satz riss Maline sie unsanft aus ihren Gedanken. Sie knallte ihr Tablett auf den Tisch und setzte sich.

Lou bemerkte sofort die dunklen Ringe unter den Augen ihrer Kollegin. »Was ist los mit dir?«

»Nichts«, sagte Maline und biss in ihr Brötchen. »Zu wenig Schlaf.«

»Wieso? Was hast du denn gestern noch gemacht?«

»Nichts Besonderes. Ich bin nach Hause gefahren und lag um neun Uhr im Bett.«

Lou räusperte sich. »Ich habe dich gestern Abend in der Nähe vom Ebertplatz gesehen. Alex und ich waren noch beim Chinesen auf der Riehler Straße.« Sie hob die Augenbrauen. »Also, was verschweigst du mir? Eine heimliche Geliebte, einen lukrativen Nebenjob? Was es auch ist: Du kannst es mir sagen.«

Malines Körper verkrampfte sich, und ihre hellgrünen Augen blitzten kurz auf.

»Sorry«, sagte Lou. »Habe ich was Falsches gesagt?«

»Nein, aber ich will nicht darüber reden.«

»Entschuldige, aber jetzt machst du mich neugierig. Was ist los?«

Maline holte tief Luft. »Nichts. Können wir bitte das Thema wechseln?«

»Ist etwas mit dir und Yadet?«

Maline schüttelte den Kopf. »Das ist meine Privatangelegenheit.«

Lou lehnte sich vor. »Ist es nicht. Seitdem du aus deinem Urlaub zurück bist, rennst du rum wie Falschgeld. Du bist abwesend und unkonzentriert. Sorry, aber das sind zwei Komponenten, die mich in höchste Alarmbereitschaft versetzen. Was ist, wenn wir rausfahren müssen und du gerade in einem entscheidenden Moment nicht ganz bei der Sache bist?«

Lou war laut geworden. Die Kollegen an den Nachbartischen sahen zu ihnen rüber.

»Kein Grund, gleich auszuflippen«, sagte Maline.

»Also?«

»Also was?«

»Ich will wissen, was mit dir los ist.«

»Yadet und ich haben uns getrennt. Sie hat eine Neue.«

Lou starrte ihre Kollegin an.

»Bist du jetzt zufrieden?« Maline presste die Lippen fest aufeinander.

Lou schüttelte den Kopf. »Das kommt ziemlich überraschend.«

»Es lief schon eine Weile nicht mehr so gut zwischen uns.«

»Davon hast du nie etwas erzählt.«

»Wahrscheinlich wollte ich es selbst nicht wahrhaben.«

»Und du? Wie geht es dir?«

»Schau mich doch an«, sagte Maline. »Ich sehe aus wie ein Gespenst.«

Lou tat es augenblicklich leid, dass sie Maline so angegangen war. »Kann ich irgendetwas für dich tun?«

»Nein. Ich will einfach nicht an Yadet erinnert werden.«

»Aber wie macht ihr das denn in eurer Wohnung?«

»Ich bin ausgezogen.«

»Wo wohnst du jetzt?«, fragte Lou.

»Pension Kleefisch. Schillingstraße. Wahrscheinlich hast du mich da gestern gesehen.«

»Das verstehe ich nicht. Du hast doch so viele Freunde.«

»Ich will aber keinen Menschen um mich haben«, sagte Maline. »Ich möchte keinem zur Last fallen und, was noch viel wichtiger ist, ich möchte nicht die ganze Zeit über Yadet und mein Gefühlschaos reden. Deshalb bevorzuge ich ein anonymes Hotelzimmer.

Nur Roberto ist eingeweiht. Er ist der Einzige, den ich im Augenblick ertragen kann.«

Lou kannte Roberto nur flüchtig. Er war gerade Vater geworden und arbeitete in einem Friseursalon auf der Kalker Hauptstraße. Hin und wieder holte er Maline nach der Arbeit im Polizeipräsidium ab.

»Und meinst du, dass die Sache mit Yadet und ihrer Neuen wirklich etwas Ernstes ist?«, fragte Lou.

»Ich glaube schon. Schließlich ist sie gleich bei uns eingezogen.«

»Mist. Kennst du sie?«

»Nur vom Sehen. Sie ist fünfundzwanzig Jahre alt, eins sechsundsechzig groß, hat dunkle Haare und ist Schutzpolizistin in der PI-Mitte. Sonst noch Fragen?«

»Sie ist auch bei der Polizei?«

Maline nickte. »Witzig, oder? Dabei hat mir Yadet meinen Beruf immer vorgeworfen, wegen der Überstunden und so.«

»Das gibt es doch gar nicht«, sagte Lou. »Und wie geht es dir? Ich meine, kommst du klar?«

»Natürlich.« Maline versuchte zu lächeln. »Können wir jetzt bitte das Thema wechseln, oder willst du, dass ich hier vor allen Kollegen anfange zu weinen?«

Lou nahm Malines Hand. »Mensch, wieso hast du denn nichts gesagt? Ich hätte dich unterstützen können.«

Maline entzog Lou ihre Hand. »Damit muss ich allein klarkommen. Ist ja nicht meine erste Trennung.«

»Aber du und Yadet …« Lou seufzte. »Ihr wolltet heiraten.«

»Danke, dass du mich daran erinnerst.«

Lou sah, dass ihre Kollegin mit den Tränen kämpfte. »Verdammt, wie lange geht das denn schon mit der Neuen?«

»Keine Ahnung, ich glaube schon länger. Aber ich will auch fair bleiben. Wie gesagt, Yadet und ich hatten so unsere Probleme.«

»Willst du mir damit sagen, dass du mit der Trennung einverstanden bist?«

»Vielleicht nicht mit der Art und Weise, wie wir Schluss gemacht haben, aber im Grunde … Ach, ich weiß auch nicht.«

»Kann ich dir irgendwie helfen?«, fragte Lou.

»Du könntest endlich das Thema wechseln.«

Malines Handy klingelte.

»Das war der Chef«, sagte sie, als sie das Gespräch beendet hatte, und stand auf. »Spaziergänger haben eine Leiche an der Geestemünder Straße gefunden. Ich habe diese Woche Bereitschaft und muss raus.«

»Soll ich deinen Dienst übernehmen?«

»Nein. Die Arbeit wird mich ablenken.«

Lou erhob sich ebenfalls. »In Ordnung. Ruf mich an, wenn ich irgendetwas für dich tun kann.«

Magdalenenstift

Lene Markowitz war etwas mulmig zumute. Einer der Zivildienstleistenden hatte sie in den Innenhof gebracht. Hier fand heute das Martinsfest statt. Es gab auch eine Parallelveranstaltung im Haupthaus. Karneval für alle, die lieber den Elften im Elften feiern wollten. Aber Lene Markowitz war eher in der Stimmung für Weckmänner und Martinslieder.

Quer über den Hof waren Schnüre gespannt, an denen bunte Laternen hingen. Ein schöner Anblick, auch wenn die Lichter noch nicht brannten. Lene Markowitz strich über die Decke, die ihr der junge Zivi über die Beine gelegt hatte. Am liebsten wäre sie auf ihrem Zimmer geblieben. Dort warteten die letzten Seiten ihres Arztromans. Würde der junge Stationsarzt seine Angebetete bekommen? Lene Markowitz seufzte. Sie musste sich gedulden. Seit ihrem Gespräch mit Gerlinde Sommer bemühte sie sich um mehr Geselligkeit. Schließlich hatte sie einen der wenigen ermäßigten Pflegeplätze im Heim ergattert. Da wollte sie sich auch ein wenig interessierter zeigen.

Sie sah sich um. Viele der Anwesenden waren ihr unbekannt. Die wenigen, die sie kannte, grüßte sie schüchtern. Heimbewohner und deren Verwandte drängelten sich um den Punschstand. Selbstverständlich gab es nur alkoholfreie Getränke. Vor allem deshalb, weil einige der Heimbewohner im vergangenen Jahr wohl heftig über die Stränge geschlagen hatten. Lene Markowitz war es egal. Sie machte sich nichts aus Punsch oder Glühwein. Allerdings knurrte ihr der Magen. Als die Blaskapelle ihre Notenständer aufbaute, rollte Lene in die kleine Gymnastikhalle. In einer Ecke war ein Basar aufgebaut. Frauen verkauften selbst gemachte Kerzen und umhäkelte Taschentücher. Für kleines Geld natürlich. Neben dem Medizinballschrank saßen Erna und ihre Zwillingsschwester Käthe an einem Tisch, auf dem ein Toaster stand. Darauf lagen mehrere Pakete mit vorgebackenen Waffeln vom Discounter und einige Dosen Sprühsahne. Lene Markowitz rollte zu ihnen rüber.

»Was verkauft ihr denn Schönes?«, fragte sie.

»Heiße Waffeln mit Sahne, das Stück fünfzig Cent«, antworteten die Schwestern im Chor. »Willst du eine?«

Sie wollte. Getoastete Waffeln waren besser als gar nichts. Bis zum Abendessen dauerte es noch etwas.

Als Lene Markowitz wenig später mit ihrer Waffel an einen Tisch rollte, spielte die Blaskapelle »Dr hillige Sinte Mätes«. Erinnerungen an längst vergangene Zeiten drängten hervor. Lene sah sich als Kind, wie sie mit einer ausgehöhlten Zuckerrübe im Martinszug mitging. Wie hatte sie die anderen Kinder um ihre feinen Laternen beneidet. Ihre Mutter zeigte wenig Verständnis. Warum Geld für etwas ausgeben, was man auch selber machen konnte. Damals hatten in den Laternen noch echte Kerzen gebrannt.

»Ist hier noch frei?«

Lene Markowitz zuckte zusammen. Den Mann, der vor ihr stand, kannte sie nicht. Er trug einen grauen Anzug und ein weißes Hemd. Der Stoff war etwas zu dünn für diese Jahreszeit. Sein Mantel lag über dem rechten Arm. In der linken Hand hielt er einen Pappteller mit einer Waffel.

»Entschuldigung«, sagte er kauend. »Ich wollte Sie nicht erschrecken. Haben Sie auch schon eine dieser herrlichen Waffeln gekostet?«

Lene Markowitz nickte.

»Sie schmecken grässlich«, flüsterte er augenzwinkernd und setzte sich. »Sie wohnen hier, nicht wahr?«

»Ja, seit ein paar Wochen. Und Sie? Besuchen Sie jemanden?«

»Ja. Sie.«

»Mich? Aber ich kenne Sie doch überhaupt nicht.«

Der Fremde biss erneut in seine Waffel. »Ich weiß auch nicht viel über Sie«, sagte er mit vollem Mund, was Lene nicht besonders gefiel. »Nur dass Sie Lene heißen. Ich bin übrigens der Georg.« Er fuhr mit der rechten Hand über seine Hose und reichte sie Lene Markowitz quer über den Tisch.

Lene blieb skeptisch. »Ich weiß nicht, eigentlich erwarte ich keinen Besuch.«

»Genau aus diesem Grund bin ich hier.«

Da erinnerte sie sich an das Gespräch mit der Pflegedienstleitung. »Ach, jetzt weiß ich Bescheid. Sie sind einer dieser ehrenamtlichen Mitarbeiter. Frau Sommer schickt Sie, nicht wahr?«

»Ja, und ich freue mich, dass ich Sie nun regelmäßig besuchen darf.« Er lehnte sich vor und flüsterte: »Allerdings sollten Sie es nicht an die große Glocke hängen. Wissen Sie, Sie werden nämlich bevorzugt behandelt.«

»Ach ja?« Lene Markowitz war erstaunt und fühlte sich gleichzeitig geschmeichelt.

»Eigentlich stehen viele Heimbewohner vor Ihnen auf der Liste, aber Frau Sommer wollte, dass Sie zuerst Gesellschaft bekommen. Deshalb sprechen Sie besser nicht mit den anderen über Ihre Bevorzugung. Das gibt nur böses Blut.«

Lene Markowitz strahlte. »Meine Lippen sind versiegelt.«

Im Laufe des Nachmittags begann Lene ihren Besucher zu mögen. Einerseits weil es guttat, nicht immer nur allein herumzusitzen. Andererseits auch weil Georg ihr all seine Aufmerksamkeit schenkte. Er kaufte ihr noch eine Waffel und spendierte dazu Kaffee. Dann schob er sie nach draußen und sorgte dafür, dass sie unter einem Heizstrahler stand, damit sie nicht fror. Gemeinsam lauschten sie den Martinsliedern der Blaskapelle, und schließlich ließ sich Lene sogar zu einem Holunderpunsch überreden. Sie war überrascht, wie lecker er schmeckte. Gegen achtzehn Uhr verabschiedete Georg sich. Für Lene Markowitz ein wenig Hals über Kopf.

»Werden Sie mich wieder besuchen?«, fragte sie und hoffte, dass sie nicht zu aufdringlich klang.

Aber Georg schien ganz unbekümmert.

»Aber natürlich. Wenn Sie wollen, nächsten Mittwoch.«

Als einer der Zivis sie später auf ihr Zimmer zurückbrachte, war sie überrascht, als sie auf ihrem Nachttisch eine Flasche Klosterfrau Melissengeist stehen sah. Sie rollte näher und bemerkte das Kärtchen, das an der Verpackung hing. »Liebe Grüße, Georg« stand da. Lene staunte. Wie aufmerksam, dachte sie und fragte sich nicht eine Sekunde, woher Georg wohl ihre Vorliebe für diese Arznei kannte.

Rechtsmedizin

Maline bog zur Einfahrt der Rechtsmedizin ab. Sie war auf die Ergebnisse der ersten Obduktion gespannt, die sie unbedingt erfahren wollte, bevor sie Feierabend machte. Leider war der Akku ihres Handys leer. Das Gespräch mit dem Rechtsmediziner eben war abgebrochen, ohne dass sie die wichtigsten Fragen klären konnte, deshalb der Umweg.

Bisher kamen die Ermittlungen zur Leiche an der Geestemünder Straße gut voran. Die Identität des Opfers war, so weit Maline wusste, geklärt. Offenbar handelte es sich um einen Mann, der seit einigen Tagen vermisst wurde. Ein Routineanruf beim zuständigen Fachkommissariat hatte die Ermittlungen in diese Richtung gelenkt. Alex Jedeke hatte den Fall bearbeitet. Der Chef ordnete deshalb an, dass Alex die Mordkommission unterstützen sollte. Maline war es recht. Sie kannte Alex von einem früheren Praktikum und schätzte ihn als fleißigen Kollegen.

Maline parkte ihren Smart, stieg aus, vergrub die Hände tief in ihrer Daunenjacke und ging zum Eingang der Gerichtsmedizin. Im grellen Licht der Anlieferung sah sie einen Sektionsassistenten in Kittel und schwarzen Gummistiefeln stehen. Er hatte den Mundschutz zur Seite geschoben und füllte gerade ein Schriftstück aus. Maline klopfte gegen die Scheiben der Glastür.

»Sie sind bestimmt Kriminalkommissarin Brass vom KK 11«, sagte er, als er ihr die Tür öffnete. Er streckte Maline seine rechte Hand entgegen. Sie starrte auf den OP-Handschuh und zögerte.

Der Assistent zog seine Hand zurück und beugte sich wieder

über sein Formular. »Da bin ich ja nicht der Einzige, der heute nicht zum Feiern auf den Alter Markt kommt«, sagte er beiläufig.

»Wo ist Heinrich Meller?«, fragte Maline.

Bevor der Assistent antworten konnte, kam der Rechtsmediziner um die Ecke. Er begrüßte Maline herzlich. Mittlerweile hatte die Kommissarin in vielen Fällen mit ihm zusammengearbeitet. Mellers anfängliche Skepsis in Bezug auf ihre Unerfahrenheit hatte sich mit der Zeit gelegt. Er behandelte sie jetzt wie jeden anderen Kollegen, jedenfalls empfand Maline es so. Der Sektionsassistent verschwand mit einer Leiche auf dem Rollwagen in Richtung Kühlhaus.

Meller nahm seinen Mundschutz ab und sah Maline prüfend an. »Du siehst ziemlich müde aus. Hast du dir auch diesen schrecklichen Magen-Darm-Virus eingefangen?«

Maline schüttelte den Kopf.

»Du hättest nicht unbedingt vorbeikommen müssen«, sagte Heinrich. »Im Grunde gibt es nichts, was nicht bis morgen warten kann. Aber wenn du schon mal hier bist, können wir gerne einige Details erörtern. Sind die Untersuchungen vor Ort schon abgeschlossen?«

»Fast. Die Kollegen suchen jetzt noch das Waldgebiet mit Flutlichtern und Hunden ab.«

Sie machten sich auf den Weg zum Frauenumkleideraum. »Wie bist du mit der Leiche klargekommen?«, fragte Maline. »Ist seine Identität jetzt zweifelsohne geklärt?«

»Ja. Sein Name ist Christoph Heidkamp. Dein Kollege Alex Jedeke war zusammen mit der Frau des Toten hier. Sie hat ihn identifiziert. Außerdem sind die Fingerabdrücke eindeutig. Die Leiche gibt mir bisher keine Rätsel auf. Du solltest dir einige Punkte allerdings mal durch den Kopf gehen lassen, momentan bin ich aber ziemlich in Eile. Lass uns gleich in den Mazerationsraum gehen. Ich muss noch ein paar Sachen wegarbeiten und hoffe, dass ich dann nach Hause komme. Meine Frau hat heute Geburtstag.«

Maline sah auf die Uhr. »Es ist schon nach neun. Da bleibt euch aber nicht mehr viel Zeit zum Feiern.«

»Lass dich niemals mit einem Rechtsmediziner ein«, sagte Heinrich grinsend. Maline öffnete die Tür zur Damenumkleide.

Heinrich ging weiter den engen Flur entlang. »Ich gehe schon mal vor. Du weißt doch, wo die Mazeration ist, oder?«

»Gegenüber vom großen Hörsaal«, sagte Maline betont locker. Sie ging nicht gerne in diesen Teil der Rechtsmedizin. Dort wurden unter anderem die Weichteile von den Knochen entfernt, indem sie in Chemikalien gekocht wurden. Der Geruch dort hing einem tagelang in der Nase.

»Exakt«, rief er. »Dann bis gleich.«

Maline betrat den Umkleideraum und atmete tief durch. Sie hoffte, dass sie Heinrich Meller nicht bei dieser Arbeit über die Schulter gucken musste. Ohnehin war ihr nicht wohl in ihrer Haut. Sie gab es nicht gerne zu, aber sie mochte die GM nicht. Natürlich war ihr klar, dass die Menschen, die hier arbeiteten, einen wesentlichen Beitrag zur Verbrechensaufklärung leisteten. Aber es war ihr ein Rätsel, wie Meller und seine Kollegen täglich den Geruch des Todes und diese sterile Kälte ertragen konnten. Maline zog ihre Jacke aus und streifte einen grünen Kittel über. Ihren Pullover behielt sie darunter an. In den Räumen der GM fror sie immer. Anschließend schob sie sich zwei Pfefferminz unter die Zunge. Wenige Minuten später betrat sie den Mazerationsraum. Es roch nach Schlachterei und Chemie. Allerdings stand der große Kessel nicht unter der Abzugshaube. Maline atmete erleichtert durch, zog verstohlen ihre Mentholsalbe aus ihrer Jeans und rieb sich etwas davon unter die Nase.

Heinrich Meller lehnte in der Ecke an der Edelstahlanrichte, hielt ein Gebiss in seinen behandschuhten Händen und betrachte den Unterkiefer. Der Fischburger vom Mittag drehte sich in Malines Magen.

»Keine Angst«, sagte Heinrich. »Ich arbeite nicht an deiner Leiche. Der liegt oben in der Histologie. Das heißt, zumindest Teile von ihm. Seine Organe werden gerade in Formalin fixiert.«

So genau wollte Maline es gar nicht wissen, aber sie ließ sich nichts anmerken. »Was wolltest du mit mir besprechen?«

»Heidkamp ist verhungert.« Heinrich sah von seiner Arbeit auf. »Da gibt es keinen Zweifel, auch wenn die Untersuchungen noch nicht ganz abgeschlossen sind. Aber er hat stehende Hautfalten und ist innen staubtrocken.«

»Verhungert? Die Leiche sah ziemlich ausgemergelt aus, aber verhungert? Bist du sicher?«

»Ja.«

»Er wurde erst vor ein paar Tagen als vermisst gemeldet.«

»Verschwunden war er zu diesem Zeitpunkt aber wahrscheinlich schon seit über einer Woche. Das jedenfalls hat Alex mir gesagt.« Heinrich konzentrierte sich wieder auf das Gebiss. »Bei guter körperlicher Verfassung hätte er einen Monat überleben können, allerdings nur dann, wenn er ausreichend Flüssigkeit zu sich genommen hätte. Aber Heidkamp war in keiner guten Verfassung. Offensichtlich litt er an einer Grippe, die sich verschlimmerte, und er bekam eben kein Wasser.«

Malines Blick blieb an einem Totenkopf hängen, der neben Heinrich Meller auf der Anrichte lag. Sie dachte eine Sekunde darüber nach, zu wessen Körper dieser Schädel wohl einmal gehört haben könnte.

Heinrich legte das Gebiss in eine Box. Dann drehte er sich zu Maline um. »Ich muss hoch in die Präparation. Kommst du mit?«

Maline folgte dem Rechtsmediziner in die Histologie. Dies war der Arbeitsplatz der medizinisch-technischen Assistenten und der Obduzenten. Es roch nach einer Mischung aus Desinfektionsmittel und Formalin. Maline wusste, dass hier Leichen die Organe entnommen und diese dann untersucht wurden. Wenn das Gehirn der Toten entnommen werden musste, wurde der Kopf später mit Zellstoff gefüllt. Die restlichen Organe wurden nach den Untersuchungen in den Bauch und die Brust der Leiche zurückgelegt. Maline versuchte, sich abzulenken, während sich Heinrich in einige Unterlagen vertiefte. Sie sah aus dem Fenster. Einige Grabkerzen leuchteten in der Dunkelheit. Der Melatenfriedhof war sozusagen der Vorgarten der Rechtsmedizin. Tagsüber hatte man von hier oben einen schönen Blick auf Kölns bekanntesten Friedhof.

Maline verschränkte die Arme vor ihrer Brust und lehnte sich gegen einen der Aktenschränke. »Warum lässt der Mörder Heidkamp verhungern und vor allem, wo? Gibt es Anhaftungen? Habt ihr irgendetwas entdeckt, das uns weiterhelfen könnte?«

»Nein, nichts. Die Leiche wurde offenbar gewaschen.«

»Der Täter musste ihn irgendwo einsperren, lief Gefahr, entdeckt zu werden. Warum nimmt er solch ein Risiko in Kauf? Außerdem musste er Heidkamp mindestens zweimal transportieren. Dabei hätte er doch gesehen werden können?«

»Das sind Fragen, mit denen ich mich Gott sei Dank nicht beschäftigen muss.« Heinrich packte Unterlagen zusammen und verschloss den Aktenschrank. »Den Abschlussbericht bekommst du selbstverständlich noch. Ach ja, eins noch: Der Tote war zeugungsunfähig. Ich weiß ja nicht, ob es wichtig ist, aber bei ihm wurde ein zwei Zentimeter langes Stück des Ductus deferens zur Sterilisation entfernt.«

»Er hatte also eine Vasektomie?«, fragte Maline.

Der Rechtsmediziner nickte. »Ja.«

Als Maline dreißig Minuten später auf der Aachener Straße stadteinwärts fuhr, hatte sie mehr Fragen im Kopf als Antworten.

Kwartier Latäng

Zu ihrer Überraschung fand Maline einen Parkplatz auf der Boisseréestraße. Sie mochte dieses Viertel nahe der Universität, in dem überwiegend Studenten lebten und wo sie selbst jahrelang gewohnt hatte. Für sie machten vor allem die vielen kleinen Lokale mit ihren kreativen bezahlbaren Küchen den Charme des Stadtteils aus. Neueröffnungen kamen und gingen, aber Maline registrierte erleichtert, dass Läden wie Mannis Restaurant, die Filmdose oder das Hotel Lux feste Institutionen mit Kultstatus waren. Genauso wenig wegzudenken aus dieser Gegend wie das Doktor Flotte oder das Luxor, in dem neuerdings wieder gerockt wurde. Maline nahm sich vor, auch mal wieder hinzugehen. Jetzt stand ihr der Sinn allerdings nicht danach. Heute war hier die Hölle los. Maline ärgerte sich, dass sie nicht an den Karnevalswahnsinn gedacht hatte, aber sie wollte unbedingt zu ihrer Stammvideothek am Barbarossaplatz, um ihren restlichen Abend in der Pension Kleefisch aufzupeppen. Immerhin hatte ihr Roberto am Tag vorher einen DVD-Rekorder vorbeigebracht. Also bahnte sie sich einen Weg durch die grölende Menge.

Eine halbe Stunde später verließ sie mit drei Filmen unter dem

Arm die Videothek und entschied sich für einen Abstecher in Yadets Lieblingsbar.

Warme Luft schlug ihr entgegen, und Amy Winehouse sang »Valerie« für zwei Gäste. Das war nicht weiter erstaunlich. Die Besser-Bar auf der Luxemburger Straße füllte sich erfahrungsgemäß erst am späten Abend. Zudem war sie heute karnevalsfreie Zone. Maline ließ sich auf einen der Barhocker fallen, bestellte ein großes Kölsch und befürchtete, dass ihr der Geruch der Rechtsmedizin anhaftete. Sie zündete sich eine Zigarette an und blies den Rauch in alle vier Himmelsrichtungen.

Während das Kölsch ihre Kehle hinunterlief, dachte sie an Christoph Heidkamp. Immer wieder sah sie ihn vor sich. Wie er da gelegen hatte im Wald. Nackt. Ausgezehrt.

»Hallo. Ganz allein unterwegs?«

Maline schreckte hoch, sah zur Seite und erkannte Jasmin Klerk, die sich neben sie auf einen Barhocker schwang. Maline hatte die Journalistin bei den Ermittlungen zu ihrem ersten Mordfall vor anderthalb Jahren kennengelernt und ihre Interviewmethoden in negativer Erinnerung.

»Ach, Sie gibt es auch noch«, sagte Maline. »Ich dachte, dass man Sie in die Provinz verbannt hat.«

»Ich arbeite jetzt für den Express«, sagte Jasmin, bestellte ebenfalls ein Kölsch und lächelte. »Sie haben also an mich gedacht?«

Maline zündete sich eine neue Zigarette an und sah aus den Augenwinkeln, dass Jasmin den Stapel DVDs durchsah, der auf dem Tresen lag. »Interessant«, hörte Maline sie sagen. »›Begegnungen‹, ›Eiskalte Leidenschaft‹, ›Es begann im September‹. Richard-Gere-Fan, Liebeskummer oder Trennung. Ich tippe auf Letzteres. Und?«

»Und was?«

»Habe ich recht? Mit der Trennung, meine ich?«

Maline atmete tief durch und sah Jasmin Klerk direkt an. Ihre langen blonden Haare waren einer modischen Kurzhaarfrisur gewichen und die dominante Brille offenbar Kontaktlinsen. Maline war eine Sekunde irritiert von Jasmins großen braunen Augen. Aber nur eine Sekunde.

»Als wir uns das letzte Mal begegnet sind, haben Sie mir Unfähigkeit unterstellt«, sagte sie dann.

»Wirklich?« Jasmin zog die Augenbrauen zusammen. »Ich erinnere mich gar nicht. Aber wenn es so war, möchte ich mich in aller Form entschuldigen.«

Maline starrte wieder in ihr Bier. »Ich hatte einen anstrengenden Tag und möchte hier nur in Ruhe mein Kölsch trinken. Also, warum suchen Sie sich nicht einfach jemand anderes, den Sie nerven können?«

Jasmin Klerk machte keine Anstalten aufzustehen. »Arbeiten Sie an dem Fall Fischbach?«, fragte sie stattdessen.

Maline antwortete nicht.

Jasmin hakte nach. »Professor Engelbert Fischbach, der Tote im Bergischen.«

»Ich weiß, wer Engelbert Fischbach ist«, fuhr Maline die Journalistin an. »Aber wieso stecken Sie Ihre Nase in diesen Fall?«

»Weil er stinkt.«

»Egal, ich darf mit Ihnen nicht darüber sprechen.«

»Sie sind also für den Fall zuständig.«

»Nein.«

»Wer dann?«

Maline leerte ihr Kölsch. »Finden Sie es selbst heraus.« Sie stand auf.

»Wussten Sie, dass gegen Fischbach eine Sammelklage anhängig war?«, fragte Jasmin Klerk schnell.

»Erzählen Sie das der Polizei.« Maline steckte die DVDs in ihren Rucksack. Sie war mit dem Fall Fischbach nicht in allen Einzelheiten vertraut, aber sie war sich sicher, dass Lou die Details, die Jasmin Klerk ihr gerade präsentierte, längst kannte.

»Er war von 1960 bis 1971 Leiter eines Erziehungsheims. Dort sind Kinder schwer misshandelt worden. Sie wurden kahl rasiert, mussten Hunger leiden und waren allen möglichen Demütigungen ausgesetzt. Aber darum geht es in der Klage nicht.«

Maline zahlte ihr Kölsch.

»Es geht um einige Männer, denen Fischbach Schwachsinnigkeit bescheinigt hat. Manche von denen mussten sich aufgrund dieser Abstemplung ein Leben lang als Hilfsarbeiter durchschlagen. Das ist eine fette Story.«

Maline zog ihre Daunenjacke über und setzte gerade den Rucksack auf, als Yadet die Bar betrat. Sie war in Begleitung ihrer neuen Freundin. Maline blieb wie angewurzelt stehen und starrte ihnen nach, während sie im hinteren Teil der Besser-Bar verschwanden. Yadet schien ihre Exfreundin nicht zu bemerken, obwohl der Durchgang zum hinteren Bereich so schmal war, dass man sich eigentlich zwangsläufig sehen musste.

Maline spürte einen Stich in der Magengrube, nahm ihr Glas und ging zum Stehtisch neben der Fensterfront. Benommen starrte sie auf die Leuchtreklame des Wettbüros Göser auf der anderen Straßenseite.

»Welche von beiden war es?«, fragte Jasmin Klerk, die Maline gefolgt war.

Maline schloss die Augen und atmete tief durch.

»Kommen Sie«, sagte Jasmin. »Trinken Sie noch ein Kölsch mit mir. Sie sind ja völlig aufgelöst, so kann ich Sie doch nicht nach Hause fahren lassen.«

Maline zögerte.

Nicht wegen Jasmin Klerk, die war ihr völlig egal. Nein, wegen Yadet. Sollte sie ihr hinterhergehen? Sollte sie vielleicht doch um sie kämpfen? Hier und jetzt? Maline sackte auf ihrem Hocker zusammen. Unmöglich.

Sie wollte Yadet keine Szene machen. Nicht hier und vor allem nicht vor der Barfrau, die sie schon ewig kannte.

»Wenn Sie kein Kölsch mehr trinken wollen, können Sie mich auch kurz nach Hause begleiten«, hörte sie Jasmin in einem vertraulicheren Ton sagen. »Ich wohne in der Saarstraße, das ist quasi um die Ecke. Ich könnte Ihnen zeigen, was ich über Engelbert Fischbach herausgefunden habe.«

Maline drehte sich Jasmin zu. »Soll das ein Witz sein? Mensch, Ihnen fehlt wirklich jeglicher Sinn für gutes Timing.« Sie zog ihre Jacke über. »Und glauben Sie wirklich, dass die Sensationen, die Sie mir erzählen, für uns tatsächlich neue Erkenntnisse sind?«

»Gut, ich hab's verpatzt«, rief Jasmin ihr nach. »Vielleicht wollte ich auch einfach nur mit Ihnen reden. Finden Sie das wirklich so schlimm?«

Maline ging zur Tür.

»Um Fischbach sollten Sie sich trotzdem intensiv kümmern«,

sagte Jasmin Klerk. »Fragen Sie Ihre Kollegin, ob sie weiß, dass die Leute, die gegen ihn geklagt haben, kein bisschen schwachsinnig waren. Ein paar von denen waren sogar außergewöhnlich intelligent, und es gibt einen Mann, der die Klage angestrebt hat. Hören Sie! Um den sollten Sie sich kümmern!«

Maline öffnete die Tür.

»Fischbach hat ihnen das Leben versaut!«, rief Jasmin noch lauter. »Das ist ein erstklassiges Motiv! Hören Sie doch!«

Die kalte Nachtluft, der Autolärm und die vorbeihastenden Menschen versetzten Maline einen Schlag. Jetzt konnte sie die Tränen nicht länger zurückhalten.

Subbelrather Straße

Antonia stieg aus dem Bett. An Schlaf war nicht zu denken. Norman spukte ihr im Kopf herum, und aus der Nachbarwohnung dröhnte »Über den Wolken«. Die Partygäste grölten mit. Sie streifte sich ihren Jogginganzug über, schlüpfte in die Laufschuhe und zog die Wohnungstür hinter sich ins Schloss. Im Hausflur war es dunkel. Das Ziffernblatt ihrer Armbanduhr leuchtete. 23.32 Uhr.

Sie machte kein Licht. Der Weg war ihr vertraut. Sieben Stufen, ein Absatz. Ihr Magen knurrte. Fünf Stufen bis zum Erdgeschoss. Acht Schritte bis zur Haustür.

Draußen war die Luft kalt und klar. Sie überquerte den Ehrenfeldgürtel und ging in den Alanya-Grill. Das Licht war grell und blendete ihre Augen. Es herrschte großer Andrang. Der lange Tag der Sessionseröffnung schwemmte hungrige Indianer, Sträflinge und Cowgirls in den Grill. Bei den meisten war die Schminke mittlerweile verschmiert, einige konnten kaum noch stehen und schafften es gerade so, ihre Bestellung aufzugeben. Als Antonia zehn Minuten später den Imbiss mit ihrem Nachtmahl verließ, ging sie schnell die Straße hinunter. Sie hasste kaltes Essen. Als sie ungefähr auf der Höhe ihres Hauses war, überquerte sie die Subbelrather Straße, dabei sah sie gewohnheitsmäßig zu ihrer Wohnung hinauf. Da war jemand. Ihr Herz setzte einen Schlag aus.

Eine Person stand an ihrem Küchenfenster. Norman? Hatte sich der Mistkerl etwa doch ihren Wohnungsschlüssel nachgemacht? Hastig zählte sie die Fensterreihen ab. Zweiter Stock, drittes Fenster von links. Ein Autofahrer hupte und bremste gleichzeitig. Reifen quietschten.

»Bist du lebensmüde?«, rief er aus dem offenen Fenster. »Mach, dass du von der Straße kommst!«

Antonia ließ ihren Döner fallen und rannte über die Fahrbahn. Dabei zwang sie einen weiteren Autofahrer zur Vollbremsung. Sie merkte es nicht, durchsuchte, während sie lief, ihre Manteltaschen. Kein Handy. Sie erreichte die Haustür, lief die Treppe hinauf. Außer Atem. Stoppte. Die Wohnungstür. Verschlossen. Nebenan Partylärm. Noch lauter als eben. Sollte sie dort klingeln? Um Verstärkung bitten?

Quatsch. Antonia schob den Schlüssel ins Schloss und öffnete die Tür. Langsam. Ihr Körper war angespannt. Jede Faser in Alarmbereitschaft. Es war dunkel, sie machte Licht. Durchsuchte mit schweren Schritten ihr Apartment. Nichts. Alles war, wie sie es verlassen hatte. Wahrscheinlich hatte sie sich beim Hochsehen doch in der Wohnung geirrt. »Dicke Mädchen« drang durch die dünne Mauer. Sie entspannte sich. Schade war es allerdings um das Essen. Sie sah auf die Straße hinunter. Die weiße Tüte lag noch unten. Eine zu Matsch gefahrene Döner-Tasche mit extra Knoblauch.

Sie ging ins Bad, wusch sich die Hände. Anschließend suchte sie in der Küche nach einer Dose Ravioli und kniete vor dem Unterschrank ihrer Spüle, als es sie wie ein Blitz durchfuhr. Der Duschvorhang. Sie hatte ihn nicht zur Seite gezogen. Ihre Nackenhaare stellten sich auf. Sie erstarrte, als in der ganzen Wohnung das Licht ausging. Ein Geräusch ließ sie zusammenzucken. Sie fuhr herum und sah ihr Handy. Es lag auf dem Couchtisch. Nur drei Schritte. 110 wählen. Schnell. Mach schon. Sie schnellte nach vorne. In dem Moment stürzte eine schwarze Gestalt aus dem Badezimmer und griff sich ihr Mobiltelefon. Der Mann trug Bikerboots und eine schwarze Sturmmaske mit Sehschlitzen.

Sie schrie, so laut sie konnte. Er sprang auf sie zu, riss sie zu Boden und drückte ihr die Hand auf den Mund. Sie kämpfte, bäumte sich auf, rammte ihm ihr Knie in den Magen. Dabei bekam sie ihren Mund frei.

Sie schrie, während von nebenan »Supergeile Zick« gegen die Wand dröhnte. Er riss sie an den Haaren nach hinten.

»Halt die Schnauze.« Sein Atem stank nach sauren Gurken.

»Kemâl?«

»Schnauze, oder ich steche dich ab.«

Antonia schrie aus Leibeskräften, als sie in seiner Hand ein Messer blitzen sah. Sie kreischte. Erwachte. Schweißgebadet.

Im ersten Moment war sie irritiert. Dann erleichtert. Sie lag auf ihrem Bett. Die Decke war heruntergerutscht. Antonia brauchte einen Moment, um sich zu orientieren. Alles war in Ordnung. Sie war in ihrem Bett. Es war nur ein Alptraum gewesen.

Der Digitalwecker leuchtete. 2.56 Uhr. Nebenan war es ruhig. Keine Party. Sie stand auf, streckte sich, massierte sich den Nacken, während sie zur Toilette ging. Als es an ihrer Tür klingelte, erschrak sie heftig. Da wieder. Die Klingel. Schrill und laut.

»Verdammt, es ist fast drei.« Unfassbar. Sie ging zum Küchenfenster und sah auf die Straße hinunter. Es war Norman. Sein Irokese war unverwechselbar.

Antonia öffnete das Fenster. »Weißt du, wie spät es ist, du Spinner?«

Norman sah zu ihr hoch. »Ich muss mit dir reden, es ist sehr wichtig.«

»Was kann denn so wichtig sein, dass du deshalb um drei Uhr nachts bei mir klingelst?«, rief sie zurück.

»Lass mich rein!«

»Nein, ich komme runter.« Antonia zog sich eine Jogginghose über und stand eine Minute später neben Norman auf der Subbelrather. So war es ihr lieber. Dann konnte sie ihren Exfreund wenigstens auf der Straße stehen lassen, wenn er zu nervig wurde. »Was ist los?«, fragte sie.

»Engelbert Fischbach ist tot.«

Antonia zuckte mit den Schultern. »Wer?«

»Mensch, Fischbach, der alte Professor, der in den sechziger Jahren den Kastanienberg geleitet hat.«

Antonia runzelte die Stirn. »Keine Ahnung, wovon redest du?«

Norman steckte die Hände in die Hosentaschen. Es war lausig kalt. »Richard hat doch immer von dem gesprochen.«

»Richard? Der Richard aus meiner Aktionsgruppe?«

»Ja, genau. Von welchem Richard soll ich sonst reden?«

»Ja, und wenn schon, dann hat Richard ihn eben gekannt. Na und?«

»Ich glaube, er hat ihn umgebracht!«

Antonia lachte laut auf. »Du spinnst doch.«

»Ich bin mir ja auch nicht ganz sicher.« Jetzt klang Norman kleinlaut.

»Geh nach Hause«, sagte Antonia und nahm ihren Schlüssel aus der Hosentasche.

Aber Norman hielt sie am Arm. »Habe ich dir erzählt, dass Richard mich angesprochen hat? Er wollte, dass ich so einer Art Geheimbund beitrete, der ehemalige Gewaltopfer rächt.«

»Das ist fast zwei Jahre her«, sagte Antonia. »Außerdem hat Richard sich hundertmal bei dir für diesen Vorschlag entschuldigt. Es war nur eine fixe Idee, ein euphorischer Plan nach einer durchzechten Nacht.«

»Das habe ich bisher auch immer gedacht«, sagte Norman.

Antonia drehte sich zur Tür.

»Ich glaube, dass Dennis auch in die Sache verwickelt ist«, hörte sie Norman sagen.

Antonia fuhr herum. »Das war ja klar! Du kannst es einfach nicht lassen.« Mit diesen Worten schloss sie die Tür auf, zog sie schnell hinter sich ins Schloss und ließ Norman auf der Straße stehen.

Als sie wieder in ihrer Wohnung war, rief sie Dennis an. Sie war erleichtert, als er an sein Handy ging und sich sofort auf den Weg zu ihr machte. Und Norman war verschwunden, als Dennis fünfzehn Minuten später bei ihr klingelte. Antonia schlief in seinen Armen ein. Normans Verdacht erwähnte sie Dennis gegenüber mit keinem Wort.

ACHT

Polizeipräsidium

»Ich will, dass wir Heidkamps Mörder so schnell wie möglich finden«, sagte Max Conrady, nachdem er sich ausführlich über den Ermittlungsstand informiert hatte. »Jetzt, wo wir die Leiche haben, müsst ihr euch voll auf die Aufklärung des Falls konzentrieren.«

»Es haben sich unterschiedliche Personen gemeldet, die sowohl in der Nacht auf den 3. November vor Heidkamps Haus als auch in der Nacht auf den 11. November in der Nähe des Leichenfundorts einen weißen Transporter gesehen haben wollen«, sagte Maline. »Dem Obduktionsbericht zufolge kommen die frühen Morgenstunden des 11. November für das Ablegen der Leiche in Frage. Der Tod trat einige Stunden früher ein.«

»Fährt dieser Carboni so einen Wagen?«, fragte der Chef.

Maline sah von ihren Unterlagen auf. »Nein, Fehlanzeige.«

»Trotzdem dranbleiben. Vielleicht hat der Mann sich den Wagen ja geliehen. Checkt seine Familie, alle seine Freunde, wenn es sein muss. Was habt ihr sonst noch?«

Maline setzte ihre Kollegen über weitere Fakten des Obduktionsberichts in Kenntnis.

»Meiner Meinung nach ist Carboni der Schlüssel im Fall Heidkamp«, sagte Max Conrady und wandte sich wieder an Maline. »Ihr müsst ihn euch noch mal vorknöpfen. Mit dem stimmt etwas ganz und gar nicht!«

»Der erscheint gleich zur Anhörung«, sagte Maline.

»Und wo ist Alex?«, fragte Ben. »Unterstützt er uns noch weiter, auch wenn er eigentlich bei der Vermisstenstelle arbeitet?«

»Ja«, sagte Conrady. »Alex wird uns weiter zur Verfügung stehen. Aber jetzt ist er erst einmal ins Magdalenenstift gefahren. Dort wurde eine alte Dame als vermisst gemeldet. Wahrscheinlich muss ein Vermisstenaufruf gestartet werden, sie sitzt nämlich im Rollstuhl.«

»Warum musste gerade Alex fahren?«, fragte Maline. »Er sollte mich doch bei Salvatore Carboni unterstützen.«

Max Conrady erhob sich. »Den schaffst du auch allein. Außerdem ist Alex gleich wieder da. Lange wird die Sache nicht dauern.«

Nach der Frühbesprechung setzte Maline frischen Kaffee auf und sah Lou dabei zu, wie sie ein Brötchen mit Schinken belegte.

»Wie geht es dir heute?«, fragte Lou, bevor Maline etwas sagen konnte.

»Ich bin okay.«

»Hast du mit Yadet gesprochen? Du wolltest sie doch anrufen.«

»Nein. Heidkamp kam mir dazwischen.« Maline lächelte gequält.

»Aber ihr müsst doch so viel klären«, sagte Lou. »Immerhin habt ihr einiges gemeinsam angeschafft. Willst du ihr alles überlassen?«

»Ich habe nicht die Kraft, mit ihr zu kämpfen.«

»Das kann ich gut verstehen. Aber später wird es dir vielleicht leidtun. Du musst sie anrufen.«

»Ich habe Yadet gestern Abend in der Besser-Bar gesehen. Es war ... Ich kann nicht einfach so zur Tagesordnung übergehen und Yadet wie eine x-beliebige Freundin behandeln.«

»Das verlangt doch auch niemand von dir«, sagte Lou. »Jetzt musst du dich erst einmal um dich kümmern. Wie lange willst du noch in dieser Pension wohnen? Das kostet dich doch ein Vermögen.«

»Ich suche ja parallel nach einer Wohnung.«

»Wo?«

»Weit weg von der Südstadt. Ich will Yadet nicht ständig über den Weg laufen.«

Lou klappte ihre Bötchenhälften zusammen.

»Weißt du schon, dass Fischbach Ärger mit ehemaligen Heimbewohnern hatte?«, fragte Maline.

»Ja. Er hatte eine Sammelklage am Hals. Angeblich hat er früher mehreren Zöglingen Schwachsinnigkeit attestiert, mit verheerenden Konsequenzen für die Betroffenen. Wieso?«

»Weil Jasmin Klerk mir davon erzählt hat«, sagte Maline.

Lou sah ihre Kollegin mit großen Augen an. »Du triffst dich mit der Journalistin vom Kölner Stadt-Anzeiger? Ich denke, du kannst sie nicht ausstehen.«

»Kann ich ja auch nicht.« Maline trank einen Schluck Kaffee. »Sie arbeitet jetzt für den Express und …«

»Du magst sie nicht, und trotzdem sprichst du mit ihr.«

»Darum geht es jetzt doch gar nicht. Jedenfalls hat sie mir gesagt, dass Fischbach …«

Lou fiel Maline wieder ins Wort. »Du unterhältst dich mit Jasmin Klerk über meinen Fall?«

»Natürlich nicht. Sie kam gestern in die Besser-Bar und hat mich zugequatscht. Das Ganze war ziemlich einseitig.«

Lou sah Maline von der Seite an. »Du triffst dich mit ihr in der Besser-Bar?«

»Ach, du hörst mir ja doch nicht zu«, sagte Maline und verließ die Küche.

Aber Lou kam ihr nach. »Seit wann triffst du dich mit Jasmin Klerk?«

Maline blieb stehen. »Ich treffe mich nicht mit ihr. Sie war zufällig dort. Willst du nun wissen, was sie zu deinem Fall gesagt hat oder nicht?«

»Ich glaube nicht, dass sie mehr weiß als wir.«

»Dann weißt du also bereits, dass manche der Jungen, denen Fischbach Debilität bescheinigt hat, überdurchschnittlich begabt waren?«

»Ben und ich waren auf dem Kastanienberg«, sagte Lou. »Das ist das Heim, das Fischbach früher geleitet hat. Von dort haben wir einige Unterlagen mitgenommen. Unter anderem einen Beschwerdeordner. Es gibt Einzelschicksale, die man sich kaum vorstellen kann! Da haben Menschen ihr Leben als Hilfsarbeiter gefristet. Dabei hätten einige von denen studieren können. Das ist ein Motiv.«

»Genau das hat Jasmin Klerk auch gesagt.«

Lou wollte etwas sagen, aber in dem Augenblick klingelte ihr Handy. »Das Thema Jasmin Klerk ist noch nicht vom Tisch«, sagte sie, bevor sie das Gespräch annahm.

Es war Henry. »Du musst sofort zur Polizeiinspektion nach Ehrenfeld kommen.«

»Bitte? Was ist denn los?«

»Unsere Tochter ist festgenommen worden.«

Salvatore Carboni kniff die Augen zusammen und wippte unaufhörlich mit dem rechten Bein. Maline nickte dem Kollegen von der Vermisstenstelle zu, der für Alex eingesprungen war, und konzentrierte sich dann wieder auf Carboni. Sein schwarzer Rollkragenpullover spannte über der Brust. »Sie bestreiten also, Christoph Heidkamp jemals zur Rede gestellt zu haben«, sagte sie.

»Ja.«

»Sie haben ihm nicht auf dem Parkdeck des Stadthauses aufgelauert und ihm ein wenig Dampf gemacht?«

»Nein.«

»Bleiben Sie bei Ihrer Aussage?«

Carboni schloss die Augen und atmete tief ein. »Ja. Kann ich jetzt gehen? Ich habe schließlich ein Geschäft und kann nicht den ganzen Tag hier rumsitzen.«

»Es gibt da ein paar Dinge, die ich einfach nicht verstehe«, sagte Maline und betonte jedes Wort.

Carboni schüttelte den Kopf. Er wollte etwas sagen, aber Maline ließ ihn nicht zu Wort kommen. »Also, Ihre Frau hat ein Verhältnis mit Christoph Heidkamp. Aber Sie interessiert das nicht.«

»Meine Frau hat immer wieder Affären.«

»Ihre Frau betrügt sie vor Ihren Augen.«

Carboni schwieg.

»Sie trifft sich über Monate mit Heidkamp, und Sie zucken nicht einmal mit der Wimper?«

Carboni schnaubte verächtlich.

Maline lehnte sich vor. »Sie haben also Übung im Stillhalten.«

»Wenn Sie es sagen.« Carboni nickte und sah aus dem Fenster. Maline folgte seinem Blick. Weiße Flocken wirbelten an der Scheibe vorbei zur Erde.

Sie sah Carboni wieder an. »Sie haben stillgehalten. Jahrelang, immer wieder. Aber nun ist Ihnen der Kragen geplatzt. Denn diesmal ist Ihre Frau zu weit gegangen.«

Carboni rührte sich nicht.

»Sie wollten ihn einschüchtern, ihm einen Schuss vor den Bug geben.« Maline ließ ihre Hand auf den Schreibtisch fallen. Carboni zuckte zusammen. »Sie haben Heidkamp auf dem Parkdeck zur Rede gestellt. Dafür haben wir einen Zeugen. Das Gespräch hat nichts gebracht. Deshalb haben Sie ihm zu Hause aufgelauert. Sie haben Heidkamp abermals zur Rede gestellt. Das Gespräch ist eskaliert, Sie haben zugeschlagen, vielleicht ist Heidkamp auch unglücklich gestürzt. In Ihrer Panik haben Sie ihn abtransportiert. Rein ins Auto und weg mit ihm.«

»Blödsinn!«, rief Carboni. »Sie sind ja irre. So ist es nicht gewesen.«

Maline lehnte sich zurück und verschränkte die Arme vor der Brust. In dem Augenblick kam Alex herein und löste seinen Kollegen ab.

»Wie war es dann?«, fuhr Maline fort. »Klären Sie uns auf! Wir haben eine verlässliche Zeugin, die Sie mit Heidkamp gesehen hat. Sie hatten Streit!«

»Und wenn schon. Ich kann doch hier sagen, was ich will. Anscheinend haben Sie sich auf mich eingeschossen. Vielleicht sollten Sie zur Abwechslung mal in eine andere Richtung ermitteln. Ich war's nämlich nicht. Warum lassen Sie mich nicht einfach in Ruhe?«

»Weil Sie lügen, und wer lügt, hat etwas zu verbergen.«

Salvatore Carboni sah abwechselnd von Maline zu ihrem Kollegen. »Also gut, ich habe Christoph zur Rede gestellt. Immerhin kannten wir uns ja. Wir haben monatelang zusammen trainiert, ich habe ihm vertraut. Und was macht er? Er geht einfach mit meiner Frau ins Hotel. Ich wollte ihm die Meinung sagen, mehr nicht.«

»Und das haben Sie getan«, sagte Maline.

»Ja. Aber ich habe ihn nicht angerührt. Das schwöre ich bei meiner toten Mutter.«

»Mensch, Sie waren wütend. Ich könnte es verstehen, wenn Sie ihm eins übergebraten hätten«, sagte Alex.

»Hab ich aber nicht. Ich habe ihm nur gesagt, dass er sich von meiner Frau fernhalten soll. Mehr nicht.«

»Und dann?«, fragte Maline.

»Nichts. Ich bin nach Hause gefahren. Tagelang war Ruhe. Und dann habe ich zu meiner Überraschung festgestellt, dass Jessica zu Hause war, wenn ich von der Arbeit kam. Ich habe ihr Handy kontrolliert, aber es kamen keine SMS mehr von ihm.«

»Sie dachten also, dass Heidkamp Ihren Rat befolgt hat«, sagte Maline.

»Ja. Und ich war erstaunt darüber. Ich meine, vielleicht hätte ich den früheren Liebhabern meiner Frau auch mal die Meinung sagen sollen.«

»Und was hat Jessica gesagt? War sie bedrückt? Irgendwie anders?«

»Nein«, sagte Carboni.

»Sie fahren einen roten Renault-Kangoo«, sagte Alex.

»Das wissen Sie doch. Sie haben den Wagen einfach beschlagnahmt. Wann kann ich ihn wiederhaben?«

»Sie können ihn nachher mitnehmen«, sagte Alex.

»Aber das bedeutet doch, dass Sie nichts in dem Fahrzeug gefunden haben«, sagte Carboni.

»Haben Sie Zugang zu einem weißen Transporter?«, fragte Alex weiter.

Carboni schüttelte den Kopf. »Nein. Wieso?«

»Was haben Sie in der Nacht vom 2. auf den 3. November gemacht?«, fragte Maline.

Carboni lachte, und die Antwort kam prompt. »Ich war hier.«

Alex und Maline sahen ihn fragend an.

»In der Ausnüchterungszelle.«

»Sind Sie sicher?«, fragte Alex.

Carboni lächelte. »Sie können es nachlesen. Zwei Polizisten haben mich um Viertel nach sechs aus dem Früh rausgezerrt und hierherverfrachtet. Ich durfte das Präsidium erst am nächsten Morgen verlassen. Meine Frau hat mich dann hier abgeholt. Prüfen Sie es nach!«

»Genau das werde ich jetzt tun.« Maline stand auf. »Aber eins sage ich Ihnen: Wenn Sie etwas mit Heidkamps Mord zu tun haben, werden wir es herausfinden.«

Polizeiinspektion Ehrenfeld

»Was du dir dabei gedacht hast, will ich wissen!« Henry klang alles andere als beherrscht. Dabei hatten Lou und er sich im Auto noch gegenseitig zur Ruhe ermahnt.

Sie saßen zu dritt in einem überfrachteten Büro, das ihnen der Dienstgruppenleiter zur Verfügung gestellt hatte. Nach allem, was Lou wusste, hatte Frieda zusammen mit einer Freundin Katzen, Hunde und einige Kaninchen aus einer kleinen Tierpension in der Stammstraße befreit. Während Frieda beharrlich schwieg, gab ihre Freundin Lisa an, dass sie die alte Pensionsbetreiberin unter einem Vorwand aus dem Haus gelockt und Frieda alle Tiere freigelassen hatte. Dummerweise kam der Sohn der alten Frau gerade von der Arbeit nach Hause, schnappte Frieda und rief die Polizei. Lisa stellte sich, als sie sah, wie ihre Freundin abgeführt wurde. Soweit Lou wusste, waren die meisten Tiere inzwischen wieder eingefangen. Allerdings war ihr Zustand erbärmlich. Alle Tiere waren krank. Die Käfige verdreckt, insgesamt katastrophale hygienische Bedingungen. Die alte Frau hatte, ohne Genehmigung der Behörden, ein kleines Auffangheim für Tiere in einem dunklen Hinterhof betrieben. Beschwerden von Anwohnern waren ohne Konsequenzen geblieben. Lou ahnte die Beweggründe ihrer Tochter und war sogar ein kleines bisschen stolz auf sie. Aber das konnte sie sich unter keinen Umständen anmerken lassen.

Nun saß Frieda da wie ein Häuflein Elend. Ihre lockigen roten Haare hingen strähnig herab, und ihr blasses Gesicht wirkte noch durchscheinender. Am liebsten hätte Lou ihre Tochter in die Arme geschlossen. Aber sie unterdrückte diesen Impuls und entschied sich, wenigstens Henry zu bremsen.

»Wie seid ihr denn auf diese Tierpension gekommen?«, fragte Lou.

Frieda antwortete nicht.

»Bitte, Frieda«, sagte Lou. »Dein Vater und ich wollen dich doch nur verstehen.«

Doch Frieda kniff ihren Mund nur noch fester zusammen und starrte auf ihre Turnschuhe.

Da riss Henry der Geduldsfaden. Er sprang auf und hockte sich vor Frieda auf den Boden. »Wenn du glaubst, dass du mit der Nummer durchkommst, hast du dich gehörig geschnitten! Im Gegensatz zu deiner Mutter habe ich nämlich überhaupt kein Verständnis für deine Aktion.«

»Wer sagt denn, dass ich Verständnis habe«, sagte Lou.

»Ach komm«, fuhr Henry sie an. »Ich weiß doch, dass du es toll findest, wenn sich deine Tochter engagiert.«

»Sich für eine Sache zu engagieren und Straftaten zu begehen sind ja wohl zwei paar Schuhe«, sagte Lou und versuchte, überzeugend zu klingen.

Henry lief rot an. »Das brauchst du mir nicht zu sagen. Immerhin bin ich noch nie mit dem Gesetz in Konflikt geraten, egal, wie sehr ich mich für eine Sache eingesetzt habe.« Er japste nach Luft.

»Was soll das denn heißen?«, fragte Lou.

»Ja wer hat denn früher die Schaufenster der Pornokinos mit Farbe besprüht und ist heute noch stolz darauf?«

»Das gehört jetzt nicht hierher«, sagte Lou. Ihre eisblauen Augen blitzten.

»Der Kater von Lisas alter Tante sollte in diesem Loch sein Gnadenbrot bekommen«, sagte Frieda leise.

Lou sah ihre Tochter an, Henry setzte sich.

»Lisas Mutter hat uns von den schlimmen Bedingungen erzählt, die dort herrschen. Deshalb waren wir vergangene Woche da und haben uns selbst überzeugt.«

»Ihr habt euch unter einem Vorwand Zutritt verschafft?«, fragte Lou.

»Wir waren uns schnell einig«, fuhr Frieda fort. »Ich meine, wenn ihr die Tiere gesehen hättet. Ausgemergelt, die einen lagen in ihrem Erbrochenen, andere waren mit Kot verklebt. Und dann diese alte Hexe. Abgezockt hat sie die Leute. Wisst ihr, was die für eine Woche Betreuung haben will?« Jetzt sah Frieda auf. »Fünfzig Euro. Mensch, rechnet das mal hoch. Die Frau macht ein Vermögen mit dem Elend der Tiere, dazu auch noch an der Steuer vorbei. Die ist kriminell, nicht wir.«

»Ja«, sagte Henry. »Aber wir leben in einem Rechtsstaat. Diese Frau ist ein Fall für die Behörden.«

»Ach ja, und was dann? Erstens hätte es wahrscheinlich ewig gedauert, bis jemand von denen vorbeigekommen wäre, und zweitens hätte die doch höchstens ein Bußgeld bezahlt. Mehr nicht.«

»Aber Frieda«, sagte Lou, »das kann doch nicht heißen, dass ihr die Sache selbst in die Hand nehmt und …«

»Ja«, fuhr Henry Lou ins Wort. »So etwas nennt man Selbstjustiz. Der Staat kann das nicht dulden, und du wirst die Konsequenzen tragen müssen.«

»Was denn für Konsequenzen?«, fragte Frieda.

Henry stand auf. »Da kann einiges auf dich zukommen. Immerhin hat die alte Frau Anzeige wegen Hausfriedensbruch und Diebstahl erstattet.«

Frieda schluckte. »Aber sie hat doch alle Tiere wieder.«

»Das spielt keine Rolle«, sagte Henry. »Diesmal wirst du die Sache jedenfalls komplett durchstehen. Und wenn das Haft bedeutet, dann gehst du eben mal für einen Tag in die JVA.«

»Erzähl doch keinen Blödsinn«, sagte Lou, als sie das verängstigte Gesicht ihrer Tochter sah.

»Wir haben es doch gar nicht böse gemeint.« Frieda kämpfte gegen Tränen. »Wir wollten niemandem schaden.«

Henry verschränkte die Arme vor der Brust. »Das kannst du ja dann dem Richter sagen.«

»Dem Richter?«, fragte Frieda. »Meinst du, wir müssen vor Gericht?«

»Möglich wäre es.«

Jetzt begann Frieda zu weinen.

Lou sprang auf. »Es reicht«, sagte sie zu Henry und drückte ihre Tochter an sich. »Lass uns endlich nach Hause fahren.«

Polizeipräsidium

»Der lügt doch schon, wenn er nur den Mund aufmacht«, sagte Alex und ließ sich auf Lous Schreibtischstuhl fallen.

»Aber sein Alibi ist einwandfrei«, sagte Maline. »Das hat mir der Kollege aus dem Gewahrsam bestätigt. Carboni wurde am Abend des 2. November exakt um neunzehn Uhr sechsundfünfzig zwecks Ausnüchterung in Gewahrsam genommen. Entlassen wurde er erst am nächsten Morgen um sieben Uhr fünf. Da ist nichts zu machen. Carboni saß zu der Zeit, als Heidkamp höchstwahrscheinlich verschleppt wurde, hier bei uns im Präsidium fest. Ein besseres Alibi gibt es kaum.« Maline sah Alex über ihren Schreibtisch hinweg an.

»Was ist mit der Zeit, als Heidkamps Leiche im Wald abgelegt wurde, hast du ihn dazu befragt?«

»Na ja, die genaue Zeit wissen wir ja nicht«, sagte Alex. »Aber du wirst es nicht glauben: Auch hierfür hat Signor Carboni ein lupenreines Alibi. Er war mit seiner Frau am Rursee. Dort haben sie ihren Hochzeitstag gefeiert. Diesmal hat sie, wie passend, ein befreundetes Ehepaar begleitet, Zeugen sozusagen. Das Alibi ist so sauber, dass es zum Himmel stinkt.«

»Da kann man nichts machen«, sagte Maline.

»Ich habe das telefonisch bereits überprüft«, fuhr Alex fort. »Die Hotelangestellten haben Carbonis Angaben bestätigt und auch alle anderen Personen, die er angegeben hat. An dem Tag oder besser in der Nacht, als Heidkamps Leiche in dem Waldstück abgelegt worden sein muss, war Carboni nicht in Köln. Tagsüber hat er eine geführte Wanderung gemacht, und dann hat die Gruppe bis in die Nacht gekegelt. Dabei hat sich Carboni ziemlich betrunken.«

»Dann konnte er auch nicht Autofahren.«

Alex schüttelte den Kopf. »Das ging sowieso nicht, weil der Wagen seines Kumpels in Gemünd in der Werkstatt stand und erst am nächsten Morgen repariert wurde.«

»Wir können es also drehen, wie wir wollen«, sagte Maline. »Carboni kommt als Täter nicht in Frage. Einen weißen Transporter können wir ihm bisher auch nicht zuordnen.«

Alex verschränkte die Arme hinter dem Kopf. »Keine Chance. Es sei denn, er hatte einen Komplizen.«

Filzengraben

Maline setzte die Kapuze ihrer Daunenjacke auf und zündete sich eine Zigarette an. Vor wenigen Minuten hatte ein feiner Nieselregen eingesetzt, deshalb stellte sie sich im Portal der Trinitatiskirche unter. Hanna musste jeden Augenblick kommen. Maline fröstelte, ihr Magen knurrte. In dem Moment wurde ihr klar, dass sie heute kaum etwas gegessen hatte. Und Erfolge gab es auch nicht vorzuweisen. Im Fall Heidkamp mussten sie wieder bei null anfangen.

Sie drückte sich gegen die Mauer des Gotteshauses und beobachtete die Menschen, die zur »Nacht der Lichter« kamen, um an diejenigen zu denken, die an Aids erkrankt oder bereits verstorben waren. Maline kam jedes Jahr, um eine Kerze für ihre Tante zu entzünden, die durch ungeschützten Sex an HIV erkrankt und an den Folgen gestorben war. Sie überlegte gerade, hineinzugehen, als sie Hanna kommen sah.

Sie begrüßten sich herzlich. Für Maline war Lous beste Freundin mittlerweile eine Vertraute, mit der sie gerne Zeit verbrachte.

»Du wirst ja immer schmaler«, sagte Hanna. »Ist Lou schon drinnen?«

»Sie kommt nicht, weil sie bei ihrer Tochter bleiben will.«

»Ist Frieda krank?«

»Nein, sie ist heute festgenommen worden.« Maline erzählte Hanna von Friedas »Heldentat«.

»Und Lou?«, fragte Hanna. »Hoffentlich hat sie nicht zu viel Wind gemacht und sich vor dem Kind zusammengerissen.«

»Hat sie.«

»Da bin ich aber froh. Vor allem nach dem, was die Gute früher selbst so angestellt hat.«

Maline wurde hellhörig. »Was denn?«

Hanna lachte. »Das soll sie dir lieber selbst erzählen.«

Um die Kirche wehte jetzt ein eisiger Wind. Maline drückte ihre Zigarette aus. »Gehen wir rein? Meine Freunde sind schon drin.«

»Klar«, sagte Hanna. »Sonst verpassen wir noch den Gesang der ›Rheintöchter‹.«

In der Trinitatiskirche war es angenehm warm und still. Sie gingen durch ein Kerzenfeld. Unzählige Teelichter brannten auf dünnen Plexiglasscheiben, die wie Schaukeln von der Decke hingen.

Hanna und Maline entzündeten Kerzen. Anschließend setzten sie sich auf die Stufen, die zum Altar führten. Es gab keine freien Stühle mehr, und Maline hatte Mühe, ihre Freunde zu entdecken. Als die »Rheintöchter« die Empore betraten und »A Nightingale Song« anstimmten, schloss Maline die Augen.

Eine Stunde später verließen Hanna und Maline die Gedenkfeier, die noch bis tief in die Nacht gehen würde. Der Nieselregen hatte nachgelassen.

»Ich kann jetzt unmöglich in mein Pensionszimmer zurück«, sagte Maline und zündete sich eine Zigarette an.

»Hast du immer noch keine Wohnung?«, fragte Hanna. »Lou hat gesagt, dass du auf der Suche bist.«

»Stimmt. Aber ehrlich gesagt habe ich mich noch nicht wirklich gekümmert.« Maline zog die Schultern hoch. »Hast du Lust, noch ein paar Schritte zu gehen?«

»Willst du nicht auf deine Freunde warten?«

»Nein. Roberto und die anderen wollen noch ›Die Zauberflöten‹ hören. Aber dieser Chor tritt erst sehr spät auf.«

»Dann lass uns noch am Rheinufer entlanggehen«, sagte Hanna. »Vielleicht können wir ja in der Altstadt noch eine Kleinigkeit essen. Ich habe furchtbaren Hunger.«

»Was hältst du von einer Pizza?«

»Gute Idee.«

Sie gingen den Filzengraben hinunter zur Rheinpromenade und schlenderten in Richtung Altstadt. Dort, wo sich sonst Touristenschwärme tummelten, waren an diesem trüben Novemberabend kaum Menschen unterwegs.

»Über meiner Bäckerei wird die Gesellenwohnung frei«, sagte Hanna, nachdem sie schweigend unter der Deutzer Brücke durchgegangen waren. »Sie ist nicht besonders groß und müsste auch renoviert werden.«

Maline blieb stehen. »Bist du sicher? Ich meine, dass ich einziehen soll?«

»Warum nicht?«

»Na ja, vielleicht hast du irgendwann einen anderen Gesellen, der auch irgendwo wohnen muss.«

»Ach so, nein. Steffen arbeitet weiter bei mir, aber er will mit seiner Freundin zusammenziehen. Für zwei Personen ist die Bude nämlich zu klein.«

Sie gingen langsam weiter und ließen die Markmannsgasse mit dem Hänneschentheater linker Hand liegen.

»Überleg es dir«, sagte Hanna. »Ich würde mich freuen. Außerdem kann ich dich dann ein bisschen aufpäppeln.«

»Kann ich mir die Wohnung ansehen, wenn wir zum Gans-Essen kommen?«

»Natürlich.«

Als sie fast in der Höhe der Salzgasse waren, rannte ein Mann genau auf sie zu. Er trug ein schwarzes Kapuzenshirt, schlug im letzten Moment einen Haken und raste an ihnen vorbei. Maline blieb stehen und sah ihm nach. Erst dann hörte sie die Schreie einiger Passanten.

»Haltet ihn fest!«

»Was ist denn?«, rief Hanna zurück.

Maline wartete die Antwort nicht ab. Sie jagte der dunklen Gestalt hinterher. Die Promenade entlang, die Treppe zur Deutzer Brücke hinauf. Drei Stufen auf einmal. Sie kam außer Atem und verfluchte den erhöhten Zigarettenkonsum der vergangenen Wochen. Sie sah, dass der Mann auf der Brücke angekommen war und nun in Richtung Deutz lief. Maline versuchte dranzubleiben. Zwang sich, schneller zu laufen. Auf der Brücke merkte sie zu ihrer Erleichterung, dass der Abstand zu dem Verfolgten kleiner wurde. Offensichtlich war er auch nicht besonders in Form. Das motivierte. Vor allem als sie erkannte, dass er versuchte, die Brückenseite zu wechseln, was durch das Verkehrsaufkommen jedoch misslang. Das Manöver kostete Zeit, die Maline nutzte. Keine Minute später bekam sie den Mann an seinem Shirt zu fassen und riss ihn nach hinten. Er taumelte und fiel auf den Bürgersteig.

»Lassen Sie mich los!«, keuchte er und versuchte sich loszureißen.

Ohne Erfolg.

Maline hatte ihn fest im Griff. In einigen Metern Entfernung registrierte sie Hanna und eine Gruppe Menschen, die auf sie zugelaufen kam.

»Lass ihn ja nicht entwischen«, rief Hanna. »Der Typ hat eine Frau mitsamt Rollstuhl in den Rhein geworfen!«

NEUN

Marialinden

Gerion Fischbach parkte sein Auto gegenüber der Grundschule, die etwas zurückgesetzt an der Hauptverkehrsstraße lag. Als er ausstieg, warf er einen Blick auf seine Armbanduhr. Viertel nach sieben. Eilig ging er in Richtung Kirche. Er brauchte unbedingt einen Kaffee. Der Wind blies kalt um St. Maria Heimsuchung. Dicke Schneeflocken segelten zwischen den beiden Kirchturmspitzen herab. Gerion schlug seinen Mantelkragen hoch und wechselte die Straßenseite. Als er wenige Minuten später die Bäckerei betrat, ließ der Geruch von frischem Brot seinen Magen knurren. Er kaufte einen Kaffee im Pappbecher und ein belegtes Röggelchen.

Als er etwas später wieder in seinem Auto saß, ließ er die Grundschule nicht mehr aus den Augen. Autos fuhren vor. Mütter oder Väter setzten ihre Sprösslinge ab. Die Szenen ähnelten sich bis fast in jedes Detail. Anhalten. Küsschen. Autotür auf. Autotür zu. Winken. Gas geben. Der Nächste. Gerion hatte Mühe, konzentriert bei der Sache zu bleiben. Im Minutentakt fuhren Busse vor und spuckten Kinder im Grundschulalter aus. Fischbach rutschte tiefer in seinen Sitz und ermahnte sich zur Wachsamkeit. Er hatte nur diese beiden Tage, und es war sowieso auffällig, hier rumzulungern. Ein Auto mit Kölner Kennzeichen fiel in so einem kleinen Ort auf. Vor allem wenn es mehrere Tage vor der Grundschule stand. Da war man sensibilisierter als früher. Schon jetzt hatte er das Gefühl, von einigen Leuten schief angesehen zu werden. Der Verkäufer aus dem Schreibwarenladen sah ständig durch das Schaufenster zu ihm hinaus. Jedenfalls kam es Gerion so vor. Deshalb war er erleichtert, als er das Mädchen um die Kirche kommen sah. Lilli.

Den Namen des Kindes hatte er erfahren, als er vor ein paar Tagen im Wartezimmer eines Allgemeinmediziners in Overath gesessen hatte. Im Nachhinein war er dem Nagel dankbar, den er sich beim Ausräumen des Hauses in die Hand gerammt hatte. Denn die junge Sprechstundenhilfe, die ihm hinter vorgehaltener Hand erzählte, dass die kleine Lilli Vohwinkel immer noch unter Schock stehe, war in Plauderlaune. Er hatte sich ihr nett gemeintes harmloses Geplapper angehört und versucht, teilnahmslos zu wirken. Doch innerlich war er fast explodiert. Noch am selben Tag machte er das Haus der Familie Vohwinkel in Marialinden aus. Und er hatte Glück. Lilli versuchte, im Garten ihrer Eltern einen Drachen steigen zu lassen. Er erkannte sie sofort. Das war das Kind, das er im Haus seines Vaters gesehen hatte.

Jetzt kam sie mit ihrem Rad die Straße hinauf, den Mund weit geöffnet. Fahrend versuchte sie, Schneeflocken zu fangen, und steuerte dabei direkt auf seinen Wagen zu. Die bunten Bänder an der Lenkstange flatterten im Wind. Auch heute trug sie eine rosa Baseballkappe und denselben roten Anorak. Irrtum ausgeschlossen.

Jetzt war sie ganz nah. Unwillkürlich drückte er sich in seinen Sitz. Aber dann fiel ihm ein, dass sie ihn im Haus seines Vaters nicht gesehen hatte. Lächelnd richtete er sich auf.

Als Lilli an der Fahrerseite vorbeifuhr, sah er ihr direkt ins Gesicht. Sie wirkte ernsthaft und entschlossener als andere Kinder ihres Alters. Er atmete tief ein. Sie würde es ihm nicht leicht machen. Sicher nicht. Aber er musste seine Chance nutzen. Jetzt und hier.

Lilli bog auf den oberen Weg zur Schule ein, durch den man auch zum Kindergarten gelangte, und verschwand einige Minuten aus seinem Sichtfeld. Dann kam sie zurück, lief die Treppe herunter zur Straße, überquerte sie und lief in den Schreibwarenladen. Als sie wieder herauskam, hielt sie ein neues Schulheft in der Hand.

Fischbachs Herz klopfte bis zum Hals. Seine Hände waren feucht. Er beobachtete, wie Lilli die wenigen Stufen zum Bürgersteig hinabsprang.

Jetzt oder nie.

Gerion schwang sich aus dem Wagen.

»Hallo«, sagte er und blieb an der Autotür stehen. »Du bist doch auch in Lauras Klasse, oder?«

Lilli legte den Kopf schräg. »Laura Wester?«

Er lächelte. »Ja, genau, Laura Wester. Ich bin ihr Onkel und möchte sie morgen von der Schule abholen. Es soll eine Überraschung werden.«

»Laura ist auch im Ganztag«, sagte sie und musterte ihn unverhohlen. Von Angst keine Spur. »Wir dürfen erst um halb fünf gehen.«

Gerion wollte noch etwas erwidern, aber in diesem Augenblick klingelte die Schulglocke, und Lilli rannte los, an ihm vorbei, über die Straße. Gerion sah, wie ein Kombi ihretwegen bremsen musste. Sie schreckte nicht einmal zusammen. Drehte sich nicht um. Sie lief weiter die Treppe hoch und verschwand im Innern des Gebäudes. Er hoffte, dass sie ihn sofort wieder vergaß, und startete den Motor.

Er hatte die Information, die er brauchte.

Polizeipräsidium

»Schon wieder eine Leiche«, stöhnte Max Conrady und öffnete den oberen Knopf seines Hemdes.

»Was heißt hier, schon wieder eine Leiche?«, fragte Maline. »Bisher haben wir die alte Frau noch nicht aus dem Rhein gefischt, oder?«

»Welche Frau?«, fragte Ben. Er kam jeden Morgen mit der Regionalbahn aus Rösrath und weigerte sich konsequent, während der Fahrtzeit Zeitung zu lesen.

»Die Frau, die gestern Nacht samt Rollstuhl in den Rhein geworfen wurde«, antwortete Max Conrady.

Maline berichtete ihren Kollegen von der nächtlichen Aktion.

»Du meine Güte, wie tragisch«, sagte Ben. »Aber super, dass du den Typen geschnappt hast. Hat er sich schon zum Motiv geäußert?«

»Bisher wurde Kemâl Ceviz nur von der Kriminalwache vernommen«, sagte Maline.

»Er bestreitet die Tat«, sagte Conrady.

»Das ist doch Unsinn«, sagte Maline. »Es gibt Zeugen, die ihn dabei beobachtet haben, wie er die Frau in den Rhein geworfen hat.«

»Das kann ich nur hoffen.« Der Chef verschränkte die Arme vor der Brust.

»Wissen wir denn, wer die Frau ist?«, fragte Ben.

»Wir vermuten, dass es sich bei ihr um Lene Markowitz handelt«, sagte Conrady. »Jedenfalls wurde sie als vermisst gemeldet, und sie sitzt im Rollstuhl. Allerdings können wir uns nicht sicher sein, da wir die Leiche noch nicht bergen konnten.« Der Chef wandte sich an Alex. »Ich möchte, dass die Angelegenheit so schnell wie möglich vom Tisch ist. Du wirst dir gleich mal diesen Ceviz vornehmen.«

Alex seufzte. »Aber eigentlich stecke ich mitten im Heidkamp-Fall. Ich muss unbedingt nach Deutz, um den Carbonis noch einmal einige Fragen zu stellen. Und außerdem würde ich auch gerne mal bei den Nachbarn klingeln. Carboni tischt uns doch nur Lügen auf. Soll ich mich etwa zerreißen?«

»Wir gehen alle auf dem Zahnfleisch. Und außerdem hattest du den Fall Markowitz ja auch schon als Vermisstensache.« Man merkte Max Conrady deutlich an, dass er sich um einen ruhigen Ton bemühte.

»Wir wissen doch noch gar nicht, ob die Tote im Rhein Lene Markowitz ist«, sagte Alex. Er klang müde. »Außerdem muss ich heute auch noch dringend ins Bergische, denn Lene Markowitz' Tochter ist bisher noch nicht von dem Verschwinden ihrer Mutter unterrichtet. Die Leiterin des Magdalenenstifts hat die halbe Nacht erfolglos versucht, sie telefonisch zu erreichen.«

»Was ist mit der Polizei vor Ort?«, fragte Conrady. »Hast du die mal hingeschickt?«

»Klar, aber sie standen vor verschlossener Tür«, sagte Alex. »Vielleicht ist sie ja verreist. Egal, ich würde mir gern selbst ein Bild von der Situation machen und auch dort mal mit dem ein oder anderen Nachbarn sprechen.«

»Wo wohnt die Tochter denn?«, fragte Conrady.

Alex sah in seine Unterlagen. »In Lindlar.«

»Da kann ich dich mitnehmen«, sagte Lou. »Ich muss heute Nachmittag noch nach Engelskirchen. Lindlar ist nur einen Steinwurf entfernt. Wir fahren erst nach Deutz und dann ins Bergische.«

»Dann ist ja dieses Problem gelöst«, sagte Conrady und sah auf die Uhr. »Wie wollt ihr im Fall Fischbach weiter vorgehen?« Er blickte von Ben zu Lou. »Habt ihr noch mal mit dem Klempner gesprochen?«

»Ja«, sagte Ben. »Er war am selben Tag an Fischbachs Haus wie Fischbachs Arzt. Allerdings am späten Nachmittag, und der Hund hat auch nicht gebellt. Also gehen wir davon aus, dass der Professor und Stanley zu diesem Zeitpunkt bereits tot waren.«

»Und? Ist der Hund vergiftet worden?«, fragte Conrady.

»Laut Veterinäramt eindeutig ja«, sagte Ben.

»Gibt es in den Briefen aus dem Heim erste Hinweise, die Licht ins Dunkel bringen könnten?«, fragte Conrady.

»Es gibt ehemalige Heimbewohner, die nicht gut auf Professor Fischbach zu sprechen waren«, sagte Ben. »Wir werden Einzelne aufsuchen, die Fischbach geschrieben haben. Das scheint uns die heißeste Spur zu sein.«

»Habt ihr jemanden besonders im Blick?«

»Ja, einen gewissen Arthur Schwammborn und einen Klaus Henseler«, sagte Lou. »Henseler lebt in der Kempener Straße, und Schwammborn wohnt in Engelskirchen. Jedenfalls will ich mir die beiden heute mal vornehmen, denn sowohl Henseler als auch Schwammborn haben dem Professor ziemlich hasserfüllte Briefe geschrieben.«

Der Chef wirkte nicht sonderlich beeindruckt. »Und sonst?«

Lou zuckte mit den Schultern. »Wir haben einfach nicht viel. Ich bin darüber auch nicht gerade begeistert. Ich weiß nicht, ob wir mit diesen Briefeschreibern überhaupt auf der richtigen Spur sind. Ich meine, die sind doch alle eher in fortgeschrittenem Alter.«

»Logisch«, sagte Ben. »Fischbach war vor über vierzig Jahren Chef des Kastanienhofs. Da das Heim Jungen erst ab einem Alter von sechs Jahren aufnahm, kann der mögliche Täter locker fünfzig Jahre alt sein.«

»Das ist doch kein Alter«, erwiderte Conrady, der gerade seinen fünfundfünfzigsten Geburtstag gefeiert hatte.

»Natürlich nicht«, sagte Ben schnell. »Ich wollte es nur erwähnen.«

»Fischbach führte eine Praxis, nachdem er den Kastanienhof verlassen hatte«, sagte Lou. »Aber auch da gibt es kaum Ansatzpunkte. Laut seinem Sohn arbeitete er dort allein.«

Conrady seufzte. Er stand auf und lehnte sich gegen die Fensterbank, seine Leute fest im Blick. »Was ist eigentlich mit dieser Spielkarte?«

»Nichts«, sagte Lou. »An dieser Stelle kommen wir nicht weiter. Wir haben sie jedenfalls bisher nicht finden können.«

»Und die schwarzen Cowboystiefel, die das Mädchen gesehen hat?«

Lou schüttelte den Kopf. »Fehlanzeige. Wir haben uns sogar sämtliche Schuhe des Ehepaars Fischbach angesehen, obwohl die beiden ein Alibi haben. Ohne Erfolg.«

»Aber Leute aus dem näheren Umfeld des Professors könntet ihr meiner Meinung nach trotzdem mal genauer unter die Lupe nehmen«, sagte Conrady.

»Wir haben die Mitglieder des Dichterkreises befragt«, sagte Lou. »Aber da gibt es auch nicht viel, wo wir anknüpfen können. Fischbach war kein Vereinsmitglied. Er nahm nur ab und zu an den Literaturgesprächen teil. Ansonsten pflegte er im Bergischen kaum soziale Kontakte. Hier in Köln sieht es nicht viel besser aus. Also konzentrieren sich die Ermittlungen auf seine Familie. Die beiden Söhne sind seine nächsten Verwandten.«

»Da haben wir einmal Dr. Gerion Fischbach und dessen Frau Hilla«, sagte Ben. »Das Verhältnis zwischen Vater und Sohn war, unseren bisherigen Ermittlungen zufolge, in Ordnung, von kleinen Streitereien mal abgesehen. Hilla und Gerion Fischbach haben offensichtlich Eheprobleme, aber sie geben sich gegenseitig für die Tatzeit ein Alibi. Somit sind wir in einer Sackgasse.«

»Gerions jüngerer Bruder Cornelius lebt und arbeitet als Modedesigner in Mailand«, sagte Lou. »Cornelius Fischbach und sein Vater hatten unüberbrückbare Differenzen. Deshalb haben sich Vater und Sohn auch schon seit Jahren nicht gesehen. Cornelius war auch nicht auf Fischbachs Beerdigung.«

»Mailand ist nicht aus der Welt«, sagte Conrady. »Vielleicht ist er hergeflogen, hat seinen Vater umgebracht und war abends wieder in seinem Atelier. Wäre doch möglich.«

»Klar«, sagte Lou. »Deshalb haben wir ihn auch vorgeladen. Er kommt heute am späten Nachmittag.«

»Was ist mit diesem ehemaligen Heimbewohner, der Fischbach verklagt hat?«, fragte Maline. »Ich meine den Hauptankläger.«

»Der Hochbegabte?«, fragte Lou.

»Ja.«

»Er ist vor ungefähr einem Jahr gestorben.« Lou hob die Augenbrauen, sah Maline an und lächelte. »Die sogenannte heiße Spur deiner Informantin war nicht besonders heiß.«

Als Alex eine halbe Stunde später das Vernehmungszimmer betrat, fiel es ihm schwer, sich auf Kemâl Ceviz und seinen Anwalt zu konzentrieren. Ungerechtigkeiten konnte er nun mal nicht leiden, und Max Conradys Kritik hatte er als äußerst ungerecht empfunden. Immerhin riss er sich, genau wie die Kollegen, seit Wochen den Hintern für die Dienststelle auf. An einen freien Tag war nicht zu denken. Überstunden abbauen? Fehlanzeige. Und das wenige Wochen vor Heiligabend. Alex hatte das Gefühl, dass sie mit ihren Fällen überhaupt nicht vorankamen, und das konnte nur bedeuten, dass sie bisher die wesentliche Spur noch nicht entdeckt oder falsch interpretiert hatten.

Nervös war er auch in Bezug auf Lou. Gut, sie hatten endlich eine Nacht miteinander verbracht. Aber das bedeutete gar nichts. Er befürchtete, dass er für sie nur ein One-Night-Stand gewesen war, denn er wurde einfach nicht schlau aus ihr. Mal flirtete sie heftig, dann wieder gab es Situationen, in denen sie ihn kaum beachtete. So wie heute Morgen. Er hatte ihr extra mal keine SMS als Morgengruß geschickt und prompt auch nichts von ihr gehört. Ihr Verhalten verunsicherte ihn. Er wusste einfach nicht, was sie wirklich empfand, aber eines war ihm klar: Er wollte mit Lou zusammen sein. Es fiel ihm schwer, seine Gedanken von ihren eisblauen Augen, den vollen Lippen und überhaupt von ihr loszureißen.

Alex atmete tief durch und begrüßte Ceviz' Rechtsanwalt. »Guten Morgen, Dr. Azman.«

Sie tauschten einige belanglose Worte. Anschließend stellte sich Alex dem Beschuldigten vor, der wie ein Häufchen Elend aussah.

Seine Mundwinkel zuckten, und unter seinen Augen waren schwarze Ringe.

Eigentlich wollte Alex mit seiner Anhörung auf Ben warten, der sich bereit erklärt hatte, ihn bei dieser Vernehmung zu unterstützen.

Aber Dr. Azman mahnte zur Eile. »Ich muss noch zum Gericht«, sagte er.

Alex sah in seine Unterlagen und ging mit Ceviz dessen Personalien durch.

»Sie sind nicht verheiratet, haben keine Kinder und arbeiten bei Ford in Merkenich.«

»Genau.«

Alex wollte etwas sagen, doch in dem Moment betrat Ben das Büro, begrüßte den Rechtsanwalt und setzte sich leise neben ihn.

Dr. Azman sah von Ben zu Alex. »Ich möchte ergänzen, dass mein Mandant bald heiraten wird, weil diese Tatsache im weiteren Verlauf der zu schildernden Ereignisse noch eine Rolle spielt.«

Alex machte sich eine Notiz und wollte nun zur Vernehmung übergehen, doch Dr. Azman ließ ihn noch nicht zu Wort kommen.

»Bevor wir hier irgendetwas anderes besprechen, möchte ich darauf hinweisen, dass meinem Mandanten bei seiner Festnahme ganz schön zugesetzt wurde. Sehen Sie sich bitte mal seine Handgelenke an.«

Kemâl Ceviz legte die Hände auf den Tisch. An den Gelenken waren gerötete Stellen zu sehen.

»Das kommt von den Handschellen«, sagte Alex. »Ihr Mandant hat sich, soweit ich gehört habe, massiv gegen die Festnahme gewehrt.«

Der Beschuldigte holte tief Luft. »Ja, weil ich überhaupt nichts gemacht habe.«

»Das wollen wir ja jetzt klären«, sagte Alex. »Können Sie uns bitte schildern, was sich gestern Abend an der Rheinpromenade zugetragen hat?«

Ceviz lehnte sich zurück und verschränkte die Arme vor der Brust. »Ich bin am Rhein entlanggegangen, weil ich zum Heumarkt wollte. Dann …«

»Moment«, sagte Alex. »Wir wollen jetzt alles ganz genau wissen. Woher kamen Sie?«

»Ich war bei einem Arbeitskollegen.«

»Wie heißt er und wo wohnt er?«

»Norman Freitag, Neugasse 17.«

»Was haben Sie da gemacht?«

»Nichts, wir haben rumgehangen.«

»Wirklich?« Alex schlug die Akte auf, die vor ihm auf dem Tisch lag. »Ist es nicht so, dass Sie sich bei Ihrem Kumpel mit Stoff versorgt haben? Immerhin haben wir gestern ein Tütchen mit Ecstasy-Pillen bei Ihnen gefunden.«

Ceviz begann zu schwitzen. »Die hatte ich schon vorher. Aber ich nehme die Dinger nicht. Ich komme davon schlecht drauf.«

»Sie tragen die Pillen also einfach so in der Gegend spazieren, habe ich Sie da richtig verstanden?«

»Herr Kommissar«, sagte Rechtsanwalt Azman. »Mein Mandant hatte drei Ecstasy-Pillen bei sich. Und? Diese Menge ist nicht strafbar.«

Alex schüttelte den Kopf. »Also gut, wann haben Sie die Wohnung Ihres Freundes verlassen?«

Ceviz zuckte mit den Schultern. »Keine Ahnung. Jedenfalls war es schon spät, und ich wollte schnell zu meiner Verlobten.«

»Okay«, sagte Alex. »Sie sind also in Richtung Heumarkt gegangen. Warum?«

»Warum was?«

»Ich möchte wissen, warum Sie zum Heumarkt wollten.«

»Wieso?« Ceviz sah zu seinem Rechtsanwalt. *»Ben soruyu anna-miyorum! Ben Humark'tan eve sürecektim.«*

Azman zuckte mit den Schultern und sah Alex an. »Mein Mandant versteht die Frage nicht. Er wollte vom Heumarkt nach Hause fahren.«

Alex lehnte sich vor und sah Ceviz an. »Sie wohnen im Niehler Kirchweg. Wäre es da nicht naheliegender gewesen, zur U-Bahn-Haltestelle am Dom zu gehen?«

Wieder schielte Ceviz zu seinem Anwalt. Doch Azman rührte sich nicht.

»Ich wollte noch mal in Ruhe durchatmen«, sagte Ceviz schließlich.

»Bei Nieselregen und Temperaturen, die nahe am Gefrierpunkt

waren?«, fragte Alex. »Glauben Sie nicht, dass da jeder Mensch, der dringend nach Hause zu seiner Verlobten möchte, den kürzesten Weg einschlägt?«

Ceviz rutschte auf seinem Stuhl hin und her. »Mann, da habe ich nicht drüber nachgedacht. Ich bin einfach zum Rhein, und Ende der Geschichte.« Er suchte wieder Blickkontakt zu seinem Anwalt. *»Ben Neumarkt Ringelerdende zure bilirim. Yollarin cogu nippese cikiyor.«*

»Sprechen Sie bitte Deutsch«, sagte Alex.

Dr. Azman drehte sich zu ihm. »Mein Mandant sagt, dass viele Wege nach Nippes führen.«

Alex sah den Beschuldigten wieder an. »Sprechen Sie bitte Deutsch mit mir, ja! Sie sind also am Rhein entlanggegangen, und dann?«

»Von rechts kam ein Mann. Der hat eine Frau im Rollstuhl geschoben. Ich ...«

»Moment. Der Mann kam also von rechts? Woher genau?«

»Mensch, keine Ahnung! Aus einer der kleinen Gassen eben ...«

»Welche Gasse?«

»Weiß nicht. Da kenne ich mich nicht so aus.«

»Gut. Und dann?«

»Zuerst dachte ich, der will der alten Oma den Rhein zeigen. Ich meine, die sind mir aufgefallen, weil wenig los war und es eigentlich kein Wetter war, um 'ne alte Frau durch die Gegend zu fahren, und dann auch noch so spät. Und dann waren die auch noch in einem Affenzahn unterwegs ... äh, ich meine, ziemlich schnell.« Ceviz fuhr sich gedankenverloren über seinen Kinnbart.

»Wie ging es weiter?«, fragte Alex.

»Ich hab die beiden kurz vor einem der Schiffsanleger überholt, weil der Mann mitten auf der Promenade mit dem AOK-Schopper stehen geblieben ist. Ich also an denen vorbei. Nach ein paar Metern drehe ich mich dann noch mal zu denen um und sehe, wie der Typ die Oma auf den Anleger schiebt. Zuerst dachte ich, gut, der will die so nah wie möglich an den Rhein bringen, aber dann gibt der Penner der Oma einen Schubs, und der AOK-Schopper rollt den Anleger runter. Ich sofort hinterher ...«

»Wo war der Mann?«

»Wer?«

»Der Mann, der den Rollstuhl gestoßen hat?«

»Der ist auf die Promenade zurück und in Richtung Altstadt gerannt. Ich hab einen Moment gezögert, dachte, dass ich ihm eigentlich hinterher müsste. Aber dann hab ich den Rollstuhl gesehen. Ich also auf den Anleger. Aber ich war zu langsam. Ich hab gesehen, wie die Oma über den Anleger kippte. Dann hab ich ein lautes Platschen gehört ...« Ceviz brach ab.

»Hat die Frau im Rollstuhl geschrien?«

Ceviz überlegte. Dann schüttelte er den Kopf. »Nein.«

»Sind Sie sicher? Hat sie wirklich nicht um Hilfe gerufen?«

»Nein.«

»Gut. Wie ging es dann weiter?«, fragte Alex.

»Auf einmal waren da ein Haufen Leute. Die haben rumgebrüllt: ›Haltet ihn, der hat gerade eine Frau in den Rhein geworfen!‹ Mir ging die Düse, und da bin ich losgerannt. Für die Oma konnte ich eh nichts mehr tun. Außerdem kann ich nicht schwimmen. Deshalb hab ich Gas gegeben.«

»Warum?«, fragte Alex. »Wenn alles so war, wie Sie es uns eben geschildert haben, mussten Sie doch nichts befürchten.«

Kemâl Ceviz sah zu seinem Anwalt.

»Sagen Sie es ihnen ruhig«, meinte Azman. »Es erklärt Ihr Verhalten.«

Ceviz räusperte sich. »Leider hab ich früher eine Menge Mist gebaut.«

»Was für Mist?«

»Jugenddelikte«, sagte Ceviz leise. »Nichts Schlimmes, wirklich. Abzocke, Diebstahl aus Pkw und Körperverletzung.«

»Also handfeste Straftaten«, sagte Alex.

»Wenn Sie es sagen. Aber ich habe für jedes einzelne Delikt bezahlt.«

»Waren Sie im Gefängnis?«

Schweißtropfen perlten von Ceviz' Schläfen. Er sah hilfesuchend zu Azman. *»Soruyu cevaplaman lasimmi?«*

»Natürlich müssen Sie die Frage beantworten«, sagte der Anwalt.

»Und auf Deutsch. Bitte!«, sagte Alex.

»Ja, ich war im Jugendknast. Aber ich habe mich entschieden, ein anderer Mensch zu werden. Als ich rauskam, bin ich nach Köln gezogen und hab mir einen Job gesucht. Alles läuft super. Meine Freundin und ich werden heiraten, allerdings nur, wenn ich keinen Mist mehr baue. Die will auch nicht, dass ich Drogen nehme.« Ceviz schien den Tränen nah. »Ich weiß, ich hab viel falsch gemacht, aber ich würde doch niemals eine alte Oma in den Rhein schmeißen! Deshalb bin ich gelaufen. Ich hatte Angst.«

»Angst, dass wir die drei Pillen bei Ihnen finden, oder was?«, sagte Ben. »Mensch, die hätten Sie doch einfach in den Rhein werfen können.«

»Ich war in Panik. Ich hab gar nicht nachgedacht. Ich wollte nur weg.«

»Gut, nehmen wir einen Augenblick an, dass alles so war, wie Sie es uns eben geschildert haben«, sagte Ben. »Dann können Sie uns doch sicher eine Beschreibung des Täters geben.«

»Nein. Es ging alles so schnell.«

»Sie würden ihn also auch nicht wiedererkennen, wenn es zu einer Gegenüberstellung käme?«, fragte Ben weiter.

»Keine Ahnung. Wahrscheinlich nicht.«

»Und sonst? Ist Ihnen irgendetwas an ihm aufgefallen?«

»Nein.«

Ben lehnte sich vor. »Kennen Sie eine Lene Markowitz?«

Ceviz schüttelte den Kopf.

»Sind Sie sicher? Überlegen Sie noch einmal!«

»Kenne ich nicht«, sagte Ceviz. »Ist das die alte Frau? Hieß die so?«

»Waren Sie jemals in Ihrem Leben im Magdalenenstift?«, fragte Alex.

»Wo?«

»Ja oder nein?«

»Keine Ahnung, nein.«

Alex machte sich Notizen und schloss die Akte.

»Kann ich gehen?«, fragte Ceviz.

Alex schüttelte den Kopf. »Nicht so eilig.«

»Aber mein Mandant hat Ihnen alle Fragen beantwortet«, sagte

Rechtsanwalt Azman. »Er hat einen festen Wohnsitz, eine Arbeitsstelle, darüber hinaus eine feste Bindung, und er hält sich weiter zur Verfügung. Die üblichen Haftgründe treffen hier nicht zu. Fazit, ich denke, wir können gehen.« Er stand auf.

Kemâl Ceviz zögerte. *»Gercekten gide biliriyim?«*

»Ja«, sagte Azman. »Sie können gehen.«

»Tesekur ederim.« Ceviz stand auf. »Danke«, sagte er schnell, als er Alex' Blick sah.

»Wir werden Ihre Angaben überprüfen«, sagte Alex. »Sollten sich da die kleinsten Ungereimtheiten ergeben, sitzen Sie wieder hier, und ich verspreche Ihnen, dass Sie dann so schnell nicht wieder nach Hause kommen.«

Deutzer Freiheit

Alex klingelte mehrmals hintereinander bei den Carbonis, aber niemand öffnete. Erst als er sämtliche Klingeln drückte, gelangten Lou und er ins Haus. Wirklich weiter kamen sie dadurch nicht. Die Tür der Eheleute Carboni blieb verschlossen. Dafür schaute ein Nachbar aus seiner Wohnung. Trotz der Kälte trug er nur ein weißes Unterhemd über seiner Jogginghose.

»Was wollen Sie denn von den Carbonis?«, fragte er.

»Wir haben nur ein paar Fragen«, antwortete Alex.

»Die sind aber nicht da.« Er beäugte ihn und Lou argwöhnisch. »Sind Sie von der Polizei?«

Die Ermittler zeigten ihre Ausweise.

»Kommen Sie, weil die sich immer so laut streiten? Ich sage Ihnen, es gibt Tage, da höre ich die durch die Wände brüllen.« Jetzt flüsterte er. »Dabei hat Salvatore ja nichts zu sagen, seine Frau hat die Hosen an.«

Er kam näher, sah ins Treppenhaus hoch und flüsterte: »Aber der Salvatore ist echt fleißig, da kann man wirklich nicht meckern. Und auch sonst. Der hat keine Laster, trinkt kaum einen Tropfen Alkohol und arbeitet von früh bis spät. Und was macht seine Frau? Die hält ihn an der kurzen Leine und ist selber immer auf der Rolle. Frauen ticken eben anders, wenn Sie mich verstehen.«

Er ging zu seiner Wohnungstür zurück. »Aber man darf sich ja nicht einmischen. Ich hab auch nichts gesagt!«

Alex trat einen Schritt auf ihn zu und schaute auf sein Klingelschild. »Herr Beckers, Sie sagten gerade, dass Herr Carboni nicht viel trinkt …«

Der alte Mann verengte seine Augen zu Schlitzen. »Ja, vielleicht mal ein Bier unten in der Quelle, aber selbst dazu muss man ihn überreden. Ich dachte schon, dass er vielleicht ein Alkoholproblem hatte, früher, meine ich. Dann darf man ja auch nichts trinken, Sie verstehen schon.«

»Also trinkt er hin und wieder doch ein Kölsch?«, fragte Lou.

»Ja, aber nie so, dass er sich volllaufen lässt«, sagte Beckers. »Ich glaube, ich habe Salvatore noch nie mehr als zwei Gläser Kölsch trinken sehen, in all den Jahren nicht.«

»Wissen Sie, ob die Carbonis einen weißen Transporter haben oder hatten?«, fragte Alex. »Oder fährt vielleicht jemand aus der Familie oder einer der Freunde einen solchen Wagen?«

»Nicht dass ich wüsste«, sagte Beckers. »Die fahren so einen roten Kangoo, den haben die schon immer. Einen weißen Lieferwagen? Nein.«

»Danke«, sagte Alex. »Sie haben uns sehr geholfen.«

»Kein Problem.« Beckers lachte. »Wenn Sie noch mal Fragen haben, klingeln Sie ruhig. Sie wissen ja jetzt, wo Sie mich finden.«

Autobahn A 4

Zehn Minuten später fuhren Alex und Lou auf der A 4 Richtung Olpe.

»Denkst du auch, was ich denke?«, fragte Lou.

Alex sah sie von der Seite an. »Beckers hat gesagt, dass Carboni nicht trinkt.«

»Genau.«

»Da ist es schon mehr als merkwürdig, dass er sich volllaufen lässt und sich dadurch hieb- und stichfeste Alibis verschafft.«

»Das sehe ich genauso«, sagte Lou. »Ich finde, da solltest du noch mal nachhaken.«

Sie fuhren ein paar Kilometer schweigend.

»Wie war die Vernehmung von Kemâl Ceviz?«, fragte Lou, während sie in Engelskirchen von der A4 fuhr. »Glaubst du ihm?«

»Kein Wort«, antwortete Alex. »Meiner Meinung nach verschweigt er uns etwas. Ich weiß nicht, ob er die Frau in den Rhein geworfen hat, aber irgendetwas stimmt an seiner Geschichte nicht.«

»Und was?«, fragte Lou.

»Wenn ich das wüsste. Wir haben nichts gegen ihn in der Hand. Keine Beweise, keiner unserer Zeugen hat tatsächlich gesehen, dass er den Rollstuhl in den Rhein gestoßen hat. Und wenn auf dem Rollstuhl Fingerabdrücke waren, dann lassen sie sich nicht mehr feststellen.«

»Die Geschichte ist und bleibt merkwürdig. Werdet ihr ihn observieren?«

»Ja«, sagte Alex. »Wenigstens die nächsten Tage.«

Es begann zu schneien.

»Das hat uns gerade noch gefehlt«, meinte Lou, schaltete einen Gang runter, stellte den Scheibenwischer an und fuhr auf die schneebedeckte Landstraße Richtung Engelskirchen.

»Es gibt ja auch weit und breit kein Motiv«, sagte Alex. »Ceviz hat Frau Markowitz nicht gekannt.«

»Das sagt er jedenfalls«, meinte Lou.

»Wir werden sehen. Vielleicht bringt uns ja die Observation weiter.« Alex seufzte und sah aus dem Fenster. »Ich bin gespannt, ob ich gleich bei Frau Markowitz' Tochter weiterkomme.«

»Hast du sie mittlerweile erreichen können?«

»Nein.«

»Lass uns aber zuerst zu den Schwammborns fahren.«

»Wie du meinst. Hoffentlich sind sie zu Hause«, sagte Alex. »An deiner Stelle hätte ich vorher angerufen.«

»Ich weiß, aber ich setze auf das Überraschungsmoment.«

»Immerhin war dieser Henseler auch nicht da .«

»Aber wir haben in Erfahrung gebracht, dass Henseler seit zwei Wochen in Kopenhagen ist«, sagte Lou. »Damit scheidet er als Tatverdächtiger aus.« Lou drosselte das Tempo, als sie im Rückspiegel sah, dass ein Autofahrer hinter ihr zu einem Überholmanöver ansetzte. »Bleib, wo du bist, du Spinner!«

Doch kaum hatte sie den Satz ausgesprochen, preschte das Fahrzeug an ihrem zivilen Dienstwagen vorbei, scherte direkt vor ihr wieder ein, weil ein Bus entgegenkam.

»Idiot!«, schimpfte Lou, während sie auf die Bremse trat und gleichzeitig hupte. »Da wünscht man sich doch, wieder Streife zu fahren!«

Alex drückte sich in seinen Sitz, als Lou Gas gab. »Du denkst schon daran, dass die Straßen glatt sein könnten, oder?«

Sie drosselte das Tempo nicht.

»Allerdings hätte ich auch nichts dagegen, mit dir im Straßengraben zu landen«, sagte Alex.

Lou nahm den Fuß vom Gas, denn der Schnee blieb liegen. In Minutenschnelle waren die Tannen und Bäume am Straßenrand weiß. Sie kamen an einzelnen Häusern vorbei, deren Dächer bereits schneebedeckt waren.

»Mit Schnee wirkt alles gleich viel friedlicher.« Alex sah Lou von der Seite an. »Was hältst du davon, wenn wir nachher schön essen gehen? Ich kenne hier in der Nähe ein gemütliches Restaurant. Anschließend könnten wir noch ein wenig durch den Winterwald spazieren. Wer weiß, ob wir dazu so schnell wieder Gelegenheit haben.«

»Ich finde es tragisch, dass Vivian Markowitz nicht einmal weiß, dass ihre Mutter verschwunden ist«, sagte Lou gedankenverloren. »Jetzt stell dir mal vor, die Tote im Rhein ist tatsächlich ihre Mutter.«

Alex seufzte.

»Entschuldige bitte«, hörte er Lou sagen, »was hast du gesagt?«

Aber Alex hatte keine Lust, sein Angebot zu wiederholen. »Vergiss es«, sagte er stattdessen.

Lou legte eine Hand auf sein Knie. »Es tut mir leid, wirklich. Ich bin einfach genervt, weil wir im Fall Fischbach auf der Stelle treten. Du sagtest was von essen gehen.«

Alex gab sich einen Ruck. »Ja, wir könnten später gemütlich einkehren. Hier im Bergischen Land gibt es gute Restaurants.«

Lou seufzte. »Fischbachs Sohn kommt heute Nachmittag extra aus Mailand.«

»Den kann Ben vernehmen.«

»Außerdem gibt meine Freundin Hanna heute ihr traditionelles Gans-Essen.«

»Sie wird es verstehen.« Alex steigerte sich in die Idee hinein. »Was meinst du? Wir vergessen die ganze Welt für ein paar Stunden, mieten uns in einer kleinen Pension ein und schalten einfach unsere Handys aus.«

Keine Antwort.

»Lou?«

Sie lächelte. »Das wäre schon toll, aber heute geht es wirklich nicht.«

»Entspann dich, Lou«, sagte Alex, als sie das Ortsschild von Engelskirchen passierten. »Erstens sind wir nicht in den Rockys. Der Schnee wird kaum liegen bleiben. Und zweitens wollte ich nur träumen. Du weißt doch, was Träume sind, oder?«

»Ich mag es nicht, wenn du sarkastisch wirst«, sagte Lou. »Ich finde eben, dass es keinen Sinn macht, über etwas zu sprechen, was dann sowieso unrealistisch ist.«

»Das sehe ich völlig anders. Wer nicht träumt, hat aufgehört zu leben.«

»Ich stehe nicht so auf Binsenweisheiten.« Lou nahm ihre Hand von Alex' Knie. »Und wer hat gesagt, dass ich nicht träumen kann? Ich träume sogar ausgesprochen gern, und ich wäre sehr gerne in einem gemütlichen Restaurant.«

Alex schwieg.

»Wirklich«, sagte sie. »Schon allein deshalb, weil ich dringend mit dir reden muss.«

»Ach ja? Worüber denn?«

»Über uns.« Sie bremste den Wagen an einer roten Ampel abrupt ab.

»Was gibt es da zu reden? Es läuft doch ganz gut, oder nicht?« Alex lächelte gequält.

»Du bist schon wieder sarkastisch.«

Die Ampel sprang auf Grün. Lou gab Gas.

Alex legte seine Hand auf Lous Hand, die auf der Gangschaltung lag. Sie entzog sie ihm. »Was ist los?«, fragte er. »Habe ich etwas Falsches gesagt? Komm schon, sieh mich an.«

»Ich fahre Auto.«

»Nein, wirklich«, sagte Alex. »Du verhältst dich merkwürdig, seit wir …«

»Sex hatten!«

»Ja.«

»Das ist nicht meine Absicht«, sagte Lou. »Wirklich, ich fand es schön mit dir, aber die Fälle und dann dieser Druck …«

Alex sagte nichts. Vielleicht weil er in diesem Augenblick spürte, dass es zu Ende war, bevor es richtig angefangen hatte.

Engelskirchen

Lou hielt fünfzehn Minuten später vor einem alten Fachwerkhaus mit angrenzender Scheune. Als sie die Fahrertür öffnete, schlugen gleich mehrere Hunde an. Sie stieg aus dem Wagen. Der Boden unter ihren Schuhen war hauchdünn gefroren und knisterte leise bei jedem ihrer Schritte. Alex war ebenfalls ausgestiegen. Das Hundegebell wurde lauter.

»Hallo?«, rief Lou. »Ist da jemand?«

Das Scheunentor wurde aufgeschoben, und ein junger Mann erschien auf dem Hof. Er hatte ein pausbäckiges Gesicht, die Wollmütze tief in die Stirn gezogen.

»Guten Tag«, sagte Lou und ging ihm ein paar Schritte entgegen. »Ich bin Hauptkommissarin Vanheyden, und das ist mein Kollege Hauptkommissar Jedeke. Wohnt hier Arthur Schwammborn?«

Der Mann vergrub seine Hände in den Taschen seines blauen Overalls und starrte Lou an. »Was wollen Sie von ihm?«

Der Schnee fiel jetzt in dichten Flocken. »Können wir vielleicht ins Haus gehen?«, fragte Lou.

Der Mann zog die Schultern hoch, ging schweigend um die

Scheune und verschwand hinter einer grünen Tür im Fachwerkhaus. Lou und Alex waren ihm gefolgt, blieben aber nun unschlüssig vor der Haustür stehen.

Minutenlang geschah nichts.

Dann hörten sie Schritte, und eine alte Frau erschien. Sie war genauso pausbäckig wie der Mann, den sie eben auf dem Hof gesehen hatten. »Schwammborn ist mein Name, Sie wollen zu Arthur?«, fragte sie ungläubig und nicht gerade freundlich. »Sind Sie von der Pflegekasse?«

Lou und Alex zückten ihre Dienstausweise. »Nein, wir sind von der Kriminalpolizei aus Köln und auf der Suche nach Arthur Schwammborn. Wohnt der hier?«

Sie schien überrascht. »Polizei? Was wollen Sie denn von unserem Arthur?«

Lou steckte ihren Ausweis wieder ein. »Wir wollen ihm nur ein paar Fragen stellen.«

»Das ist doch verrückt«, sagte Frau Schwammborn. »Sind Sie sicher, dass Sie wirklich zu meinem Arthur wollen?«

Lou und Alex sahen sich an.

»Ach, was soll ich Ihnen alles groß erklären«, sagte sie. »Kommen Sie rein. Aber treten Sie sich ja die Schuhe ordentlich ab. Ich habe das ganze Haus geputzt.«

Lou und Alex folgten ihr in den dunklen engen Flur. Dielenbretter knarrten unter ihren Schuhen. Frau Schwammborn blieb vor einem Zimmer stehen. »Bitte schön«, sagte sie und stieß die Tür auf.

Der Geruch von Krankheit schlug ihnen entgegen. Der Raum war klein. An der Wand stand ein Bett. Darin lag ein Mann. Sein Kopf ruhte auf mehreren Kissen. Die dicke Daunendecke hob und senkte sich im Rhythmus seiner Atmung. Über dem Bett hing ein überdimensional großes Holzkreuz.

Lou trat an das Bett heran. »Herr Schwammborn?«

Keine Reaktion.

Die Augen des Mannes waren geöffnet. Er starrte an die Zimmerdecke.

»Mein Mann hatte vor drei Jahren einen schweren Schlaganfall«, sagte Frau Schwammborn, trat ans Bett und wischte ihm Speichel aus dem Mundwinkel. »Seitdem liegt er im Wachkoma. Ich glaube also kaum, dass er Ihre Fragen beantworten kann.« Sie schüttelte den Kopf.

Lou drehte sich zu ihr. »Ich fürchte, dass wir Ihnen dann einige Fragen stellen müssen.«

»Ich muss zurück in die Küche.« Frau Schwammborn drängte sich an ihnen vorbei und verschwand im Flur.

Alex und Lou folgten ihr.

Die großblumige Tapete und die dunkelgrüne Einbauküche ließen die Küche noch kleiner erscheinen, als sie ohnehin war. Zusätzlich wirkte der Raum auch deshalb überfrachtet, weil die Wände bis auf wenige Zentimeter behangen waren mit Küchenartikeln wie Pfannen und verschiedenen Nudelhölzern sowie mit eingestaubten Makramee-Eulen und gerahmten Heiligenbildern.

Frau Schwammborn stand mit dem Rücken zu ihnen und füllte Wasser in die Kaffeemaschine.

»Dürfen wir uns einen Augenblick setzen?«, fragte Lou.

»Meinetwegen«, sagte die alte Frau, ohne sich umzudrehen.

Alex und Lou quetschten sich auf die schmale Küchenbank.

»Wenn Sie vorher angerufen hätten«, sagte Frau Schwammborn und füllte Kaffeepulver in den Filter, »hätten Sie sich den Weg sparen können.«

Lou überhörte den Vorwurf in ihrer Stimme. »War Ihr Mann früher in einem Erziehungsheim untergebracht?«, fragte sie stattdessen.

Frau Schwammborn fuhr herum. »Woher wissen Sie das?«

Alex klopfte auf die Klarsichthülle, die vor ihm auf dem Küchentisch lag. »Wir sind uns ziemlich sicher, dass Arthur Schwammborn einem gewissen Professor Fischbach Briefe geschickt hat und ihn darin aufs Übelste beschimpfte.«

Frau Schwammborn trat an den Küchentisch. »Das ist unmöglich. Sie haben Arthur doch gesehen, und wie gesagt, er liegt seit Jahren im Koma. Es ist also unwahrscheinlich, dass er irgendwem einen Brief geschrieben hat, und wenn doch, dann wäre es ein Wunder.« Sie bekreuzigte sich.

Alex schob ihr die Schriftstücke über den Tisch. »Hier«, sagte er. »Diese Briefe hat ein Arthur Schwammborn geschrieben. Insgesamt sind es zehn. Kennen Sie diese Handschrift?«

Frau Schwammborn setzte sich und betrachtete die Briefe aufmerksam. Sie wurde blass. »Ich kann das gar nicht glauben«, sagte sie schließlich, stürzte zur Tür und riss sie auf. »Christian! Komm sofort her! Christian!«

Lou war nicht besonders überrascht, als einen Augenblick später der junge Mann die Küche betrat, der sie eben über den Hof zum Wohnhaus der Familie Schwammborn geführt hatte. Er kaute Kaugummi.

»Hast du mir irgendetwas zu sagen?« Frau Schwammborn zeigte auf die Briefe, die immer noch auf dem Küchentisch lagen.

Christian machte ein mürrisches Gesicht, verschränkte die Arme vor der Brust und starrte auf die dicken Wollsocken an seinen Füßen.

»Wir können Sie auch mit nach Köln nehmen, wenn Ihnen das lieber ist«, sagte Lou.

Christians runde Wangen glühten. Er schob seine Wollmütze aus der Stirn. »Und? Ist Briefeschreiben etwa verboten?«, fragte er kauend. Er klang gelangweilt.

»Also haben Sie diese Briefe geschrieben?«, fragte Alex.

»Ist doch keine große Sache«, sagte Christian. »Verstehe gar nicht, warum ihr hier jetzt so eine Welle machen müsst.«

Frau Schwammborn setzte sich. »Was sagst du da, Junge? Du hast die Briefe wirklich geschrieben?«

Christian verdrehte die Augen.

»Aber warum denn? Was hast du denn mit Arthurs Angelegenheiten zu tun? Du weißt doch gar nicht, was damals los war. Christian!«

»Ja«, sagte Christian, und seine Augen funkelten. »Das ist mal wieder typisch. Kopf in den Sand und sich um nichts kümmern. Das passt zu dir!«

»Aber jeder muss sein Päckchen selbst tragen«, sagte Frau Schwammborn leise und legte die Hände in den Schoß. »Gott hat uns allen Aufgaben gegeben. Die meisten davon müssen wir allein lösen.«

Christian schnappte nach Luft. »Verschon mich, Tante Helga, bitte!«

»Nein, du hörst mir jetzt zu. Der Kastanienberg und alles, was dort passiert ist, gehört zu Arthurs Prüfung. Du tust Unrecht, wenn du dich da einmischst.«

Christian atmete tief durch. »Wenn du dich selbst reden hören könntest«, sagte er, und es war offensichtlich, dass er versuchte, nicht die Beherrschung zu verlieren. »Dein religiöses Gequatsche nervt mich so was von ab.«

Frau Schwammborn wollte etwas sagen, aber Lou kam ihr zuvor. »Würden Sie uns bitte einen Augenblick allein lassen?«

»Es ist nicht recht«, sagte sie und rührte sich nicht vom Fleck. »Wir sollten uns nicht als Richter aufspielen.«

»Bitte, Frau Schwammborn.« Lou stand auf. »Es ist besser, wenn wir allein mit Christian sprechen.«

Alex schob die alte Frau sanft zur Küchentür hinaus. Anschließend nahm er wieder Platz, während Lou Christian einen Stuhl anbot. Er setzte sich, mied allerdings jeden Blickkontakt.

»Ich glaube, dass Sie uns einiges zu erzählen haben«, sagte Lou. Die Kaffeemaschine auf der Anrichte dampfte und schnaubte, als leiste sie Schwerstarbeit.

»Bitte, Herr Schwammborn«, sagte Alex mit Nachdruck. »Wir sind hier, weil wir wissen wollen, warum Sie die Briefe geschrieben haben.«

Christian rutschte auf seinem Stuhl hin und her. »Alle mochten meinen Onkel«, begann er schließlich, kaute auf seiner Unterlippe und sah abwechselnd von Lou zu Alex. »Ich muss etwas ausholen, wenn Sie verstehen wollen, worum es geht.«

»Kein Problem«, sagte Lou.

»Mein Vater ist zusammen mit seinen beiden Brüdern in einem Übergangshaus im Ruhrgebiet aufgewachsen. Arthur war der Älteste. Mein Opa hat sich mit Gelegenheitsarbeiten durchgeschlagen. Die Familie war arm. Als meine Oma bei der Geburt des dritten Kindes gestorben ist, hat mein Opa kurz darauf wieder geheiratet. Aber die neue Frau wollte mit den Bälgern aus der ersten Ehe nichts zu schaffen haben und hat die Kinder bei der Fürsorge angeschwärzt. Angeblich waren sie alle schwachsinnig!«

Christian öffnete den Reißverschluss seines Overalls. »Die drei Jungen kamen nach Köln auf den Kastanienberg. Das war damals ein Heim für minderbemittelte Kinder und Jugendliche.«

»Und Ihr Opa? Hat er denn nichts unternommen, um seine Kinder vor der Anstalt zu bewahren?«, fragte Alex.

Christian winkte ab. »Mein Vater hat mir erzählt, dass der alte Säufer froh war, als die Brut endlich aus dem Haus war. Jedenfalls hat er keines seiner Kinder jemals besucht.«

»Wie ging es weiter?«, fragte Alex.

»Der Kastanienberg muss damals die Hölle gewesen sein«, sagte Christian. »Mein Vater hat mir schreckliche Geschichten erzählt. Ihnen wurde von Anfang an klargemacht, dass sie von jetzt an rechtlos waren. Die Kinder mussten alle auf die Sonderschule in der Nähe. Es wurde einfach unterstellt, dass sie nicht mehr Grips hatten. Egal, wie schlau sie waren. Außerdem mussten die Jungs bis zum Umfallen arbeiten, zum Beispiel nur mit einer Drahtbürste rostige Stellen von Eisengittern und Zäunen abschrubben. Wochenlang. Bei Wind und Wetter. Oder sie schufteten für ein paar Pfennige die Stunde auf den Feldern der Bauern außerhalb der Stadt. Das ist Knochenarbeit für Kinder.« Christian sah von Lou zu Alex. »Wir haben einen Bauernhof, ich weiß, wovon ich rede!«

»Wir sind über die damaligen Zustände des Kastanienhofs informiert«, sagte Alex. »Wir wissen, dass dort viel Unrecht geschehen ist, und wir verstehen …«

»Ach, Sie verstehen gar nichts«, fiel Christian Alex ins Wort. »Mein Onkel Richard wurde wegen Aufmüpfigkeit in eine geschlossene Nervenheilanstalt verlegt, das war sozusagen eine Zweigstelle vom Kastanienberg. Dort hat man ihn ans Bett gefesselt und mit Gehirnwasserpunktion und anderen üblen Methoden gequält. Später ist er von einem Erzieher dermaßen verprügelt worden, dass ihm dabei die Kniescheibe seines rechten Beins zertrümmert wurde. Weil er nicht behandelt worden ist, muss mein Onkel sein Leben lang mit einem steifen Bein zurechtkommen. Meinem Vater ist Debilität bescheinigt worden. Außerdem wurde er mit Valium vollgepumpt.« Christian schlug mit der flachen Hand auf den Tisch. »Dabei war mein Vater überdurchschnittlich intelligent! Das ist jedenfalls bei einem Test herausgekommen, den ein Neurologe vor ein paar Jahren gemacht hat. Er war hochbegabt und hätte Physiker oder so was werden können! Verstehen Sie, was ihm alles verbaut worden ist?« Jetzt hatte Christian Tränen in den Augen. »Mein Vater hat ein Leben im Schatten geführt. Er hat die Zeit auf dem Kastanienberg nie verwunden, und ich habe die meisten Dinge zu spät erfahren, um ihn wirklich unterstützen zu können. Ich bin hier bei meinem Onkel aufgewachsen, weil mein Vater keinen Unterhalt für mich zahlen konnte. Deshalb haben wir uns kaum gekannt. Für mich war er ein alter griesgrämiger Mann, den ich nicht verstand. Warum er so war, ist mir erst vor einiger Zeit klar geworden. Die Verantwortlichen vom Kastanienberg sind schuld! Sie haben meinem Vater den Stempel aufgedrückt, den er nie wieder losgeworden ist.«

»Die Zustände auf dem Kastanienberg waren katastrophal und unmenschlich«, sagte Lou. »Bei unseren Ermittlungen habe ich schon einiges erfahren, was ich nie für möglich gehalten hätte. Dazu gehört mit Sicherheit die Verweigerung der adäquaten Schulbildung für ganz durchschnittlich begabte Kinder, die in Sonderschulen abgeschoben wurden, und die verheerende Fehleinschätzung der Hochbegabten. Und anscheinend gab es Kinder in Heimen quer durch Deutschland, die das gleiche Schicksal erleiden mussten wie Ihr Vater.«

In der Küche war es still. Minutenlang.

»Ich will Sie nicht länger mit Einzelheiten aufhalten«, sagte Christian schließlich. »Aber ich kann Ihnen so viel sagen: Drei gesunde Jungs sind in die Obhut des Staates übergeben worden, und alle drei sind als gebrochene junge Männer wieder nach Hause gekommen. Mein Vater hat sich erhängt, als er erfahren hat, welche Möglichkeiten er hätte haben können. Onkel Richard versucht, irgendwie mit seinem Leben klarzukommen, und Onkel Arthur haben Sie ja gesehen. Ich meine, er hatte wenigstens noch ein einigermaßen erfülltes Leben, aber mein Vater und Onkel Richard ...«

»Wo wohnt Ihr Onkel?«, fragte Lou.

»In Köln.«

»Hatte er denn Kontakt zu seinen Brüdern?«

»Sie waren unzertrennlich, und ihr Kontakt war enger, als er zwischen mir und meinem Vater jemals war. Der Tod meines Vaters hat Onkel Richard dann auch sehr getroffen. Er hat ebenfalls versucht, sich umzubringen, als er von seinem Tod erfahren hat. Ich konnte ihn Gott sei Dank von dieser Idee abbringen. In meiner Zivizeit habe ich ein wenig gelernt, mit verzweifelten Menschen umzugehen.«

Lou beugte sich vor. »Und? Haben Sie die Briefe nun geschrieben oder nicht.«

»Ja.«

»War das Ihre Idee?«

»Ja. Ich wollte Onkel Richard und meinen Vater unterstützen. Ich wollte, dass sich Fischbach bei ihnen entschuldigt. Aber das feige Schwein hat sich nicht gemeldet.«

»Und da sind Sie immer wütender geworden, nicht wahr?«

Christian nickte. »Können Sie das denn nicht verstehen? Dieser feine Professor hat so viel Leid über meine Familie gebracht. Wir sind die asozialen Schwammborns, das wird man so schnell nicht wieder los.«

»Und deshalb wollten Sie Rache?«, fragte Lou.

»Falsch, ich wollte Gerechtigkeit.«

»Also haben Sie die Sache selbst in die Hand genommen«, sagte Alex. »Sie haben Professor Fischbach seiner gerechten Strafe zugeführt.«

Christian hob den Kopf. »Was reden Sie denn da? Ich habe die Briefe geschrieben und sonst nichts.«

»Professor Fischbach ist ermordet worden«, sagte Alex. »Wir haben seine Leiche vor ein paar Tagen in seinem Wochenendhaus entdeckt.«

Zuerst zeigte Christian keine Regung. Dann lächelte er und sah zur Decke. »Es gibt doch einen Gott.«

»Gott hat mit dieser Geschichte gar nichts zu tun«, sagte Lou.

Christian lächelte. »Wie ist der alte Drecksack gestorben?«

»Das wüssten wir gerne von Ihnen«, sagte Lou.

»Von mir?«

Alex zog einen Bogen aus der Klarsichthülle. »Entsprechende Andeutungen finden sich in Ihren letzten beiden Briefen. Da heißt es, Moment, ich zitiere: ›*Das ist Ihre letzte Chance. Entweder Sie entschuldigen sich oder ich werde eine Lösung finden müssen, die meiner Wut auf Sie angemessen ist.‹*«

Christian schüttelte den Kopf. »Das ist doch wohl hoffentlich ein Witz.«

»Bei Mord hört der Spaß auf«, sagte Lou. »Wir würden auch gerne einen Blick in Ihr Zimmer, den Keller und die Scheunen werfen.«

»Ohne Durchsuchungsbefehl durchsuchen Sie hier gar nichts«, sagte Christian. »Ich kenne meine Rechte.«

»In Ordnung«, sagte Lou. »Um eines vorab ganz deutlich zu sagen: Wir finden es schrecklich, was Ihrem Vater und seinen Geschwistern passiert ist. Wirklich, dass meine ich ganz ernst. Aber deshalb können Sie sich nicht selbst zum Richter aufspielen«

»Das sehe ich anders«, sagte Christian. »Auge um Auge, Zahn um Zahn. Das steht schon in der Bibel.«

»Soll das ein Geständnis sein?«, fragte Alex.

»Natürlich nicht«, antwortete Christian.

In dem Augenblick sah Lou den Messerblock. Er stand auf der Anrichte, neben dem Herd. Zwei Schritte von Christian entfernt.

Ohne Eile stand sie auf. »Auge um Auge, und die ganze Welt wird blind sein«, sagte sie so gelassen wie möglich.

Christian sah Lou fragend an.

»Gandhi«, sagte Lou und stellte sich mit dem Rücken vor die Messer.

»Also, Herr Schwammborn«, sagte Alex, »wo waren Sie am Abend des 2. November? Wir brauchen ein lückenloses Alibi und die Namen sämtlicher Personen, die Sie an diesem Tag gesehen haben.«

Christian wurde blass. »Aber Sie glauben doch nicht, dass ich den alten Fischbach wirklich umgebracht habe!«

»Sie hatten ein Motiv«, sagte Alex.

Christian sprang auf. »Aber das allein macht mich doch nicht zum Mörder! Was glauben Sie, wie viele Leute ein Motiv für diesen Mord gehabt haben?«

»Wir müssen Sie bitten, mitzukommen«, sagte Alex.

Kaum hatte er diesen Satz ausgesprochen, schnellte Christian nach vorne, riss die Küchentür auf, stieß seine Tante zur Seite, die offenbar gelauscht hatte, und rannte hinaus.

Alex und Lou eilten hinterher.

»Junge, du hast doch gar keine Schuhe an«, hörte Lou die alte Frau rufen. »Du holst dir doch den Tod! Komm zurück! Junge!«

Schillplatz

Das Geräusch des Milchaufschäumers ließ Kemâl jedes Mal hochschrecken. Er saß im hinteren Teil des Gernots, weit weg von der Fensterfront, und verschanzte sich hinter einer Bildzeitung. Vor ihm stand sein drittes Kölsch, obwohl er normalerweise nicht trank. Als Norman die Kneipe betrat, sprang er auf und lief ihm entgegen.

»Wo bleibst du denn?«, fragte er statt einer Begrüßung und zerrte ihn am Arm zu seinem Tisch.

Norman setzte sich. »Ganz ruhig, Alter. Ich muss ja erst mal Feierabend haben!«

»Scheiße, Mann! Die Bullen hatten mich voll am Arsch.«

Norman winkte der Kellnerin und bestellte ein Weizenbier. »Was redest du denn da?«

Kemâl zupfte an seinem Kinnbart. »Ich hab die ganze Zeit versucht, dich auf dem Handy zu erreichen.«

»Ich hatte es ausgeschaltet.«

»Toll! Ich, Mann ...« Die Kellnerin brachte das Weizen.

»Jetzt mal der Reihe nach«, sagte Norman.

Kemâl leerte sein Kölsch. »Ich hab alles so gemacht, wie du gesagt hast. Ich bin dem alten Mann gefolgt.« Kemâl zog einen Notizzettel hervor. »Der hat erst um vier Uhr seine Wohnung verlassen. Dann ist er zu diesem Altenheim gefahren. Ich hab die ganze Zeit vor dem Tor gewartet. Ewig war der da drin. Und dann kam er raus. Zusammen mit einer alten Tante, die er im Rollstuhl vor sich hergeschoben hat.«

Kemâl bestellte noch ein Kölsch. »Ich dachte noch, Mensch, es wird gleich dunkel, und der fährt jetzt noch die Oma spazieren.«

»Was ist dann passiert?«

»Ich bin ihnen bis zum Neusser Wall gefolgt. Da hat ein jüngerer Typ auf die beiden gewartet. Der Alte ist mit der Oma in ein Auto gestiegen und weggefahren. So schnell konnte ich gar nicht gucken, Mann! Der junge Typ hat den Rollstuhl genommen und ist zurück zum Altenheim. Ich hab vor dem Tor gewartet. Ich dachte, ich folge ihm jetzt einfach, wenn er rauskommt.«

»Das war gut«, sagte Norman. »Und dann? Wie ging es weiter?«

»Eine Ewigkeit später, also ich hab bestimmt eine Stunde gewartet, kommt der endlich wieder raus. Und du wirst es nicht glauben, aber wieder sitzt 'ne Oma in dem Rollstuhl, und die schiebt der gemütlich raus.«

»Jetzt noch mal zum Mitschreiben«, sagte Norman. »Der junge Typ hat also auch eine Frau aus dem Seniorenheim geholt. Bist du dir ganz sicher?«

»Ich bin doch nicht blöd.«

»Hast du das etwa auch den Bullen gesagt?«

»Nee.«

»Was ist dann passiert?«, fragte Norman.

Kemâl sah sich nach allen Seiten um. »Ich also hinterher. Die schieben ab in Richtung Altstadt, da durch die Gassen und dann durch die Salzgasse zum Rhein runter. Die ganze Zeit war der langsam unterwegs. Aber dann gibt der auf einmal Gas, schiebt die Oma einen Anleger rauf und schmeißt sie mit Schwung ins Wasser. Scheiße, Mann! Und das alles vor meinen Augen!«

Norman starrte Kemâl an. »Das ist ja super. Also hatte ich recht!«

»Du tickst doch nicht sauber!«, rief Kemâl. »Die Bullen haben versucht, mir die Sache anzuhängen!«

»Ja, aber sie haben dich wieder laufen lassen«, sagte Norman, als er den Rest der Geschichte hörte.

»Trotzdem«, sagte Kemâl. »Die haben mich jetzt auf dem Kieker.«

»Was hast du der Polizei gesagt?«, fragte Norman leise.

»Nichts. Die haben keinen blassen Schimmer. Aber ich musste ihnen deine Adresse geben.«

»Mann, du Idiot! Warum denn? Du solltest mich doch aus der Sache raushalten, egal, was passiert!«

»Aber die wollten wissen, wo ich vorher war«, sagte Kemâl. »Die überprüfen den ganzen Mist doch. Was hätte ich denn machen sollen?«

»Mensch, da lässt man sich was einfallen! Du bist echt so ein Armleuchter.« Norman war laut geworden. Die Kellnerin sah zu ihm herüber. Er versuchte, sich wieder zu beruhigen. »Und die Leiche? Haben sie die aus dem Wasser gezogen?«

»Woher soll ich das wissen?« Kemâl schnaubte vor Wut. »Ich hab genug damit zu tun gehabt, meinen Kopf aus der Schlinge zu ziehen.«

Norman starrte gedankenverloren aus dem Fenster.

»Ich möchte jetzt wissen, was hier überhaupt los ist!«, sagte Kemâl. »Warum hast du mich auf diesen Typen mit dem Hinkebein angesetzt? Wie kommst du überhaupt auf ihn? Norman, verdammt! Ich will jetzt wissen, was hier gespielt wird!«

Polizeipräsidium

»Wo seid ihr denn so lange gewesen?«, fragte Maline und zog ihre Jacke über.

»Wir waren in einem Wellnesshotel und haben uns verwöhnen lassen«, schnauzte Lou, ließ sich auf ihren Schreibtischstuhl fallen, zog ihre nassen Stiefel aus und schlüpfte in ein Paar trockene Sneakers. »Ich könnte diesen Schwammborn umbringen.«

»Was ist denn passiert?«

»Der Typ ist uns abgehauen. Es hat eine Ewigkeit gedauert, bis wir ihn endlich gestellt haben. Wenn uns die Polizei vor Ort nicht unterstützt hätte, würden Alex und ich immer noch durch den Schnee stapfen.«

»Ich habe schon befürchtet, dass ihr euch ein nettes Hotel gesucht und euch erst einmal ausgeklinkt habt.«

»Alex und ich? Vergiss es.«

»Wieso? Habt ihr euch gestritten?«

»Nein. Ach, ich weiß auch nicht. Irgendwie ist die Luft raus, seit wir …«

»Seit was?«

»Seitdem wir eine Nacht zusammen verbracht haben.«

»Also doch«, sagte Maline. »Ich habe mir schon so etwas gedacht.«

»Wieso?«

»Weil er dich anders ansieht.«

»Quatsch!«

»Doch«, sagte Maline. »Ich habe einen Blick für so etwas. Also, wo ist das Problem?«

»Ich will nicht darüber reden.«

»In Ordnung.« Maline schaltete ihren Computer ab. »Ich habe mit einem Kollegen aus dem Gewahrsam telefoniert. Carboni hat im Früh am Dom Streit mit mehreren Gästen angefangen und einen Köbes angegriffen. Deshalb hat das Personal die Polizei gerufen. Carboni ist fast ausgeflippt, als die Kollegen kamen, und wollte nicht mit zur Wache. Er hat 1,8 Promille gepustet, und unten im Gewahrsam hat er weiterrandaliert.«

»Ob er Stammgast im Früh ist, lässt sich wahrscheinlich nicht mit Gewissheit sagen«, sagte Lou.

»Nein. Dafür ist das Brauhaus zu groß. Aber aufgefallen ist er dort bisher nicht. Wenn du mich fragst, hört sich das alles sehr konstruiert an. Vor allem wenn es stimmt, dass er eigentlich nie trinkt, so etwas hat Alex eben jedenfalls angedeutet.« Maline stand auf und ging zur Tür. »Ich gehe auf die Kalker, ich brauche mal etwas frische Luft.«

Lou zog sich eine Strickjacke über und drehte die Heizung hoch.

»Willst du doch drüber reden?« Maline lehnte sich gegen den Türrahmen.

»Nein.«

»Okay.« Maline zog den Reißverschluss ihrer Jacke zu. »Du weißt, dass die Leiche einer Frau in Mülheim angespült wurde, oder? Wahrscheinlich ist es tatsächlich Lene Markowitz. Jedenfalls passt die Beschreibung wohl auf die alte Frau.«

»Alex wurde benachrichtigt. Er ist dann auch gleich mit zwei Streifenpolizisten weiter nach Lindlar gefahren, um mit Frau Markowitz' Tochter zu sprechen.«

»Und? Hat er sie angetroffen?«

Lou schüttelte den Kopf. »Er ist schon auf dem Rückweg und hat mich eben angerufen. Vivian Markowitz war nicht zu Hause, und direkte Nachbarn gibt es nicht. Die ganze Aktion war ein ziemlicher Reinfall. Aber immerhin hat Alex ihr eine Nachricht hinterlassen. Sie soll sich dringend mit uns in Verbindung setzten. Zwar bleibt ihr die Identifizierung der Leiche erspart, denn da verlassen wir uns lieber auf die Obduktion und die DNA-Analyse, aber wir sollten dringend mit ihr reden.«

»Hoffentlich meldet sie sich bald. Dann können wir ihr immerhin Lichtbilder vorlegen. Denn bis wir durch die DNA-Tests Gewissheit haben, dauert es ja wohl eine Zeit.«

»Notfalls müssen wir die Heimleitung bitten, die Bilder anzusehen. Jedenfalls wenn sich Vivian Markowitz nicht bis morgen Nachmittag gemeldet hat.« Lou schob sich ein Stück Schokolade in den Mund und stand ebenfalls auf. »Ich geh mit dir runter. Ich brauche unbedingt einen Kaffee, bevor ich mit Schwammborn spreche, ansonsten weiß ich nicht, ob ich ihn nicht in Stücke reiße.«

»Kaffee? Was macht dein Entzug?«, fragte Maline lachend.

»Es geht nicht. Ich kann nicht ohne. Wir haben Schwammborn mitgenommen, aber lange werden wir ihn nicht hierbehalten können. Eigentlich haben wir gegen ihn nicht viel in der Hand. Allerdings muss ich auch noch sein Alibi überprüfen. Immerhin habe ich einen Durchsuchungsbeschluss gegen ihn erwirkt. Ich bin gespannt, ob die Kollegen bei ihm Sprühdosen finden. Dann könnten wir ihm immerhin die Farbschmierereien an Professor Fischbachs Hauswand nachweisen. Durch die Laboranalyse lässt sich die Farbe nämlich ziemlich genau bestimmen. Fischbachs Hauswand wurde mit einer unter Sprayern verbreiteten Farbe beschmiert. ›Shock red‹ heißt sie und dürfte nicht in jedem Haushalt zu finden sein.«

»Und Cornelius Fischbach?«, fragte Maline, als sie im Aufzug nach unten fuhren. »Kommt der nicht gleich am Flughafen an?«

Lou nickte. »Ja. So wie es aussieht, werden wir alle einen langen Tag haben.«

»Hanna hat eben angerufen«, sagte Maline, als der Aufzug im

Erdgeschoss hielt. »Ich soll dich an das Gans-Essen heute Abend erinnern. Bringst du Alex mit?«

Sie gingen zur Glastür, die zum Foyer führte. »Nein. Etwas Abstand wird uns ganz guttun.«

Als sie die Eingangshalle durchquerten, kam Ben hinter ihnen her.

»Maline«, rief er. »Ich hab dich überall gesucht.«

»Was ist denn los?«

Ben hielt ihr einen Zettel entgegen. »Vivian Markowitz hat gerade angerufen. Du sollst sie unter dieser Telefonnummer zurückrufen.«

»Ich? Wieso, das ist doch Alex' Sache.«

»Alex ist aber schon wieder unterwegs. Er hat mich gebeten, dir Bescheid zu sagen. Du sollst Frau Markowitz so schnell wie möglich Bilder von der Toten im Rhein vorlegen.«

»Dönerbude adieu«, sagte Maline und ging mit Ben zur Glastür zurück.

»Soll ich dir was aus der Kantine mitbringen?«, fragte Lou.

»Am besten einen Döner mit knusprigem Hähnchenfleisch, Nudelreis und einer extra Portion Zwiebeln.«

An Christian Schwammborns Alibi gab es nichts zu deuten. Zur Tatzeit lag er mit Verdacht auf Blinddarmdurchbruch im Krankenhaus. Lou hatte das Alibi bereits überprüft, und auch die Hausdurchsuchung brachte nicht den gewünschten Erfolg. Die Kollegen vor Ort teilten Lou mit, dass sie keine Sprühdosen und auch sonst nichts Verdächtiges im Haus der Schwammborns entdeckt hatten.

Lous Hoffnungen lagen nun auf Engelbert Fischbachs jüngerem Sohn. Von ihm versprach sie sich einen neuen brauchbaren Ermittlungsansatz.

Der Mann, den sie im Foyer des Präsidiums abholte, entsprach, jedenfalls auf den ersten Blick, nicht ihrer Vorstellung. Lou hatte einen trendigen Designer erwartet, schrill, vielleicht ein wenig extravagant. Doch Cornelius Fischbach war korpulent, unscheinbar und wirkte älter als sein Bruder Gerion. Jetzt saß er Lou gegenüber, die Schultern leicht hochgezogen, als wollte er seinen mächtigen Kopf verstecken.

»Danke, dass Sie den Flug auf sich genommen haben«, sagte Lou.

»Wissen Sie inzwischen mehr?«, fragte Fischbach mit dünner Stimme.

»Unsere Ermittlungen richten sich im Augenblick auf die Zeit, als Ihr Vater Leiter auf dem Kastanienberg war.«

Cornelius Fischbach schien überrascht. »Warum?«

Lou beachtete seine Frage nicht und lehnte sich vor. »Sie waren nicht auf der Beerdigung Ihres Vaters. Wieso nicht?«

»Wir haben uns nicht besonders gut verstanden.«

»Das müssen schwerwiegende Meinungsverschiedenheiten gewesen sein«, sagte Lou. »Es tut mir leid, aber ich möchte die Gründe wissen.«

»Mein Vater war ein alter Besserwisser mit unumstößlichen Prinzipien«, sagte Fischbach. »Alles und jeder musste nach seiner Pfeife tanzen. Ich habe irgendwann aufgehört zu tanzen. Die Konsequenz war, dass er mich mit Missachtung strafte. Er hat einfach nicht mehr mit mir gesprochen. Also bin ich abgehauen. Ich ging meinen Weg und er seinen.«

»Das ist mir leider zu unkonkret.« Lou lehnte sich wieder zurück. »Wann haben Sie sich mit Ihrem Vater überworfen?«

»Zu spät. Ich hätte früher abhauen sollen.«

»Du meine Güte«, sagte Lou mit Blick auf die Uhr, »jetzt lassen Sie sich doch nicht alles aus der Nase ziehen! Wenn Sie so weitermachen, sitzen wir um Mitternacht noch hier.«

Fischbach saß einen Augenblick regungslos da. Jetzt sah er aus wie ein verängstigtes Kaninchen. Sofort bereute Lou, dass sie lauter geworden war. Aber dieser Tag nahm einfach kein Ende. Schwammborns Verfolgungsjagd steckte ihr noch in den Knochen, ihre Füße waren kalt. Und Alex? Lieber nicht drüber nachdenken.

Sie schloss die Augen und atmete tief durch. »Bitte, Herr Fischbach, sagen Sie mir einfach, warum Sie so enttäuscht von Ihrem Vater waren.«

Diesmal antwortete Cornelius Fischbach ohne Umschweife. »Weil er meine Mutter im Stich gelassen hat und uns an diesen schrecklichen Ort brachte.«

»An welchen Ort?«

»Auf den Kastanienberg.«

»Was ist dort passiert. Was war so schrecklich?«

Cornelius Fischbach räusperte sich. »Für Außenstehende ist das schwer zu begreifen. Auf den ersten Blick schien ja auch alles in Ordnung. Mein Vater war dort Heimleiter. Wir wohnten in einem riesigen Backsteinhaus umgeben von einem weitläufigen Park. Allerdings war die Grünanlage früher von einer vier Meter hohen Mauer umgeben. Anfangs haben wir das natürlich nicht realisiert. Wir waren zu klein. In dem Alter haben wir das Gelände so gut wie nie verlassen. Als wir älter wurden, besuchten wir natürlich die Schule am Ort. Aber die Nachmittage verbrachten wir auf dem Klinikgelände mit den Kindern, die im Heim lebten. Doch mein Vater verbot uns diesen Umgang ziemlich schnell wieder. Außerdem stellten Gerion und ich fest, dass einige der Jungen etwas gegen uns hatten. Ich wurde mehrmals verprügelt, wahrscheinlich, weil ich so klein und schwächlich war. Das Ende vom Lied war, dass wir das Haus kaum noch verlassen durften. Wir saßen fest, fühlten uns wie Gefangene, und meine Mutter wurde von Tag zu Tag wunderlicher. Meinem Vater waren wir egal, er tat nichts, um unsere Situation zu verbessern.«

»Wie alt waren Sie damals?«

»Ich war ein Jahr alt, als wir dorthin gezogen sind. Mein Bruder wurde in den ersten Wochen fünf.«

»Haben Sie sich gut verstanden?«

»In den Anfangsjahren war er mein Schutzschild, der Kastanienberg schweißte uns zusammen. Wir hatten ja auch nur uns. Klassenkameraden durften uns nicht besuchen, und mit den Heimkindern sollten wir uns nicht rumtreiben. Aus meiner Sicht hatte Gerion trotzdem Glück. Immerhin hatte er eine tolle Zeit, bevor wir umgezogen sind. Vor dem Kastanienberg bestand sein Leben aus Ponyreiten, Spaziergängen im Volksgarten und Ausflügen in die nähere Umgebung. Er kannte unsere Mutter als lebenslustige, liebevolle Frau. Mir blieb das alles verwehrt.«

»Wussten Sie, was auf dem Kastanienberg vor sich ging?«

»Sie meinen, ob ich wusste, dass einige der Kinder dort misshandelt und gequält wurden?«

Lou nickte.

»Zuerst nicht. Das heißt, Gerion und ich haben manche Horrorgeschichte gehört. Aber ich muss sagen, ich empfand nicht viel dabei. Unser Vater erzählte uns, dass die meisten Jungs asozial, geistesgestört oder sogar kriminell waren. Deshalb haben wir uns nichts dabei gedacht, wenn sie hart rangenommen wurden. Schließlich hat uns der alte Herr auch nicht mit Glacéhandschuhen angefasst.«

»Haben Sie die Misshandlungen der Jungen mitbekommen?«

»Ja, manchmal schon, aber mir kam es eher wie Drill vor. Wir konnten von meinem Zimmerfenster aus sehen, wie die Jungen morgens zum Dauerlauf mit Baumstämmen auf den Schultern antreten mussten oder einige bei Regen stundenlang auf einem Bein im Hof standen. Anfangs taten sie mir leid. Aber mein Vater versicherte uns, dass die einen nur ihre gerechte Strafe erhielten und die anderen hart rangenommen werden müssten, damit sie später im Leben bestehen könnten. Außerdem wünschte er nicht, dass wir uns um diesen Abschaum kümmern. Er wurde richtig wütend, wenn ich zu viele Fragen stellte.«

»Wieso?«

»Kinder stellten damals keine Fragen, und es ärgerte ihn, dass ich es, im Gegensatz zu Gerion, trotzdem versuchte.« Fischbach schüttelte den Kopf. »Ich weiß noch, da war ich, glaube ich, acht Jahre alt, dass ich ihn einmal fragte, warum manchmal Schreie aus dem Kellerraum neben der Garage zu hören waren. Da ist er förmlich ausgerastet und hat mir mit seinem Gürtel zu verstehen gegeben, dass ich meine Nase nicht in anderer Leute Angelegenheiten zu stecken hätte. Außerdem drohte er mir an, dass ich, wenn ich weiter dumme Fragen stellte, morgens mit den Jungen zum Dauerlauf antreten müsse. Das war's. Von dem Zeitpunkt an habe ich keine Fragen mehr gestellt. Von der Dunkelzelle neben der Garage habe ich erst später erfahren.«

»Dunkelzelle?«

»Ja, das war so ein fensterloser Einzelhaftraum.«

»Und Ihre Mutter?«, fragte Lou.

»Die ist immer depressiver geworden. Nach einiger Zeit kam sie gar nicht mehr aus dem Bett. Meine Mutter ist am Kastanienberg zerbrochen. Ich meine, an der Atmosphäre dort. Sie sagte mir einmal, dass ihr die Zeit auf dem Kastanienberg wie ein schwarzes Loch in Erinnerung geblieben ist. Und das kann ich nur bestätigen. Obwohl wir dort elf Jahre lebten, kann ich mich an keinen Frühling und keinen Sommer erinnern. Meine Mutter wurde dort schwer krank.«

»Herr Fischbach, Sie wissen ja, wie Ihr Vater umgebracht worden ist. Fällt Ihnen dazu etwas ein? Irgendetwas, das mit dem Kastanienberg zu tun haben könnte?«

Cornelius Fischbach zuckte mit den Schultern. »Es gab Bettnässer dort. Die wurden in ihre vollgepissten Bettlaken gewickelt und mussten so durch ein Spalier von Jungen laufen, die sie angespuckt haben.«

»Mein Gott«, sagte Lou. »Haben Sie das etwa auch von Ihrem Zimmerfenster aus gesehen?«

Fischbach schüttelte den Kopf. »Nein. Gerion hat es mir erzählt.«

»Wie ist Ihr Bruder denn auf dem Kastanienberg klargekommen?«

»Das fragen Sie ihn besser selbst.«

»Jetzt frage ich Sie.«

»Er hat sich schließlich mit der Situation arrangiert.«

»Was bedeutet das?«

Cornelius Fischbach trommelte mit den Fingern auf der Schreibtischplatte. »Er war der Sohn des Heimleiters, und er hat es verstanden, daraus seine Vorteile zu ziehen.«

»Inwiefern?«

»Schon als kleiner Junge war er ein Meister darin, andere Menschen zu manipulieren. Jedenfalls sagen das alle Leute, die ihn damals gekannt haben. Auf dem Kastanienberg frustrierte ihn die Situation dermaßen, dass er einen Weg finden musste, um seine Wut abzubauen.«

»Was frustrierte ihn denn genau?«

»Das Eingesperrtsein, die gewaltgeladene Atmosphäre.«

Lou ließ Cornelius Fischbach nicht aus den Augen. »Und wie hat er seine Wut rausgelassen? Was hat er getan?«

»Das Gleiche, was mein Vater auch getan hat.« Cornelius Fischbach hielt Lous Blick stand. »Gerion hat die Kinder dort gequält und erniedrigt.«

»Wie?«

»Er hat sich an die kleinen Jungen rangemacht.«

»Woher wissen Sie das?«

»Er hat damit geprahlt.«

»Wie konnte er diese Dinge tun, ohne erwischt zu werden?«

»Das Gelände war riesengroß.«

Lou betrachtete Cornelius Fischbach, dessen Gesicht im Neonlicht glänzte. »Werden Sie Ihren Bruder heute sehen?«

»Nein. Gerion und ich, wir … wir gehen uns aus dem Weg.«

»Wegen damals?«

»Ja.«

»Und Ihre Eltern? Haben sie von Gerions Verfehlungen nichts gewusst?«

Fischbach lächelte, aber es wirkte aufgesetzt. »Gerion war der Liebling meines alten Herrn. Zu Hause war er der liebe Sohn, gut erzogen, zurückhaltend, höflich. Aber hinter seiner Fassade sah ich die Fratze, und jahrelang habe ich gedacht, dass nur ich sie sehe. Erst viel später habe ich erfahren, dass auch mein Vater Gerions dunkle Seite kannte und schützend seine Hand über ihn hielt. Natürlich gelang es mir nicht, meine Schadenfreude zu verbergen, als Gerion schließlich bei unserem Vater in Ungnade fiel. Am Ende haben wir ihn beide enttäuscht.«

»Ach ja?«

Cornelius Fischbach räusperte sich. »Na ja, Sie werden ja wohl inzwischen Gerions Vergangenheit durchforstet haben. Damit dürfte sein Hang zu Kindern mittlerweile bekannt sein«

»Davon weiß ich nichts«, sagte Lou und zog die Augenbrauen hoch. Sie hatten Gerion Fischbach routinemäßig überprüft, aber es lagen keinerlei kriminalpolizeilichen Erkenntnisse zu ihm vor. »Wie lange ist das her?«

»Bestimmt zwölf Jahre.«

»Was genau wurde ihm vorgeworfen?«

»Er soll sich vor einem Mädchen auf einem Spielplatz in Poll entblößt haben, das ist etwa dreizehn Jahre her. Und außerdem war da die Sache mit den zwei Kindern in Mülheim. Denen hat

Gerion pornografische Bilder gezeigt und sich in ihrem Beisein befriedigt.«

»Kam es zu einer Verurteilung?«

»Im ersten Fall nicht. Im zweiten Fall wurde Gerion zu einer Bewährungsstrafe verurteilt.

Damit war Lou klar, warum die Kriminalakte nicht mehr existierte. Für Delikte dieser Art lagen die Löschungsfristen bei zehn Jahren.

»Dann sind diese Einträge längst gelöscht«, sagte Lou.

»Wollen Sie mir damit sagen, dass Sie bis gerade nichts von Gerions pädophiler Vergangenheit wussten?«

»Ihr Bruder war für uns bisher ein Zeuge. Aber ich verstehe Sie schon richtig«, sagte sie dann. »Sie wollen andeuten, dass sich Ihr Bruder nach wie vor an Kindern vergeht?«

»Ich deute nicht an, ich teile es Ihnen mit«, sagte Fischbach. »Es könnte für diesen Fall von Bedeutung sein.«

»Wieso?«

»Meinem Vater hat es ganz und gar nicht gefallen, dass Gerion Kinderarzt geworden ist. Offensichtlich hatte er sich aber mit der Tatsache arrangiert, weil mein Bruder in einer Gemeinschaftspraxis arbeitete. Mein alter Herr dachte wahrscheinlich, dass damit die soziale Kontrolle gewährleistet ist. Doch Gerion wollte eine eigene Praxis. Aber er hat keine Genehmigung erhalten, angeblich wegen der allgemeinen Zulassungsbeschränkung. Zu viele Kinderärzte in Köln, Sie verstehen schon.«

»Ja«, sagte Lou. »Aber Ihr Bruder hätte einem anderen Arzt ja auch eine Zulassung abkaufen können.«

»Theoretisch schon. Aber das ist eine kostspielige Angelegenheit, und Gerion ist quasi immer pleite. Mein Bruder konnte noch nie mit Geld umgehen.« Cornelius Fischbach verschränkte die Arme vor der Brust. »Aber der Punkt ist, dass mein Bruder vor Kurzem herausgefunden hat, dass Vater bei der Kassenärztlichen Vereinigung gegen ihn interveniert hat. Sie müssen wissen, dass unser Vater diesem Gremium jahrelang selbst angehört hat und er nach wie vor über gute Kontakte verfügte. Über die Anträge entscheiden dort mehrere Personen, und Vater hat dafür gesorgt, dass Gerion immer wieder abgelehnt wurde. Natürlich ist das ein Skandal, und so etwas darf nicht passieren, aber in diesem Fall hat mein Vater, zumindest aus meiner Sicht, richtig gehandelt. Offensichtlich hatte er doch ein Gewissen und spürte eine gewisse Verantwortung gegenüber Gerions potenziellen Patienten.« Cornelius Fischbach lächelte. »Oder er wollte etwas gutmachen, nachdem er früher selbst so viel Leid über andere Menschen gebracht hat. Na, egal. Jedenfalls war Gerion sehr wütend, als er herausfand, warum er all die Jahre keine Zulassung bekommen hat.«

»Woher wissen Sie davon? Sie hatten doch weder Kontakt zu Ihrem Bruder noch zu Ihrem Vater.«

»Ich bin ja nicht aus der Welt. Außerdem hat die Schwester meines Vaters immer zu mir gehalten. Sie hält mich nach wie vor auf dem Laufenden.«

»Sie belasten hier gerade Ihren Bruder«, sagte Lou. »Ist Ihnen das bewusst?«

»Ich möchte einfach nur, dass Sie in alle Richtungen ermitteln.«

Nur um einen Augenblick durchatmen zu können, fragte Lou Cornelius Fischbach, ob er einen Kaffee haben wollte. Zu ihrer Erleichterung stimmte er zu, und so blieb Lou etwas Zeit, ihre Gedanken zu ordnen.

»Sie wissen, dass ich Ihre Angaben in Bezug auf Ihren Bruder überprüfen muss«, sagte sie, als sie Fischbach einige Minuten später eine Tasse Kaffee reichte.

»Nur zu.«

»Außerdem muss ich Sie fragen, wo Sie am 2. November waren.«

Fischbach zögerte nicht. »Freunde hatten mich auf einen Segeltörn rund um die Balearen eingeladen. Wir waren Tag und Nacht an Bord. Wenn Sie wollen, kann ich Ihnen die Namen und Telefonnummern der Leute geben.«

»Wie läuft Ihr Geschäft?«

»Ehrlich gesagt ziemlich schlecht.«

»Durch den Tod Ihres Vaters werden Sie um einige Euro reicher.«

Fischbach schüttelte den Kopf. »Mein Vater hat mich schon vor Jahren enterbt.«

»Aber der gesetzliche Pflichtteil steht Ihnen zu«, sagte Lou.

»Beim geschätzten Vermögen Ihres Vaters sprechen wir hier immerhin von ungefähr zweihunderttausend Euro.«

»Wovon ich einiges an den Staat abdrücken muss.«

»Trotzdem bleibt da noch etwas für Sie übrig.«

»Ja. Und ich mache auch keinen Hehl daraus, dass mich die Aussicht auf mein Erbteil freut.«

»Wie lange werden Sie in Köln bleiben?«

»Zwei, maximal drei Tage. Das kommt darauf an, ob Gerions und mein Anwalt sich einig werden, was das Erbe betrifft.«

Lou stand auf. »Ich muss Sie bitten, sich weiter zur Verfügung zu halten.«

Cornelius Fischbach erhob sich ebenfalls. »Kein Problem.« Er ging zur Tür.

»Eine Frage habe ich noch«, sagte Lou. »Weiß Hilla Fischbach von der Vorgeschichte ihres Mannes?«

»Ich habe seit vielen Jahren kaum Kontakt zu Hilla und Gerion. Aber ich denke schon, dass meine Schwägerin dieses Geheimnis früher oder später gelüftet hat.«

»Was glauben Sie, wie hat sie darauf reagiert?«

»Keine Ahnung«, sagte Cornelius Fischbach. »Die Frage ist eher, wie mein Bruder reagiert hat, als ihm klar wurde, dass Hilla sein Geheimnis herausgefunden hat.«

Max-Bruch-Straße

Rufus Heidkamp war nur noch ein Schatten seiner selbst. Auch an diesem Tag war er wieder stundenlang durchs Haus geirrt. Diese Rastlosigkeit fühlte er seit der Nachricht vom Tod seines Sohnes. Christophs qualvolles Ende ging ihm nicht aus dem Kopf. Er saß in seinem bequemen Sessel, versuchte, einem Streichkonzert zu lauschen, und zwang sich, endlich einmal sitzen zu bleiben. Die Nadel kratzte über die Schallplatte.

Aber seine Gedanken kamen nicht zur Ruhe. Die Fotos, die ihm die Polizei vorgelegt hatte, spukten durch seinen Kopf. Die beiden Bilder waren in Christophs Wagen gefunden worden. In der Situation hatte er nichts gefühlt. Er kannte die Kinder auf dem Bild nicht. Dessen war er sich anfangs sicher gewesen. Aber dann beschlich ihn ein seltsames Gefühl. Der schreckliche Tod seines Sohnes erinnerte ihn mehr und mehr an ein Kapitel seines Lebens, an das er lieber nicht denken wollte. Und mittlerweile drängte die Geschichte sich mit solcher Macht in sein Bewusstsein, dass er die Déjà-vus, die ihn ständig überkamen, nicht länger ignorieren konnte.

Die Nadel des Plattenspielers hob sich am Ende der Rille. Der Arm ging automatisch auf den Bügel zurück. Für einen Augenblick war das Knistern des Kaminfeuers das einzige Geräusch. Heidkamp lehnte sich zum Couchtisch herüber und griff nach dem Cognacschwenker. Er trank einen Schluck, stand dann entschlossen auf und nahm den Telefonhörer in die Hand. Insgesamt führte er fünf Gespräche. Dabei sprach er ruhig und machte sich Notizen, die von Telefonat zu Telefonat unleserlicher wurden. Als er alles, was er wissen wollte, in Erfahrung gebracht hatte, war seine Ahnung einer Gewissheit gewichen, die in ihm nur einen kleinen Restzweifel zurückließ.

Heidkamp ging zum Plattenspieler, legte mit zitternden Händen Mendelssohn Bartholdys Engelchor aus »Elias« auf, drehte die Lautstärke hoch und sank erschöpft in seinen Sessel. Mit geschlossenen Augen konzentrierte er sich auf den Text der Arie, die auch auf Christophs Beerdigung erklungen war.

»Denn er hat seinen Engeln befohlen über dir, dass sie dich behüten auf allen deinen Wegen …«

Den Schatten, der außen an seinem Wohnzimmerfenster vorbeihuschte, sah er nicht. Die Terrassentür wurde aufgehebelt, der Chor übertönte das Geräusch, das entstand, als der Holzrahmen splitterte.

»… dass sie dich auf Händen tragen …«

Rufus Heidkamp ließ sich vollkommen von der Musik einnehmen. Tränen liefen ihm über das Gesicht. Dass eine vermummte Gestalt nur Sekunden später seine Küche betrat, bemerkte er nicht.

»… und du deinen Fuß nicht an einem Stein stößt.«

Er saß mit dem Rücken zur Schiebetür, die Esszimmer und

Wohnzimmer miteinander verband. Der Chor schwoll an. Rufus Heidkamp konnte nicht hören, dass die Tür behutsam aufgeschoben wurde.

Neusser Straße

Es war genau zwanzig Uhr, als Lou umgezogen war und endlich bei Hanna klingelte. Die Freundin lotste sie am Esszimmer vorbei in die Küche.

»Schön, dass du da bist«, sagte sie, drückte Lou eine Flasche Chianti und einen Korkenzieher in die Hand. »Warum kommst du so spät? Überstunden?«

»Das auch. Nein, Frieda hat mir eröffnet, dass sie bei Henry wohnen möchte. Wir haben gerade ein längeres Gespräch gehabt.«

Hanna fuhr herum. »Was? Wieso das denn? Bei dir hat sie ein tolles großes Zimmer und geht nur drei Minuten bis zur Schule.«

Lou stöhnte. »Es ist wirklich wie verhext. Jetzt habe ich die Bank endlich so weit, dass sie mir einen weiteren Kredit gewährt, und ausgerechnet jetzt eröffnet mir meine Tochter, dass sie ausziehen möchte. Für mich allein ist das Haus doch viel zu groß. Da kann ich auch gleich verkaufen.«

Hanna nahm Lou in die Arme und drückte sie. »Kann ich dir helfen? Kann ich irgendetwas für dich tun?«

Lou schüttelte nur den Kopf.

»Was hat Frieda denn gesagt? Warum will sie denn auf einmal bei Henry wohnen?«

»Keine Ahnung. Außerdem habe ich nichts dagegen, dass sie hauptsächlich bei ihm lebt. Henry hat sich eine Wohnung im Park-Veedel an der Niehler Straße gekauft, von dort hat es Frieda auch nicht weit zum Blüchergymnasium. Außerdem ist Henry regelmäßiger zu Hause als ich. Er kann sich ganz anders um sie kümmern, und letztlich ist das doch die Hauptsache.«

»Sachlich gesehen schon.«

»Was soll ich nur machen? Ich habe versagt. Als Mutter, als Ehefrau. Alex ist auch nicht der Richtige, und außer meinem Job scheine ich keine Konstante in meinem Leben zu haben. Und das mit fast achtundvierzig Jahren. Ich fühle mich schrecklich.«

»Du musst dich eben wieder neu sortieren«, sagte Hanna. »Das geht meist nicht ohne gravierende Veränderungen.«

»Natürlich. Aber trotzdem habe ich das Gefühl, dass alles den Bach runtergeht.«

»Deine Tochter und Henry waren schon immer wie Pech und Schwefel«, sagte Hanna. »Ich habe mich gewundert, dass Frieda nicht gleich mit ihm ausgezogen ist.«

Lou zuckte mit den Schultern.

»Na siehst du. Dann lass Frieda umziehen und mach ihr keinen Stress. Du wirst sehen, davon habt ihr letztlich beide am meisten. Sieh einfach zu, dass ihr feste Zeiten habt, an denen ihr euch seht, und versuch dann möglichst für sie da zu sein.«

»Und was mache ich mit dem Haus? Ich brauche für mich allein doch keine hundertvierzig Quadratmeter. Soll ich es wirklich verkaufen?«

Hanna nahm Lou den Rotwein ab und öffnete die Flasche selbst. »Das kannst du heute nicht mehr entscheiden.«

»Wahrscheinlich hast du recht. Ich habe tierischen Hunger«, sagte Lou. »Vielleicht ist es besser, wenn ich hier in der Küche esse und gleich wieder nach Hause gehe. Ich fühle mich heute nicht partytauglich.«

»Auf gar keinen Fall. Du musst unter Leute, jetzt erst recht. Aber versprich mir bitte, dass du dich nicht den ganzen Abend ausschließlich mit Maline unterhältst.«

»Wieso denn das?«

Hanna nahm zwei Topflappen. »Bitte!«

»Gut, bekomme ich jetzt mein Essen?«

Hanna öffnete die Ofentür. »Ich meine es ernst«, sagte sie. »Nicht jeder liebt Gespräche über Maden bei Tisch, und wenn ihr beide fachsimpelt, kommt niemand von uns mehr dazwischen.«

»Also wann habe ich jemals bei Tisch über Maden philosophiert? Und seit wann stört es dich, wenn Maline und ich uns über unsere Arbeit unterhalten?«

»Lass es bitte. Nur heute.«

»Warum?«

Hanna seufzte. »Damit Ray eine Chance hat.«

»Ray?«

»Der Maler, ich habe dir von ihm erzählt.«

Lou lachte. »Soll das ein Witz sein? Du machst diesen ganzen Wirbel wegen Ray?«

»Mhm.«

Lou strich sich eine Strähne hinters Ohr. »Hör zu, Süße. Ich hatte einen schrecklichen Tag. Alles, was ich jetzt möchte, ist ein Glas Wein, ein gutes Essen und ein paar belanglose Gespräche. Dein Ray ist mir ziemlich egal. Ende der Diskussion.«

Hanna nahm mehrere Schüsseln aus dem Ofen. Der Duft von Gänsekeule ließ Lou verstummen.

»Was ist mit der alten Frau, die der Typ in den Rhein geworfen hat?«, fragte Hanna, während sie Rotkohl und Knödel auf einen Teller gab. »Ihr habt sie aus dem Rhein geholt, oder?«

Lou nickte und starrte sehnsüchtig auf den dampfenden Teller in Hannas Hand.

»Und sie wurde einfach über einen der Anleger in den Rhein gestoßen?«, fragte Hanna. »Wer macht denn so etwas?«

»Wir wissen es nicht. Jedenfalls kam der Täter mit dem Rollstuhl wahrscheinlich aus der Salzgasse und hat dann die alte Frau in den Rhein gekippt.«

Hanna starrte Lou an. »Aus der Salzgasse? Mensch, das wäre aber ein Ding.«

»Wieso?«

»Weil man früher Frauen, die ihre Kinder umgebracht haben, in Höhe der Salzgasse auf den Rhein gefahren hat und sie da ertränkte.«

»Interessant«, sagte Lou und stierte auf den Teller in Hannas Hand. Sie war jetzt nicht scharf auf eine von Hannas Ausführungen zur Kölner Stadtgeschichte. »Kann ich bitte mein Essen haben?«

»Natürlich«, entgegnete Hanna und ging ins Esszimmer.

Lou folgte ihr mit großen Schritten, ließ die obligatorische Begrüßung über sich ergehen, setzte sich neben Maline und machte sich über ihr Essen her, während sich Hannas Gäste angeregt über Konsum und Weihnachten unterhielten.

»Anne und ich schenken uns dieses Jahr nichts«, sagte Steffen.

Der Bäckergeselle lächelte seiner Freundin zu. »Wir brauchen jeden Cent für unsere neue Wohnung.«

»Du ziehst aus?«, fragte Lou.

»Ja. Wir wollen endlich zusammenwohnen.«

»Ich habe Maline das Apartment angeboten«, sagte Hanna. »Sie kann doch unmöglich noch länger im Hotel wohnen.«

»Ja, und es gefällt mir«, sagte Maline. »Ich habe es mir eben angesehen.«

Lou schenkte Wein nach und sah Maline von der Seite an. »Du hast mir gar nichts davon erzählt.«

»Wollte ich ja, aber der ganze Stress auf der Arbeit ... Man kommt ja kaum noch zu einem persönlichen Wort.«

»Das stimmt«, sagte Lou.

»Was macht denn eigentlich die Sache mit dem getöteten Sozialarbeiter?«, fragte Michael, der sich mit Hanna bei den Stadtführungen abwechselte und mittlerweile zum Freundeskreis gehörte.

Hanna warf ihm einen vernichtenden Blick zu, während Maline unbefangen den Ball auffing und einige Fakten wiederholte, die auch schon in der Presse gestanden hatten.

Michael wandte sich an Lou. »Und woran arbeitest du gerade?«

»Kannst du mir kurz in der Küche beim Nachtisch helfen?«, fragte Hanna. Sie zog Michael am Arm, bevor Lou antworten konnte, und begann damit, einige Teller vom Tisch abzuräumen.

Michael stand auf und folgte Hanna kopfschüttelnd in die Küche.

Lou sah zu Ray hinüber, der sich mit Steffen unterhielt. Sein schwarzer Lockenkopf war von hauchdünnen silbernen Strähnen durchzogen.

»Wie war es mit Vivian Markowitz?«, fragte Lou ihre Kollegin leise, ohne Ray aus den Augen zu lassen. Im Licht der Kerzen wirkte sein Profil wie gemeißelt.

»Warum flüsterst du?«, fragte Maline.

»Weil Hanna nicht will, dass wir heute über unsere Arbeit sprechen. Hat sie dir keinen Maulkorb verpasst?«

»Nein.«

Lou sah wieder zu Ray. Seine Stirn war hoch, die Augenbrauen dicht und geschwungen. Er saß auffällig gerade, hielt die Körperspannung wie ein Profitänzer und wirkte trotzdem lässig. Lou schob sich ein Stück Gänsefleisch in den Mund. »Also, was hat Vivian Markowitz gesagt?«

»Sie war kurz da, ich habe ihr die Fotos gezeigt, und sie hat ihre Mutter identifiziert.«

»Aha.« Rays Gesichtshaut war leicht gebräunt. Die Lippen voll. Lou fielen seine gepflegten Hände auf.

Maline leerte ihr Weinglas. »Sie hatte es ziemlich eilig. Insgesamt war sie kaum zehn Minuten in meinem Büro.«

»Aha.«

Maline stieß Lou in die Seite. »Hörst du mir überhaupt zu?«

»Natürlich. Hast du ihr denn auch ein Foto von Kemâl Ceviz gezeigt?«

»Klar, aber sie schien ihn nicht zu kennen.« Maline gab etwas Soße über den Knödel auf ihrem Teller. »Ich bin jedenfalls froh, dass Vivian Markowitz nicht in die Rechtsmedizin musste. Wasserleichen sind nicht sehr ansehnlich, jedenfalls für die meisten Menschen.«

»War sie denn gefasst?«, fragte Lou.

»Absolut. Ich würde sogar sagen, sie wirkte fast unbeteiligt. Aber ich habe ihr auch gesagt, dass sie ihre Mutter eventuell noch einmal in der GM sehen kann. Dann natürlich nur, wenn sie im Schneewittchensarg liegt.«

»Was ist denn ein Schneewittchensarg?«, fragte Anne und sah interessiert von Maline zu Lou.

»In der Rechtsmedizin gibt es eine kleine Kapelle, darin ist ein Plexiglasaufbau untergebracht«, sagte Lou. »Unter diesen Aufbau wird der Rollwagen mit der Leiche geschoben. So ist es den Angehörigen möglich, Abschied zu nehmen, aber sie können den Toten nicht berühren.«

»Verstehe«, sagte Anne. »Außerdem ist es dann schwieriger, Manipulationen an der Leiche vorzunehmen, oder?«

»Genau«, schaltete sich Maline ein. »Aber es wird auch verhindert, dass der nahe Verwandte in einem Gefühlsmoment die Leiche noch einmal an sich drückt oder das Laken hochhebt und damit vielleicht sogar andere Verletzungen sieht.«

»Ansehen ja, berühren nein«, sagte Anne. »Wie bei Schneewittchen.«

»Eben, daher der Name«, sagte Lou und spürte Rays Blick. Sie sah zu ihm hinüber. Er betrachtete sie unverhohlen. Seine Augen waren blau wie das Meer. Lou hielt die Luft an.

»Stimmt es, dass dieser Gerion Fischbach sich früher an Kindern vergangen hat?«, frage Maline leise. »Ben hat eben so eine Andeutung gemacht.«

»Ja, offenbar.«

»Und? Hat es eine Bedeutung für deinen Fall?«

Lou entzog Ray ihren Blick. »Ich weiß es noch nicht.«

»Hier kommen die Bratäpfel«, sagte Hanna.

Lou atmete durch und leerte ihr Weinglas. Sie vermied es, noch einmal zu Ray rüberzusehen.

Der Abend wurde gemütlich. Hanna ersetzte die abgebrannten Kerzen, stellte Knabbereien auf den Tisch, während die Gäste sich in ihrem Wohnzimmer unterhielten, lachten und mehrere Flaschen Wein leerten. Als Michael einige Witze zum Besten gab, schnorrte sich Lou eine Zigarette und ging auf den Balkon. Sie fröstelte. Die Nacht war klirrend kalt. Ihr Kopf schwer. Der Rotwein entfaltete seine Wirkung.

Lou steckte die Zigarette zwischen die Lippen und trat ganz dicht an das Geländer. Im Hinterhof war es still. Nur wenige Lichter brannten.

»Feuer?«

Lou zuckte leicht zusammen. Ray stand direkt hinter ihr, sie hatte ihn nicht kommen hören. In dem Moment drängte Michael auf den Balkon.

»Hey, Leute, ganz schön kalt hier draußen.«

Lou beachtete ihn nicht. Sie sah nur Ray. Er gab ihr Feuer. Dabei streifte sie seine Hände. Eine zufällig wirkende Berührung, die voll beabsichtigt war. Nur ein Augenblick, aber Lou ging der flüchtige Kontakt durch Mark und Bein. Ihre Blicke trafen sich. Ray trat einen Schritt näher an sie heran, weil ihre Zigarette noch nicht glühte. Sie spürte seinen Atem auf ihrer Stirn. Maline kam auf den Balkon und beendete den Augenblick.

»Max hat angerufen. Wir sollen sofort ins Präsidium kommen. Es geht um Christoph Heidkamps Vater.«

Polizeipräsidium

Rufus Heidkamp sah schrecklich aus. Sein Kinn war unrasiert, seine Gesichtshaut grau und eingefallen. Er saß zusammengesunken auf einem Stuhl und starrte auf eine Postkarte, die vor ihm auf dem Tisch lag. Lou kannte das Motiv. Es waren Hände, gefaltet zum Gebet. Im Schlafzimmer ihrer Urgroßeltern hatte dieses Bild jahrelang über der Kommode gehangen.

Sie setzte sich neben Max Conrady, während Maline neben Alex Platz nahm. Lou bemerkte, dass Heidkamp leicht zitterte.

»Diese Postkarte«, begann Conrady und hielt sie hoch, »hat Herr Heidkamp vor einer guten Stunde auf dem Esszimmertisch seines Hauses entdeckt. Auf der Karte steht: ›Die Eltern mein empfehl' ich dir, behüte lieber Gott sie mir. Vergelt', oh Herr, was ich nicht kann, das Gute, dass sie mir getan. Amen.‹« Er sah sie alle der Reihe nach an. »Das ist ein Gebet. Kinder beten es abends vor dem Schlafengehen.«

»Und?« Alex rieb sich die Augen. »Ich fürchte, ich stehe auf der Leitung.«

Lou sah Rufus Heidkamp an. »Was soll das heißen, dass Sie die Postkarte vor einer Stunde auf Ihrem Esszimmertisch gefunden haben?«

Heidkamp zeigte keine Reaktion. Er schien völlig geistesabwesend.

Conrady antwortete stattdessen. »Jemand ist bei Herrn Heidkamp eingebrochen und hat bei ihm die Karte und dieses Gebetbuch hinterlegt.«

»Wir müssen in einem Raum gewesen sein«, flüsterte Heidkamp. »Ich habe das Haus den ganzen Tag nicht verlassen. Stellen Sie sich das einmal vor! Er und ich. Wir haben die gleiche Luft geatmet.« Seine weißen Haare hingen ihm wirr ins Gesicht.

»Herr Heidkamp hat früher im Jugendamt der Stadt gearbeitet«, erklärte Conrady seinen Mitarbeitern. »Er war Vormund.«

Heidkamp sah Max Conrady von der Seite an, als nehme er ihn gerade zum ersten Mal wahr.

»Ich habe heute mit vielen Menschen gesprochen, ich musste mich an einige Details erinnern. Deshalb habe ich sie einen nach dem anderen angerufen weil ...« Er sah in die Runde, schloss die Augen, als müsse er sich einen Moment sammeln. »Es waren schwere Zeiten, damals. Es ging um Sparpolitik, ich ... ach ...« Er schüttelte den Kopf.

Niemand sagte ein Wort.

Nach einiger Zeit nahm Heidkamp den Faden wieder auf. »Heimplätze sind teuer. Wir wurden angehalten, jeden Fall genau zu prüfen und wenn es irgend geht, die Kinder in ihren Familien zu belassen. Zu der Zeit war ich Vormund von über einhundert Kindern. Davon befand sich über die Hälfte in Heimen.« Heidkamp lockerte seine Krawatte. Er wirkte auf einmal erstaunlich klar. »Dann hatte irgendein Kommunalpolitiker die Idee, Kinder, die schon lange in Heimen lebten, wieder in die Obhut ihrer Eltern zu übergeben, natürlich nur wenn es möglich war. Anfangs war ich ganz angetan von der Aktion. Ich dachte, wir bringen die Kinder dahin, wo sie hingehören, in ihre Familien. Aber ...« Er brach ab.

Max Conrady reichte ihm ein Glas Wasser.

»Bis zu einem bestimmten Punkt ist alles gut gegangen«, fuhr Heidkamp fort, als er einen Schluck getrunken hatte. »Ich habe viele Kinder wieder zu ihren Eltern gebracht ... Ja, in den allermeisten Fällen ging es gut ... Und dann kam dieser Fall, der alles veränderte.« Er stockte, sammelte sich aber schnell wieder. »Es ging um zwei Jungen. Sie waren im Heim, weil ihr alkoholkranker Vater sie immer wieder geschlagen hatte. Die Mutter war bei der Geburt des Jüngsten gestorben, und der Vater war mit der Situation überfordert. Allerdings besuchte er sie regelmäßig, machte eine Entziehungskur und heiratete neu.« Heidkamp sah in die Runde. »Ich meine ... von außen betrachtet ... man kann doch nicht in die Menschen reingucken.« Er trank einen weiteren Schluck. »Kurzum, ich stimmte einer Rückführung zu, blieb allerdings der Vormund der Kinder und habe regelmäßig eine Sozialarbeiterin zur Kontrolle in die Familie geschickt. Alles schien in Ordnung.« Er schluckte. »Bis ... bis die Nachbarn eines Tages die Polizei riefen, weil der Vater den älteren Jungen quer durch den Garten prügelte. Bei diesem Einsatz fanden die Beamten seinen Bruder tot in einem fensterlosen Raum.«

Rufus Heidkamp schloss die Augen. Lou, Maline, Max und Alex starrten ihn an.

»Der Kleine ist verhungert. Er war fünf Jahre alt«, sagte Heidkamp. »Emilio, so hieß der Junge.«

Conrady öffnete die Akte Christoph Heidkamp und zog die beiden Fotos heraus, die in dessen Wagen gefunden worden waren. »Das ist Emilio, und neben ihm steht sein neunjähriger Bruder Salvatore. Die Bilder stammen aus der Zeit ihres Heimaufenthaltes.«

»Salvatore Carboni!« Maline wurde blass.

»Ausgeschlossen«, sagte Alex.

»Ja, das ist unmöglich«, meinte Maline. »Wir haben seine Alibis in die Mangel genommen. Da gibt es keine Lücken.«

»Aber das alles kann kein Zufall sein«, sagte Conrady und reichte Lou die vergilbte Postkarte. Sie drehte sie um. Das Gebet war in der Handschrift eines Grundschulkindes geschrieben.

»Emilio und Salvatore Kramer. Die Mutter Italienerin, der Vater Deutscher.« Heidkamp räusperte sich. »Er muss den Namen seiner Mutter später angenommen haben.«

Conrady schob ein schwarzes Gebetbuch über den Tisch. Lou klappte den Deckel auf. »Emilio Kramer« stand dort. Es war die gleiche Kinderschrift.

»Es war ein katholisches Heim«, sagte Heidkamp. »Wahrscheinlich war das Gebetbuch ein Abschiedsgeschenk der Nonnen.«

»Und heute Abend hat Salvatore Carboni es Rufus Heidkamp zurückgebracht«, sagte Maline.

»Aber nehmen wir mal an, Carboni hat Christoph Heidkamp irgendwie entführt und ihn dann sterben lassen, wie seinen Bruder, um Rufus Heidkamp genau das erleben zu lassen, was er selbst erlebt hat«, sagte Alex. »Warum jetzt? Nach so vielen Jahren?«

»Es wird einen Auslöser gegeben haben«, sagte Lou.

»Aber warum um alles in der Welt sollte er in Heidkamps Haus einbrechen und das Gebetbuch dort ablegen?«, fragte Maline. »Damit verrät er sich doch nur. Er war doch längst aus dem Schneider.«

»Vielleicht ist es ihm egal«, sagte Lou. »Wahrscheinlich macht der Mord an Christoph Heidkamp für ihn nur dann Sinn, wenn dessen Vater weiß, wie und warum sein Sohn sterben musste.«

Oberstraße

Hilla Fischbach stand vor Gerions Arbeitszimmer und überlegte, ob sie hineingehen sollte. Er war seit Tagen nicht nach Hause gekommen. Wahrscheinlich schlief er in der Praxis. Hilla war es egal. Jedenfalls schien sich Gerion seiner Sache sicher. So, wie es aussah, glaubte er nicht, dass Hilla zur Polizei gehen würde. Und damit lag er richtig.

Sie wusste, dass er ihr etwas verheimlichte. Und sie vermutete, dass er sich wieder auf Spielplätzen rumtrieb. Sein ganzes Benehmen deutete darauf hin. Er wich ihr aus, mehr als sonst, und er explodierte bei jeder Kleinigkeit. Wenn er nachts zu Hause war, streunte er rastlos durch die Zimmer. Und dann die Spielkarte. Hilla bekam sie einfach nicht aus dem Kopf. Auch wenn sie nicht wusste, was er damit im Schilde führte.

Nach zweihundert Sitzungen bei Dr. Schlüter auf der Aachener Straße hatte Gerion seine Pädophilie angeblich im Griff. Doch Hilla glaubte ihm nicht. An diesem einen Punkt vertrat sie die gleiche Meinung wie ihr ermordeter Schwiegervater. Auch er hatte Gerions Wunsch, Kinderarzt zu werden, als weiteres Indiz für seine krankhafte Neigung gewertet. Und nun braute sich vor Hillas Augen eine Katastrophe zusammen, und sie konnte nichts dagegen tun, weil sie zum Schweigen verdammt war, oder sie würde selbst auffliegen.

Gerion hatte ihre Pläne durchkreuzt. Unbeabsichtigt, davon ging sie jedenfalls aus. Oder wusste er doch mehr? Egal. Es spielte keine Rolle. Trotzdem wollte sie Klarheit. Sie musste wissen, worauf sie sich bei Gerion einstellen musste, und sie brauchte Beweise für ihre Vermutungen. Erst dann konnte sie ihrem Mann mit hocherhobenem Kopf die Stirn bieten. Nur aus diesem Grund stand sie nun vor der Tür seines Arbeitszimmers, nahm all ihren Mut zusammen und ging hinein.

Abgestandene Luft schlug ihr entgegen. Einem Impuls folgend wollte sie ein Fenster öffnen, konnte sich aber gerade noch bremsen. Alles musste bleiben, wie es war, wenn sie sich nicht verraten wollte.

Hilla sah sich um und suchte nach einem Anhaltspunkt. Das Arbeitszimmer ihres Mannes wirkte auf sie immer wie der Teil einer Arztpraxis. Weiße Bodenfliesen, weiß getünchte Wände und weiße Regale, in denen medizinische Bücher in geordneten Reihen standen. Es gab keine persönlichen Gegenstände. Weder Fotos noch andere Dinge.

Sie ging um den Schreibtisch. Er war das einzige Prunkstück. Antik, aus dunklem Holz, mit tiefen Schubladen. Hilla setzte sich zögernd davor und schaltete seinen Computer ein. Mechanisch öffnete sie die Schubfächer und war erstaunt, als sie unter einigen Schnellheftern und Textmarkern Gerions Cowboystiefel liegen sah. Warum hatte er sie hier versteckt? Ihr Verdacht erhärtete sich. Sie konzentrierte sich auf den PC. Ohne Passwort gelangte sie in Gerions Dateien und klickte sich durch seine Ordner. Sie war erstaunt, aber offensichtlich fürchtete er keine ungebetenen Gäste.

Auf den ersten Blick entdeckte sie nichts Aufregendes. Der größte Teil der Festplatte speicherte medizinische Abhandlungen, Forschungsberichte und Abrechnungen. Anscheinend überprüfte Gerion regelmäßig seine Einnahmen, was Hilla gut verstehen konnte. Immerhin wurde er in der Gemeinschaftspraxis nach Umsatz bezahlt. Als Hilla den Computer runterfahren wollte, fiel ihr Blick auf die externe Festplatte, die neben dem PC lag. Hilla schloss sie an und wunderte sich, als sie dort sämtliche Urlaubsfotos archiviert vorfand, chronologisch geordnet und teilweise mit Untertiteln versehen. Wie viel Zeit mochte Gerion damit verbracht haben? Bedeuteten ihm ihre gemeinsamen Aktivitäten doch etwas?

Hilla klickte sich in eine Datei, die den Titel »Fuerteventura 1992« trug. Während der Computer die Bilder aufbaute, schwelgte sie in Erinnerungen. Seit ewigen Zeiten hatte sie nicht mehr an die endlos weißen Strände, die herrlichen Wanderungen und die verträumten Fischrestaurants gedacht. Hilla sah auf den Monitor. Dort waren Bilder zu sehen, die überhaupt nicht zu ihren Urlaubserinnerungen passten. Im ersten Moment verstand sie nicht, was sie sah. Irritiert starrte sie auf das Foto eines Jungen. Er war nackt und stand im Kofferraum eines Autos. Den Wagen hatte Hilla noch nie gesehen. Auf dem nächsten Bild war ein Mädchen zu sehen. Die Kleine war ebenfalls unbekleidet und lag breitbeinig auf einem Sofa. Hillas Hände begannen zu zittern. Sie klickte sich durch eine Reihe von Bildern, die alle ähnliche Motive zeigten. Hilla durchstöberte mehrere Filme, die nach Urlaubsorten benannt waren, an denen sie zusammen mit Gerion gewesen war. Florida Keys, Gran Canaria, Ascona, Malmö. Aber in keinem der Archive entdeckte sie wirklich Urlaubsfotos. Die Dateien waren voll mit pornografischen Fotografien von Jungen und Mädchen, die Hilla zwischen sieben und zehn Jahren schätzte. Ihr wurde schlecht.

Gerade als sie den PC runterfahren wollte, hörte sie, wie die Wohnung aufgeschlossen wurde. Sie war wie gelähmt, als die Tür aufging und ihr Mann das Arbeitszimmer betrat.

ZEHN

Polizeipräsidium

Die Großfahndung nach Salvatore Carboni lief seit der vergangenen Nacht auf Hochtouren. Der Verdächtige war wie vom Erdboden verschluckt, aber immerhin war seine Frau am Morgen im Präsidium erschienen, um eine Aussage zu machen.

In der Anhörung hatte sie dann nur wiederholt, was sie schon am Abend zuvor gesagt hatte. Sie sagte aus, dass ihr Mann hin und wieder doch ganz gerne trank, bekräftigte noch einmal seine Alibis und wies darauf hin, dass er deshalb als Mörder von Christoph Heidkamp keinesfalls in Frage kam. Außerdem beteuerte sie, nicht gewusst zu haben, dass Christoph der Sohn von Rufus Heidkamp war, der allerdings, da vertrat sie den Standpunkt ihres Mannes, am Tod des kleinen Emilio Schuld hatte. Sie könne sich die Vorwürfe gegen ihren Mann nicht erklären und bat darum, die Hetzjagd nach ihm zu beenden. Angeblich fürchtete sie, dass er sich etwas antun könnte. Über seinen Verbleib konnte oder wollte sie keine Angaben machen. Als sie das Präsidium verließ, hefteten sich Beamte des Mobilen Einsatzkommandos an ihre Fersen. Von nun an wurde Jessica Carboni beschattet.

Von ihrer Anhörung gingen Alex und Lou wortlos und auf direktem Weg in den Besprechungsraum.

»Was sind denn das für Fotos?«, fragte Lou und starrte auf die Bilder, die auf dem Tisch lagen.

»Das sind die ersten Observationsfotos von Kemâl Ceviz«, sagte Conrady. »Hier trifft er sich gerade mit seinem Freund Norman Freitag in einem Café in Nippes. Wieso?«

»Norman Freitag?« Lou traute ihren Augen nicht.

»Ja«, sagte Alex. »Er ist Kemâl Ceviz' Freund. Angeblich hat er sich an dem Abend mit ihm getroffen, als Frau Markowitz in den Rhein geworfen wurde.«

Ben rannte aus dem Büro.

Conrady, Alex und Maline sahen Lou fragend an.

»Was ist denn los?«, fragte der Chef.

Bevor Lou antworten konnte, war Ben mit einem Stapel Bilder zurück und gab sie Max.

»Diese Fotos habe ich auf Engelbert Fischbachs Beerdigung gemacht«, sagte Ben. »Der Mann, den ihr hier seht, hat sich in der Nähe der Trauernden aufgehalten, und als wir ihn zur Rede stellen wollten, ist er abgehauen.«

»Dieser Norman Freitag lungerte auf Fischbachs Beerdigung rum, und jetzt stellt sich heraus, dass er der Kumpel eines Verdächtigen ist, gegen den wir in einem anderen Todesfall ermitteln.« Lou lehnte sich zurück und sah von Alex zu Maline. »Verdammt noch mal, es gibt eine Verbindung zwischen dem Fall Fischbach und dem Fall Markowitz!«

»Seid ihr sicher, dass der Mann hier im Café derselbe ist, der auf Engelbert Fischbachs Beerdigung war?«, fragte Max Conrady.

»Hundertprozentig«, antwortete Ben. »Der Typ hat ein markantes Gesicht, auch wenn er auf der Beerdigung eine Mütze trug. Wahrscheinlich um seinen auffälligen Irokesenschnitt zu verstecken.«

»Ich bin mir auch sicher«, sagte Lou. »Und damit ist klar, dass die Fälle zusammenhängen.«

Maline lehnte sich gegen den Schreibtisch. »Wahnsinn. Ich meine, wenn wir es ganz genau nehmen, gibt es sogar Parallelen. Fischbach ist letztlich ertrunken, Lene Markowitz wurde in den Rhein geworfen und ist ebenfalls ertrunken.«

»Auf den ersten Blick konnten wir das allerdings nicht sehen«, sagte Lou. »Wir haben uns zwar in den Besprechungen ausgetauscht, aber jedes noch so kleine Detail wird schließlich nicht erörtert, wenn man in getrennten Mordkommissionen arbeitet.«

»Ist schon klar«, sagte Alex. »Aber vielleicht gelingt es uns jetzt, die Fälle aufzuklären.«

»Wir müssen Norman Freitag vernehmen«, sagte Max Conrady. »Notfalls müssen wir ihn zur Fahndung ausschreiben.«

»Und ich muss mir Gerion Fischbach noch mal vorknöpfen«, sagte Lou. »Mit dem stimmt auch etwas ganz und gar nicht.« Sie unterrichtete die Kollegen über ihr Gespräch mit Fischbachs jüngerem Bruder.

»Demnach ist Gerion Fischbach also pädophil«, sagte Ben.

»Ja. Und sein Vater wollte, dass ihm die Zulassung für eine eigene Kinderarztpraxis verweigert wird«, sagte Lou.

»Ich war schon immer dafür, die Löschungsfristen zu verlängern«, sagte Max Conrady. »Was sind zehn Jahre?«

»Damit hat Gerion Fischbach auch ein Motiv«, meinte Maline. »Die Sache wird immer komplizierter.«

»Wir müssen herausbekommen, ob sich Norman Freitag, Kemâl Ceviz und Gerion Fischbach kennen. Immerhin kommen sie alle als Täter in Frage«, sagte der Chef.

»Genau«, sagte Lou. »Wenn an den Behauptungen von Cornelius Fischbach etwas dran ist.«

»Wir werden sehen«, sagte Max Conrady. »Wir müssen ab jetzt unbedingt mehrgleisig fahren und vor allen Dingen die Verbindung zwischen Markowitz und Fischbach knacken. Wir legen die MK Rollstuhl und die MK Fischbach zusammen, und ich werde sie leiten.«

Das Telefon klingelte. Der Chef ging persönlich an den Apparat. Als er Sekunden später auflegte, war er kreidebleich.

»Das war die Leiterin des Magdalenenstifts. Sie hat gerade eine weitere alte Frau als vermisst gemeldet.«

Subbelrather Straße

Diesmal war es kein Traum, es war helllichter Tag, und ihre Wohnungstür war nur angelehnt. Antonia Satorius blieb auf dem Treppenabsatz stehen. Sie hörte den Schlag ihres eigenen Herzens. Schon aus dieser Entfernung sah sie die Einbruchspuren. Das Türschloss lag auf dem Boden.

Zögernd ging sie näher.

»Hallo?« Ihre Stimme war nur ein leises Flüstern.

Sie horchte an der Tür.

Stille.

Kein Laut drang aus der Wohnung. Allerdings nahm sie Zigarettenrauch wahr.

Die Tür öffnete sich geräuschlos, als sie ihr einen sanften Schubs gab.

Antonia betrat ihre Wohnung. Die Tür zum Hausflur ließ sie weit offen. Schon in der Diele herrschte das reinste Chaos. Sämtliche Schuhe lagen auf dem Boden, die Garderobe war aus der Aufhängung gerissen. In der Wohnküche war nichts mehr an seinem Platz. Schränke standen offen. Schubladen waren durchwühlt und größtenteils ausgeräumt. Eine Masse aus Zucker, Eiern, Milch und Kaffeepulver schwamm auf dem Fußboden. Mittendrin lagen Bücher und Unterlagen verstreut. Im Schlafzimmer das gleiche Bild. Der Einbrecher hatte sogar die Matratze aus dem Bett gezogen und das Lattenrost vom Bettgestell gehoben.

Antonia wurde übel, sie taumelte gegen die Kommode im Flur. Glücklicherweise konnte sie sich abfangen, dabei fiel ihr Blick auf den Anrufbeantworter. Er blinkte. Antonia drückte die Play-Taste.

»Hallo, hier ist Christian, Christian Schwammborn. Es geht um mich und meinen Onkel. Wir stecken in großen Schwierigkeiten. Bitte ruf mich zurück. Es ist dringend.«

Marialinden

Gerion Fischbach saß in seinem Auto und beobachtete das Schulgebäude. Normalerweise war hier nachmittags einiges los, doch heute schien kaum jemand unterwegs zu sein. Bei Regen, Schnee und Frost blieben die meisten Menschen lieber in ihren warmen Häusern.

Fischbach stieg aus, als der Regen stärker wurde und die Straße verlassen vor ihm lag. Ihm war nicht wohl in seiner Haut, als er sich dem Fahrradständer vor der Grundschule näherte. Immer wieder drehte er sich zu allen Seiten. Trotz der Kälte bildeten sich Schweißperlen auf seiner Stirn. Er spürte die Klinge des Messers in der rechten Tasche seiner Lederjacke.

Fischbach erkannte Lillis Fahrrad an den bunten Bändern, die an der Lenkstange befestigt waren. Ein Blick zur Straße. Niemand zu sehen. Ein Blick zum Schulgebäude. Nichts. Kein Mensch. Er atmete tief durch. Dann zog er das Messer hervor und zerschnitt blitzschnell beide Bremszüge. Sicherheitshalber trat er mit seinen schweren Stiefeln gegen das Vorderrad, bis einige Speichen verbogen waren. Keine Minute später saß er wieder in seinem Auto. Schweißgebadet. Seinen Puls schätzte er auf einhundertachtzig. Fischbach öffnete das Fenster einen Spalt und wartete.

Pünktlich um halb fünf stürmten Mädchen und Jungen durch das Haupttor die Treppe hinunter. Fischbach rutschte tiefer. Er wollte auf keinen Fall zu früh von Lilli gesehen werden. Der Lärm der Kinder war ohrenbetäubend. Er schloss das Fenster.

Einige Kinder stiegen in die parkenden Autos ihrer Eltern, andere sprangen in den wartenden Schulbus, aber die meisten machten sich zu Fuß auf den Heimweg. Sie waren warm eingepackt. Viele trugen Mützen und Schals, mit denen sie sich bis zur Nasenspitze eingewickelt hatten. Kein Wunder, bei dem Wetter. Fischbach wischte mit dem Ärmel seiner Lederjacke über die beschlagene Scheibe. Er durfte Lilli in diesem Gewimmel nicht übersehen. Doch nach und nach leerte sich der Parkplatz. Er wurde unruhig. Hatte er das Mädchen verpasst? War es möglich, dass sie ihm entwischt war? Nein. Außerdem würde sie ein Riesentheater machen, wenn sie ihr Fahrrad sah, so viel war sicher.

Als der Schulbus seine Türen schloss und fortfuhr, sah er Lilli kommen. Roter Anorak. Baseballkappe. Sie war in Begleitung eines Jungen. Sie liefen zu ihren Rädern.

Fischbach hörte nicht, was die Kinder sprachen, aber Lilli schien sich mächtig aufzuregen. Der Junge rief sogar einen Mann herbei, offensichtlich einen Lehrer der Schule, der gerade zu seinem Auto gehen wollte. Der Mann begutachtete den Schaden und sprach auf das Mädchen ein. Als er sein Handy aus der Tasche zog und zu telefonieren begann, wurde Fischbach nervös. Was, wenn das Kind nun abgeholt würde? So ein Mist. Daran hatte er gar nicht gedacht. Er trommelte mit den Fingern auf das Lenkrad.

»Hau ab«, flüsterte er mit Blick auf den Lehrer. »Hau endlich ab.«

Und wirklich. Der Mann steckte sein Handy ein, bog an den Speichen herum und übergab dem Mädchen schließlich das Rad.

Fischbach sah, wie sich die Kinder in Richtung Kirche in Bewegung setzten. Solidarisch schob der Junge ebenfalls sein Fahrrad und legte einen Arm um Lillis hängende Schultern. Der Lehrer sah ihnen einen Moment lang nach, stieg dann in seinen Wagen und fuhr in die andere Richtung davon.

Fischbach startete den Motor und atmete tief durch. Jetzt bloß keinen Fehler machen. Er sah, wie Lilli und ihr Begleiter in der Kurve an der Kirche verschwanden.

Fischbach zwang sich, bis zwanzig zu zählen, und schaltete den Scheibenwischer an. Der Regen ging in Schnee über. Schließlich setzte er den Blinker und fuhr langsam auf die Pilgerstraße. Als er um die Kirche kam, sah er die Räder der Kinder vor der Bäckerei liegen.

»Scheiße«, fluchte er, riss das Steuer nach rechts, stoppte auf dem Parkplatz und wartete. Die Fenster seines Wagens beschlugen erneut.

Nach einer Weile kamen die beiden aus der Bäckerei. Gemeinsam überquerten sie die Straße, dann verabschiedeten sie sich, und der Junge fuhr in Richtung Kirche davon. Dicke schwere Schneeflocken fielen gegen Fischbachs Windschutzscheibe. Lilli zog ihre Kapuze über die Baseballkappe und schob ihr Rad allein weiter.

Fischbach entspannte sich etwas. Er kannte ihren Heimweg. Es war jetzt wichtig, Ruhe zu bewahren. In Gedanken ging er seinen Plan durch. Er entschied sich, Lilli genau zwischen den Orten Weißenstein und Burg abzupassen. Das war die einzige Stelle, an der er seinen Wagen unbeobachtet stoppen konnte. Nur ein kleines Stück freies Feld, wo es keine Häuser gab. Sollte dieser Plan aus irgendeinem Grund nicht gelingen, musste er sein Auto parken und dem Kind zu Fuß folgen. Er wusste, dass sie von Burg aus einen fünfminütigen Weg durch ein Feld zurücklegen musste. Wenn also Plan A nicht klappte, musste Plan B greifen. Zu diesen beiden Möglichkeiten gab es keine Alternative. Er beugte sich zu seinem Handschuhfach, öffnete es, nahm den Dunklen Magier heraus und legte ihn vor die Windschutzscheibe. Dann fuhr er langsam los.

Der Schneeregen war nun so stark, dass die Scheibenwischer den Matsch kaum bewältigen konnten. Fischbach klebte dicht vor der Scheibe und ließ den Wagen langsam den Berg herunterrollen. Dabei spähte er zu beiden Fahrbahnseiten. Er hoffte, dass nicht irgendein aufmerksamer Nachbar das Mädchen in diesem Mistwetter entdeckt hatte und sie bereits nach Hause fuhr. Aber er hatte Glück. Unterhalb der Zufahrt zu den Häusern von Weißenstein sah er den roten Anorak. Lilli. Sie ging auf der linken Straßenseite, wie sie es im Verkehrsunterricht gelernt hatte. Gerion Fischbach lächelte.

Genau hier konnte er Plan A in die Tat umsetzen. Er drosselte das Tempo, ließ das Fenster an der Fahrerseite runter und stoppte den Wagen, als er auf einer Höhe mit Lilli war.

Magdalenenstift

»Könnte Frau Althof nicht bei einer Bekannten oder Angehörigen sein?«, fragte Alex und sah Gerlinde Sommer an.

»Ausgeschlossen.« Die Pflegedienstleiterin ließ keinen Zweifel zu. »Frau Althof verlässt unser Haus niemals nach dem Abendbrot. Schon gar nicht im Winter. Außerdem, wo sollte sie denn hingehen?«

»Keine Ahnung«, sagte Alex. »Ins Kino, vielleicht ins Theater.«

Hans Althof schüttelte den Kopf und sah Alex über seine Hornbrille hinweg an. »Meine Mutter geht abends nicht aus dem Haus. Das hat sie noch nie gemacht.«

»Vielleicht ein Notfall, eine plötzliche Eingebung«, beharrte Alex.

Gerlinde Sommer wollte etwas antworten, aber Hans Althof kam ihr zuvor. »Ich kenne meine Mutter jetzt über vierzig Jahre. Da ist kein Platz für Notfälle oder spontane Aktionen. Abends schon gar nicht. Sie ist nicht einmal ins Weyertal-Krankenhaus gekommen, als ihr einziges Enkelkind geboren worden ist, weil die Kleine nach neunzehn Uhr zur Welt kam.«

»Das kann ich nur bestätigen«, sagte Gerlinde Sommer. »Frau Althof neigt überhaupt nicht zu spontanen Handlungen.«

»Eben«, sagte Hans Althof. »Deshalb gehe ich davon aus, dass meiner Mutter etwas zugestoßen ist. Soweit ich informiert bin, ist ja bereits eine andere alte Frau aus diesem Haus verschwunden.«

Alex sah, dass Gerlinde Sommers Hände zitterten. »Aber im Augenblick haben wir keinen Grund zu der Annahme, dass diese beiden Fälle zusammenhängen«, sagte er.

»Und warum suchen Sie dann nicht nach meiner Mutter, anstatt hier herumzusitzen und Vermutungen anzustellen?«

»Wir haben längst eine Fahndung eingeleitet«, sagte Alex und wandte sich an Gerlinde Sommer. »Warum haben Sie denn erst im Lauf des Vormittags bemerkt, dass Frau Althof verschwunden ist?«

»Das würde ich auch gerne mal wissen!«, schnaubte Hans Althof. »Ich meine, da gibt man seine gebrechliche Mutter in die Obhut eines Pflegeheimes, damit sie adäquat versorgt ist, und dann kommt sie einfach abhanden wie ein alter Regenschirm!«

»Herr Althof«, sagte Alex. »Ich verstehe ja Ihre Reaktion, aber mit Vorwürfen kommen wir nicht weiter.«

Bevor sich Gerlinde Sommer rechtfertigen konnte, wiederholte Alex seine Frage. »Warum haben Sie nicht schon eher nach ihr gesehen?«

»Weil sie ein eigenes Apartment hat und sich selbst versorgt. Normalerweise gibt es keinen Grund, mehrmals am Tag nach den Bewohnern zu sehen, die noch relativ selbstständig sind. Das ist Teil unseres Konzepts.«

»Wann haben Sie oder jemand vom Personal denn meine Mutter zum letzten Mal gesehen?«, fragte Hans Althof und klimperte mit seinem Autoschlüssel.

»Die Nachtschwester hat gestern Abend noch einmal nach ihr geschaut.«

»Wann genau?«, fragte Alex.

»Gegen achtzehn Uhr.«

»Sieht die Nachtschwester jeden Abend nach den Bewohnern?«

»Nein, nur wenn etwas Besonderes anliegt.« Gerlinde Sommer sah in ihre Unterlagen. »Frau Althof klagte am Morgen über Schmerzen im linken Arm und Übelkeit. Angeblich ging es ihr später besser.«

»Tagsüber hat also niemand nach ihr gesehen?«, fragte Alex.

Gerlinde Sommer wurde rot. »Normalerweise würden wir sofort nach den Bewohnern gucken, aber ... Ach, was soll ich sagen. Es ist uns durchgegangen. Ich weiß, es ist unentschuldbar, aber ...«

»Das ist allerdings unentschuldbar!«, schnauzte Hans Althof. »Und glauben Sie mir, die Sache wird ein Nachspiel haben. Ich versichere Ihnen, meine Anwälte werden sich bei Ihnen melden und Ihnen die Hölle heißmachen.«

Alex zog Fotos von Kemâl Ceviz und Norman Freitag aus seiner Mappe und reichte sie zuerst Gerlinde Sommer. »Kennen Sie diese Männer?«

Die Pflegedienstleiterin nahm die Bilder in die Hand und betrachtete sie aufmerksam. Schließlich schüttelte sie den Kopf. »Nein, die habe ich noch nie gesehen.«

Sie reichte die Fotos an Hans Althof weiter. Der warf nur einen flüchtigen Blick auf die Bilder. »Nie gesehen. Warum fragen Sie?«

»Dazu kann ich Ihnen leider nichts sagen«, sagte Alex. »Außerdem möchte ich Sie jetzt bitten, zu meinem Kollegen zu gehen und mit ihm noch einmal die Gegenstände Ihrer Mutter durchzusehen.«

»Warum das denn?«

»Nur um sicher zu sein, dass auch wirklich nichts fehlt.«

Einige Minuten später waren Alex und Gerlinde Sommer allein im Büro.

»Wir stehen immer noch alle unter Schock«, sagte sie und putzte sich geräuschvoll die Nase. »Lene Markowitz ist tot, und nun das mysteriöse Verschwinden von Frau Althof. Das hätte natürlich nicht passieren dürfen, und mir wird langsam angst und bange. Einige Hausbewohner leiden unter regelrechten Panikattacken.«

»Hat Frau Althof Besuchskontakte? Ich meine, außer zu ihrer Familie?«

»Nein. Sie hat sich eher eingeigelt. Frau Althof hat sich auch kaum an Aktivitäten im Haus beteiligt. Überwiegend wollte sie einfach ihre Ruhe. Wobei sie und Frau Markowitz sich manchmal unterhalten haben. Ab und zu saßen sie auch gemeinsam auf einer Bank hinter dem Haus.«

Gerlinde Sommers Telefon klingelte. Sie nahm den Hörer ab. »Ich habe doch darum gebeten, mich nicht zu stören«, sagte sie und legte ein paar Sekunden später wieder auf. »Wo waren wir?«

»Bei Frau Althofs Kontakten«, sagte Alex. »Finden Sie es nicht merkwürdig, dass sie kaum Kontakte pflegte und jetzt verschwunden ist, genau wie Lene Markowitz?«

»Natürlich«, sagte Gerlinde Sommer. »Ich befürchte das Schlimmste.«

»Würden Sie Frau Althof und Frau Markowitz als Freundinnen bezeichnen? Oder anders gefragt, pflegte Frau Althof Freundschaften in diesem Haus?«

»Soweit ich weiß, nicht. Und die Verbindung zwischen Frau Markowitz und Frau Althof war eher locker. Wahrscheinlich haben sie nur deshalb etwas Kontakt gehabt, weil ihre Balkone aneinandergrenzten. Im Grunde war Frau Althof aber viel lieber allein und legte keinen großen Wert auf Ansprache. Wir konnten sie auch nicht für unser Tandem-Programm begeistern.«

»Tandem-Programm? Was ist das denn?«

Gerlinde Sommer erklärte Alex das ehrenamtliche Konzept.

»Und Frau Markowitz? Hat sie an diesem Programm teilgenommen?«

»Sie stand auf der Liste«, sagte Gerlinde Sommer. »Aber …«

Das Telefon klingelte erneut.

Alex stand auf. »Gehen Sie ruhig dran. Ich bin sowieso noch eine Weile im Haus. Offene Fragen können wir auch später noch klären.« Er ging zur Tür, während Gerlinde Sommer das Gespräch annahm.

»Herr Kommissar«, hörte er sie sagen. »Noch einen Moment bitte.«

Alex ging zurück. »Was ist denn los?«

Gerlinde Sommer beendete das Gespräch. Sie war auf einmal kreideweiß. »Das war Frau Palm, unsere Ergotherapeutin. Sie möchte unbedingt mit Ihnen über Lene Markowitz sprechen.«

»Warum?«

»Angeblich hat Frau Markowitz seit kurzer Zeit Besuch bekommen.«

»Von wem?«

»Das hat sie Frau Palm nicht gesagt, aber offensichtlich hat sich der Mann ihr als Tandem-Partner vorgestellt.«

»Sie sagten mir doch gerade, dass sich Frau Markowitz für dieses Angebot interessiert hat.«

»Das stimmt«, sagte Gerlinde Sommer. »Aber bisher konnten wir noch keinen ehrenamtlichen Besucher für Lene Markowitz finden.«

Weißenstein

Der Mann ließ die Scheibe runter und lehnte sich aus dem Fenster. Lilli erkannte ihn gleich wieder. Sie kniff die Augen zusammen und rieb ihre Hände aneinander. Schneeflocken schwebten hinab und schmolzen auf dem Gesicht des Mannes.

»Ich habe Laura leider verpasst«, sagte er. »Soll ich dich dafür ein Stück mitnehmen? Ich kann dich auch nach Hause fahren. Dein Rad passt hinten in den Kofferraum.«

Das war nicht gelogen. Der Mann fuhr den gleichen Wagen wie ihre Patentante. Und in ihr Auto passte ihr Fahrrad spielend.

Lilli blieb unschlüssig stehen. Wie gefährlich konnte ein Mann sein, der Laura kannte?

Er stellte den Motor ab und stieg aus. »Du meine Güte. Was ist denn mit deinem Rad los? Bist du gefallen?« Er besah sich das Mountainbike von allen Seiten. »Was ist passiert?«

»Das war wahrscheinlich Marvin. Der ärgert uns immer.«

»Marvin. Ja, der Junge ist eine Plage. Laura hat regelrecht Angst vor ihm.«

Lilli antwortete nicht. Marvin und Laura gingen seit der dritten Klasse zusammen. Es war ein Rätsel für alle, die bis drei zählen konnten, aber es war die Wahrheit. Die Lüge des Fremden erkannte sie deshalb sofort. Lillis Mund war auf einmal staubtrocken. Sie konnte sich nicht bewegen, stand einfach nur da. Das Einzige, was sie tun konnte, war, den Mann nicht aus den Augen zu lassen. Dafür redete er. Ununterbrochen. Freundlich. Lächelnd.

Sie wehrte sich nicht, als er ihr das Fahrrad aus der Hand nahm.

Aber ihr Gehirn arbeitete fieberhaft. Abhauen. Nichts wie weg. Als er ihr Rad zum Kofferraum trug, wollte sie los. Sie war schon auf dem Sprung, als sie abermals stockte. Der Dunkle Magier. Er klemmte hinter der Windschutzscheibe. Wie um alles in der Welt kam dieser Mann an Lennarts Yu-Gi-Oh!-Karte? Und dass es Lennarts Karte war, sah Lilli sofort. Deutlich konnte sie den grünen Strich sehen, der quer über die Karte ging. Sie war als Siebenjährige aus Versehen beim Malen abgerutscht. Lennart hatte tagelang nicht mit ihr gesprochen und wegen der Sache sogar einen Familienrat einberufen.

Lilli zuckte zusammen, als der Mann den Kofferraum zuschlug. Er kam um das Auto herum. Erst in diesem Augenblick fiel ihr Blick auf seine Schuhe. Es waren Stiefel. Schwarze spitze Cowboystiefel.

Polizeipräsidium

»Hallo, Heinrich«, sagte Maline. »Ben hat mir gesagt, dass ich dich zurückrufen soll. Was gibt es denn so Dringendes?«

»Ich habe die Obduktion im Fall Markowitz abgeschlossen, und ich kann jetzt mit Gewissheit sagen, dass die Frau bereits tot war, als man sie in den Rhein geworfen hat.«

»Bist du sicher?«

»In der Lunge war kein Wasser.«

»Woran ist sie dann gestorben?«

»In der Hinsicht sind die Untersuchungen noch nicht abgeschlossen, deshalb möchte ich mich dazu nicht weiter äußern.« Der Rechtsmediziner hustete. »Aber da ist noch etwas.«

»Schieß los.«

»Du hast doch der Tochter der Toten Bilder vorgelegt, und sie hat ihre Mutter eindeutig identifiziert, oder?«

»Ja. Warum fragst du?«

»Weil da etwas nicht stimmt. Die Frau, die ich obduziert habe, hatte nie eine Bypass-OP.«

»Wie?«

»Also, entweder war die Information aus dem Pflegeheim nicht korrekt, oder ich hatte die falsche Person auf dem Tisch, denn laut meinen Unterlagen hatte Frau Markowitz vor einigen Monaten einen schweren Herzinfarkt und eine große OP. Sie müsste eine Narbe über der Brust haben, die sie allerdings nicht hat. Im Gegenteil. Die Frau, die hier auf meinem Tisch liegt, hatte ein ausgesprochen gesundes Herz.«

Maline legte auf und stützte den Kopf in ihre Hände.

Als Lou das Büro betrat, war sie sofort wieder hellwach und teilte ihr die Neuigkeiten mit.

»Ich verstehe das einfach nicht«, sagte Maline. »Wenn die Tote nicht Lene Markowitz ist, wer ist sie dann? Und warum hat Vivian Markowitz die Leiche als ihre Mutter identifiziert?«

»Und wo ist die echte Lene Markowitz?«, fragte Lou.

»Gute Frage.« Maline stand auf. »Ich muss noch mal in die Gerichtsmedizin. Kannst du die Kollegen in Rösrath für mich anrufen? Sie sollen Vivian Markowitz herbringen. Wir müssen sie noch einmal anhören.«

»Alles klar«, sagte Lou, griff zum Hörer und sprach mit dem Beamten aus dem Bergischen. Anschließend ging sie in Alex' Büro. Der Kollege saß an seinem Schreibtisch.

»Die Tote in der Gerichtsmedizin hatte nie einen Herzinfarkt!«

»Was?« Alex sah sie verdutzt an und kratzte sich am Hinterkopf. »Dann liegt gar nicht Lene Markowitz in der GM?«

»Nein.«

»Und die DNA-Testergebnisse sind noch nicht da, oder?«

»Nein, aber ich wette, dass es keine Übereinstimmung gibt«, sagte Lou. »Ich würde an deiner Stelle Hans Althof anrufen und ihn in die GM bitten.«

Alex wurde bleich. »Du meinst, die Tote in der GM könnte Frau Althof sein?«

»Ich finde diese Idee ziemlich naheliegend, auch wenn ich mir den Grund für dieses Verwirrspiel überhaupt nicht erklären kann.« Lou zog sich ihre Jacke über.

»Wo willst du hin?«, fragte Alex.

»Ich fahre nach Nippes und statte Kemâl Ceviz einen Besuch ab.

Lillis Entscheidung, Richtung Burg zu laufen, obwohl die Häuser von Buscherhöfchen näher waren, fiel im Bruchteil einer Sekunde. Sie rannte den Berg hinab. Ihre Beine überschlugen sich beinahe. Erst als sie das Aufheulen eines Motors hörte, riskierte sie einen Blick.

Der Mann folgte ihr im Auto.

»Hilfe!«, rief Lilli, schlug einen Haken, kreuzte die Straße und stürmte über die Wiese in Richtung Rottfeld. Aus den Augenwinkeln sah sie, dass der rote Passat Richtung Burg rollte.

Lauf!, feuerte sie sich an. Lauf! Du bist die Schnellste aus deiner Klasse. Siegerin im Tausend-Meter-Lauf der letzten Bundesjugendspiele. Mit diesen Gedanken mobilisierte sie all ihre Kräfte.

Als sie ungefähr in der Mitte der Wiese angekommen war, sah sie zwei Autos, die den Berg hinauf in Richtung Marialinden fuhren.

Sie stoppte.

Was sollte sie nur tun? Zurück zur Straße? Weiter durchs Feld. Das Haus ihrer Oma war nicht weit entfernt. Aber es gab auch einen Waldweg nach Rottfeld. Für Autos kein Problem.

Die beiden Fahrzeuge fuhren vorbei. Lilli sah, wie der rote Passat rechts in den Weg nach Rottfeld einbog. Erst jetzt fiel Lilli auf, wie einsam diese Gegend war. Die Häuser von Weißenstein waren außer Sichtweite, Burg war nicht mehr zu sehen, und Rottfeld lag hinter dichten Tannen.

Lauf zurück zur Straße!, schrie eine Stimme in ihrem Kopf. Lauf zurück! Das ist deine Chance. Auf dem engen Waldweg kann er nicht wenden. Er hat sich selbst festgesetzt!

Lilli lief zurück.

Doch zu ihrem Entsetzen kam der Wagen über das freie Feld gerast.

Jetzt rannte Lilli um ihr Leben. Sie keuchte, ihre Lunge schmerzte. Da! Wieder ein Auto auf der Straße vor ihr. Diesmal kam es den Berg herunter.

Lilli hastete vorwärts. Sie stolperte. Fiel. Stand wieder auf. Das Auto raste vorbei.

»Hilfe!«, schrie sie trotzdem, so laut sie konnte, als sie die Straße fast erreicht hatte. »Hilfe!«

Mit letzter Kraft warf sie sich auf den Asphalt.

Ebertplatz

Auf dem Weg zu Kemâl Ceviz musste Lou am Ebertplatz umsteigen.

Sie sah auf die Uhr. Es war fast sieben. Wahrscheinlich packte Frieda bereits. Heute sollte ein Teil ihrer Sachen zu ihrem Vater gebracht werden. Lou wollte ihr helfen, aber sie war wie immer spät dran. Frieda würde wenig begeistert sein.

Lou starrte auf den Info-Screen hinter den Gleisen. Gerade wurde das Kölner Wetter für die nächsten Tage angezeigt. Temperaturen um die null Grad und ein starker Ostwind. Keine schönen Aussichten.

Als die Linie 12 schon angekündigt war, bemerkte sie an der gegenüberliegenden Haltestelle Norman Freitag. Irokesenschnitt, orange gefärbt. Verwechslung ausgeschlossen. Lou ließ ihn nicht aus den Augen, überlegte kurz, ob sie über das Begrenzungsgitter zwischen den Gleisen klettern sollte, und entschied sich dann für die Treppe. Auch um den Verdächtigen nicht aufzuscheuchen.

Aus den Augenwinkeln sah sie noch, dass auch auf der anderen Seite die Bahn angekündigt wurde. Lou nahm drei Stufen auf einmal. Als sie die Treppe auf der anderen Seite runterrannte, war sie erleichtert. Norman Freitag stand an einer Säule. Die Linie 18 fuhr ein.

Freitag verschwand in einer Gruppe Fahrgäste. Nur für den Bruchteil eines Augenblicks trafen sich ihre Blicke. Warum Freitag dann gleich losrannte, konnte Lou sich nicht erklären. Vielleicht merkte er sich Gesichter genauso gut wie sie und hatte sich ihres vom Friedhof eingeprägt. Jedenfalls lief er in Richtung Treppe. Lou folgte ihm durch den Tunnelgang. Bis zum Aufgang Ebertplatz Ecke Theodor-Heuss-Ring hielt sie gut mit.

Oben angekommen sah sie, dass er die Riehler Straße überquerte. Dabei zwang er einige Fahrzeuge zur Vollbremsung, denn die Fußgängerampel stand auf Rot. Lou heftete sich an seine Fersen. Norman Freitag flüchtete in Richtung Rheinufer.

Laufend angelte Lou ihr Handy aus der Umhängetasche. Der Abstand zwischen ihm und ihr wurde größer. Sie schaltete ihr Mobiltelefon ein. Dabei ließ sie den Verdächtigen nur einen Moment aus den Augen. Die Quittung bekam sie sofort. Er war verschwunden.

Lou stoppte. Sprach die nächsten Passanten an. Ihre Antwort war nur ein müdes Achselzucken.

Doch nur ein paar Meter weiter war das Rätsel gelöst. An der Ecke Clever Straße brannten Fackeln. Lou überblickte die Situation sofort, als sie sah, dass die schwere Eisenplatte im Boden geöffnet war. Der alte Kronleuchtersaal in der unterirdischen Kanalisation war heute offensichtlich für ein Konzert geöffnet. Für dieses außerordentlich seltene Spektakel standen Menschen in Wintermänteln zusammen, hielten Pfefferminzsträußchen in den Händen, die gegen den üblen Geruch unter der Erde helfen sollten, und freuten sich auf einen musikalischen Hochgenuss. Konzerte in der Kanalisation waren wegen der exzellenten Akustik ein Muss für Klassikfans.

Lou steuerte auf die geöffnete Metallplatte in der Wiese zu, auf die niemand zu achten schien. Nur eine dünne Eisenkette versperrte Unbefugten den Weg, Sicherheitspersonal war nicht zu sehen. Lou bückte sich und wollte unter der Kette durch.

»Hey! Was machen Sie da? Es ist noch kein Einlass.«

Lou fuhr herum.

Ein Mann mit Schutzkleidung, die eine Mischung aus Feuerwehr- und Müllabfuhruniform war, näherte sich ihr mit großen Schritten.

Sie zog ihren Dienstausweis aus der Tasche. »Vanheyden, Kripo Köln. Ich verfolge einen Verdächtigen.«

»Aber nicht in der Kanalisation«, sagte er und stellte sich ihr in den Weg. »Das ist gefährlich! Normalerweise dürfen sowieso keine Zivilpersonen da unten rein. Das Konzert heute ist die absolute Ausnahme.«

»Darauf kann ich keine Rücksicht nehmen«, sagte Lou. »Ich

vermute, dass der Mann, den ich verfolge, genau hier hinuntergelaufen ist.«

»Ausgeschlossen. Das hätte ich doch gesehen!«

Lou nahm ihr Handy ans Ohr, drückte die Nummer ihres Chefs und forderte Verstärkung an.

»Ich gehe jetzt da runter«, sagte Lou und zog ihre Waffe.

Der Mann von der Stadtentwässerung wurde kreidebleich. »Um Gottes willen, Sie dürfen da unten nicht schießen. Durch den Funkenflug könnte eine Explosion ausgelöst werden.«

»Gehen Sie zur Seite«, sagte Lou und steckte die Waffe wieder in das Holster. »Ich verspreche Ihnen, dass ich nicht schießen werde. Geben Sie mir Ihre Taschenlampe!«

Der Mann gehorchte. Allerdings sichtlich widerwillig.

»Weisen Sie meine Kollegen ein«, sagte Lou und eilte die Ziegelsteinstufen hinunter. »Die müssen gleich hier sein.«

»Verdammt noch mal!«, rief der Sicherheitsmann. »Schalten Sie Ihr Handy aus! Hören Sie! Das ist kein Witz. Da unten kann Gas aufsteigen. Ein Funke, und Sie fliegen in die Luft! Hallo! Hören Sie?!«

Lou sprang die Treppe hinunter und rutschte auf einer der Metallschienen aus, die an den Kanten der Stufen angebracht waren. Sie fing sich mithilfe des Geländers ab und lief weiter. Schon nach wenigen Schritten hörte sie Musik. Violinen und einen Kontrabass. Sie folgte dem schmalen Gang, der nur spärlich beleuchtet war, bis sie wieder einige Treppenstufen erreichte und stoppte.

Das Bild, das sich ihr bot, war unwirklich. Einige Stufen unter ihr lag der Kronleuchtersaal. Das Gewölbe war schätzungsweise fünf Meter hoch. Gelbliche Ziegelsteine verzierten die Wände, die wie der Boden feucht glänzten. Die Fugen schimmerten moosig. Vereinzelt tropfte es von der Decke. Es roch leicht nach faulen Eiern. Lou hatte gelesen, dass der Geruch durch die permanente bakterielle Zersetzung entstand, weil sich im Abwasser, das in offenen Gräben floss, faulende Reste befanden. Um Krankheiten vorzubeugen, sollte man deshalb hier unten vorsichtshalber die Wände nicht berühren und die Tropfen von der Decke gleich abwischen, wenn sie auf die Haut trafen. Unwillkürlich drückte sie die Arme an ihren Körper. Mitten in dieser Kulisse standen drei Männer im Frack, die ihre Geigen stimmten. Eine Frau mit Kontrabass trug Abendkleid. Das Gewölbe war komplett bestuhlt.

Lou ging die Stufen hinab. Erst jetzt wurden die Musiker auf sie aufmerksam und unterbrachen das Stimmen ihrer Instrumente.

Sofort stürmte ein Mann im blauen Anzug und einem Plastikschild am Revers auf Lou zu. Er war jung. Sein Bürstenhaarschnitt war perfekt gestylt. »Was machen Sie denn hier?«, herrschte er Lou an. »Sie können doch nicht einfach hereinspazieren!«

Lou zeigte ihm ihren Dienstausweis. »Ich suche einen Mann. Ist er hier vorbeigelaufen?«

»Ja, schon!«, sagte der Ordner. »Aus diesem Grund habe ich bereits mehr Sicherheitspersonal angefordert. Auch deshalb kann ich Sie …«

»In welche Richtung ist der Mann gelaufen?«, fiel Lou ihm ins Wort.

Er zögerte und trat von einem Bein auf das andere.

Lou nahm ein leises Rauschen wahr und lief durch die Stuhlreihen bis zu der bauchhohen Mauer, die den Kronleuchtersaal an einer Seite begrenzte. Dahinter floss eine trübe Brühe.

Der Mann war ihr gefolgt und fasste sie vorsichtig am Arm. »Ich muss Sie leider bitten, die Kanalisation zu verlassen. Erstens ist es nicht ungefährlich, und zweitens bekomme ich einen Haufen Ärger. Ich …«

»Hören Sie«, sagte Lou und löste sich aus seinem Griff. »Ich bin von der Polizei und verfolge einen Verdächtigen in einem Mordfall! In welche Richtung ist der Mann gelaufen?«

Einer der Geiger zeigte nach rechts. Dort lief der Kronleuchtersaal fast wie die Spitze eines Dreiecks zusammen. Das Abwasser floss parallel. Schemenhaft erkannte Lou einen schmalen Gang, der neben dem Kanal verlief. Weiter hinten hörte die Beleuchtung auf.

Lou wandte sich wieder an den Mann. »Wohin führt der Weg?«

»Zum Ebertplatz.«

»Und dann? Endet er dort?«

»Nein. Man kann dort, glaube ich, die Ringe runterlaufen. Aber sicher bin ich mir nicht. Ich bin da noch nicht gewesen.«

»Gibt es Ausgänge?«

»Alle paar Meter kann man theoretisch raus. Aber bitte! Sie können da nicht hin. Es ist stockdunkel und stellenweise nicht mal einen Meter hoch.«

Lou zeigte sich unbeeindruckt, obwohl ihr die Aussicht auf dunkle enge Gänge gar nicht behagte. »Kann man die Richtung ändern? Gibt es Kreuzungen?«

Der Mann kratzte sich am Kopf. Er sah sich nach allen Seiten um, als erwarte er Hilfe.

»Gibt es nun parallele Gänge oder Kreuzungen?«, hakte Lou nach.

»Dieses Tunnelsystem erstreckt sich insgesamt auf über zweitausend Kilometer. Da kann ich nicht jede Teilstrecke kennen.«

»Ich interessiere mich nur für die nächsten zehn Kilometer.«

»Soweit ich weiß, gibt es immer einen Hauptgang, von dem hin und wieder Gabelungen abgehen, die allerdings ins Leere führen, sich also nicht verbinden. Ähnlich wie bei einem Baum, von dem Äste abgehen und …«

»In Ordnung.« Lou verharrte einen Augenblick, ohne den Kronleuchter zu beachten, der vor über einhundert Jahren zum Besuch Kaiser Wilhelms II. an der Decke angebracht worden war.

Sollte sie Norman Freitag tatsächlich allein in diesen unterirdischen Gängen verfolgen, in denen es stockdunkel war und offensichtlich auch ziemlich eng werden konnte? Schon bei dem Gedanken wurde ihr flau im Magen. War es nicht besser, auf die Kollegen zu warten? Aber was, wenn Freitag einen Ausgang fand und sich aus dem Staub machte?

»Ich muss los«, sagte Lou und schob den Mann zur Seite. »Zeigen Sie meinen Kollegen, in welche Richtung ich gelaufen bin.«

Doch der junge Mann mobilisierte seine letzte Gegenwehr und hielt Lou an ihrer Jacke fest. »Ich verstehe ja, dass Sie den Typen verfolgen wollen. Aber hier unten steigt permanent Methangas und Schwefelwasserstoff auf. Sollte sich so eine Wolke vom Boden lösen, werden Sie ohnmächtig, und wenn Sie Pech haben, finden wir Sie zu spät.«

Lou rannte los. »Ich kann den Kerl nicht entwischen lassen«, rief sie über ihre Schulter.

»Er ist es nicht wert«, hörte sie den Mann rufen. »Kommen Sie zurück! Bitte!«

Flughafen Köln/Bonn

Vivian Markowitz war es schlecht vor Nervosität. Mittlerweile wartete sie schon eine Stunde in diesem Büro. Der Raum war karg. Graue Wände. Weiße Plastikstühle. Die Unruhe, die in ihr aufgestiegen war, ließ sich kaum noch in Schach halten.

Bis zur Passkontrolle war alles gut gegangen. Die Einreise war für sie als Deutsche reine Formsache gewesen. Aber dann war sie abgeführt worden. Freundlich zwar, aber bestimmt. Sie war nur froh, dass die Kinder noch in Paris waren. Der Grund der Verhaftung blieb ihr schleierhaft. Es hatte irgendetwas mit ihrer Mutter zu tun. So viel hatte sie immerhin verstanden und einen Anwalt verlangt. Seitdem sie dieses Recht in Anspruch nehmen wollte, saß sie hier fest und zermarterte sich das Hirn.

Vivian war geradezu erleichtert, als nun die Tür aufflog, drei Bundesbeamte den Raum betraten, ihr Anwalt erschien und sich zwei Männer in Zivil ihr gegenüber setzten.

»Sind Sie Vivian Markowitz?«, fragte einer.

»Also das habe ich doch jetzt schon x-mal bestätigt.«

»Beantworten Sie einfach die Fragen«, sagte ihr Rechtsanwalt. »Umso eher können wir alle nach Hause gehen.«

Vivian gehorchte.

»Frau Markowitz«, fuhr der Kommissar fort. »Laut Ihrem Flugticket kommen Sie gerade aus Paris. Wie lange waren Sie dort?«

»Über zwei Wochen. Warum?«

»Wo sind Ihre Kinder?«

»Aber was haben denn meine Kinder mit der ganzen Sache zu tun? Sie sind noch in Paris bei ihrer Großmutter, der Mutter meines Exmannes.«

»Und wo ist Ihre Mutter?«

»Im Pflegeheim. Magdalenenstift. Wieso?«

Der Kommissar lehnte sich vor. »Frau Markowitz. Ihre Mutter ist tot, und das wissen Sie auch. Sie waren vorgestern im Polizeipräsidium und haben sie auf Lichtbildern identifiziert.«

»Was? Das stimmt nicht. Wieso identifiziert? Das ist ein Missverständnis. Glauben Sie mir doch. Ich bin gerade erst aus Paris zurückgekommen. Rufen Sie doch meine Schwiegermutter an. Wir sind vorgestern den ganzen Tag im Louvre gewesen.«

»Und was ist das?« Der Polizist legte ihr eine Urkunde vor. »Hier haben Sie mit Ihrer Unterschrift bestätigt, dass es sich bei der Toten um Ihre Mutter handelt. Können Sie sich das erklären?«

Vivian rang nach Luft. Als sie sich etwas gefasst hatte, besah sie sich das Dokument genauer und atmete erleichtert auf. »Das ist nicht meine Unterschrift.«

»Und wessen Unterschrift ist es dann?«, fragte der Kommissar und verschränkte die Arme vor der Brust. Er wirkte unbeeindruckt.

In Vivians Kopf drehte sich alles. Sie versuchte, das Puzzle zusammenzusetzen. Ihr Magen rumorte, während sich die Lösung in ihren Gedanken formierte.

Der Zivilbeamte verdrehte die Augen. »Ist das nun Ihr Name unter dem Dokument oder nicht?«

»Es ist mein Name, aber nicht meine Unterschrift«, flüsterte Vivian Markowitz schließlich.

»Wessen dann?«, fragte der Beamte weiter.

»Es gibt nur einen Menschen, der in Frage kommt.«

»Und wer ist das?«

»Meine Schwester.«

Kanalisation

Lou blieb stehen und lauschte. Ihr Puls galoppierte, und sie bekam schlecht Luft. Sie hörte das Rauschen des Abwassers in der Rinne, die parallel zum Gang lief, und zwang sich, weiterzulaufen. Immerhin brannte die Taschenlampe zuverlässig. Sie mochte nicht daran denken, was geschah, wenn sie ausfiel. Lou fühlte sich zunehmend unwohler. Auch weil sie die Entfernungen hier unten nicht einschätzen konnte. Was wenn sie sich verlief und dann diese giftige Wolke aufstieg, die sie niederstrecken konnte?

Der Gang wurde enger und die Decke niedriger. Lou musste beim Laufen den Kopf einziehen.

Die Gestalt in dem schmalen Seitengang, die der Lichtkegel für den Bruchteil einer Sekunde streifte, sah sie zu spät. Der Faustschlag traf sie so unerwartet, dass sie nicht einmal schrie, bevor sie bewusstlos auf dem kalten feuchten Boden aufschlug.

Polizeipräsidium

Als die Beamten der Bundespolizei Vivian Markowitz einige Zeit später endlich vom Flughafen ins Präsidium gebracht hatten, fing Ben Maline ab, bevor sie das Büro betrat.

»Lou verfolgt Norman Freitag durch die Kanalisation«, sagte er.

»Wie hat sie den denn so schnell aufgespürt?«

»Zufall. Jedenfalls hat sie vor einer halben Stunde eine Großfahndung ausgelöst, und Max hat das SEK angefordert.«

»Und Lou verfolgt diesen Freitag wirklich durch die Kanalisation? Ist das nicht gefährlich?«

»Ziemlich sogar.«

»Warum hat sie denn nicht auf die Spezialisten gewartet?«

»Du kennst sie doch.«

Maline wollte zu Vivian Markowitz hineingehen, doch Ben hielt sie am Arm. »Was ist denn noch?«, fragte sie.

»Max hat mir auch gesagt, dass der Kontakt zu Lou abgebrochen ist.«

»Was meint er damit?«

»Lou antwortet nicht, offensichtlich hat sie ihr Handy ausgeschaltet.«

»Oh nein!«

»Keine Panik«, sagte Ben. »Wahrscheinlich hat sie das aus Sicherheitsgründen gemacht. Da unten herrscht Explosionsgefahr. Ein Funke genügt.«

Maline bekam weiche Knie. »Es ist mit Sicherheit stockdunkel, und Lou ... Seit der Sache damals in Schiefenthal leidet sie an Klaustrophobie.«

Ben legte eine Hand auf Malines Schulter.

»Und was ist mit Carboni?«, fragte sie. »Gibt es irgendetwas Neues?«

»Er wird weiterhin bundesweit per Haftbefehl gesucht.«

Sie gingen zu Vivian Markowitz hinein und stellten sich vor. »Es tut mir leid, dass Sie auf diese Weise vom angeblichen Tod Ihrer Mutter erfahren haben«, sagte Maline dann.

»Ich verstehe einfach nicht, warum Hilla das getan hat«, sagte Vivian Markowitz. »Warum identifiziert sie eine wildfremde Frau als unsere Mutter? Das macht doch überhaupt keinen Sinn. Außerdem ...«

»Moment!«, sagte Ben. »Hilla? Ihre Schwester heißt Hilla? Hilla Fischbach?«

Maline und Ben sahen sich fragend an.

Vivian stutzte. »Ja. Wieso?«

»Sie sind Hilla Fischbachs Schwester«, sagte Maline kopfschüttelnd. »Das heißt, Lene Markowitz ist sowohl Ihre als auch Hilla Fischbachs Mutter?«

Vivian lehnte sich zurück. »Ja. Das habe ich den Polizisten am Flughafen doch haarklein erzählt.«

»Du meine Güte«, sagte Ben. »Hilla Fischbach. Sie hat ein Motiv!«

Vivian sah Ben an und wurde blass. »Wollen Sie damit andeuten, dass meine Schwester unsere Mutter getötet hat?«

»Wir deuten gar nichts an«, sagte Maline schnell. »Außerdem wissen wir nicht, wo Ihre Mutter ist. Sie gilt nach wie vor als vermisst.«

Sie stand auf, schloss das Fenster und ordnete ihre Gedanken. Sie durften jetzt keine Zeit verlieren. Sie mussten Hilla Fischbach so schnell wie möglich finden. »Lass Frau Fischbach zur Fahndung ausschreiben«, sagte Maline leise zu Ben, der daraufhin das Büro verließ.

»Wie ist das Verhältnis zwischen Ihrer Schwester und Ihrer Mutter?«, fragte Maline dann Vivian Markowitz, zum einen um Zeit zu gewinnen, zum anderen um so viel wie möglich zu erfahren.

»Es existiert nicht.«

»Wie soll ich das verstehen?«

»Wir sind nicht bei ihr aufgewachsen und hatten über dreißig Jahre keinen Kontakt zu ihr. Wir sind in einer Pflegefamilie groß geworden. Unsere Mutter hat uns die ersten Monate besucht, aber dann hat sie den Kontakt ganz eingestellt.«

»Warum wurden Sie und Ihre Schwester von Ihrer leiblichen Mutter getrennt?«

Vivian Markowitz schlug die Beine übereinander. »Das ist eine lange Geschichte.«

»Ich habe Zeit.«

»Sie hat uns misshandelt, und angeblich soll sie unseren jüngeren Bruder getötet haben.«

»Was meinen Sie mit angeblich?«

»Beweisen konnte man es ihr nicht, und sie hat es immer abgestritten. Allerdings ist der Kleine nachweislich an einem Schädelhirntrauma gestorben. Unsere Mutter verneint bis heute, ihn zu Tode geschüttelt zu haben, aber meine Schwester hat sie angeblich bei der Tat beobachtet.«

»Aber das Jugendamt hat Ihrer Schwester geglaubt und Sie Ihrer Mutter weggenommen.«

Vivian Markowitz schüttelte den Kopf. »Es hat zwar eine Untersuchung gegeben, aber das war nicht der Grund, warum man uns unserer Mutter weggenommen hat.«

»Was ist passiert?«

»Meine Mutter hat uns nach dem Tod unseres Bruders vernachlässigt, sie war nicht mehr in der Lage, für uns zu sorgen. Nachbarn haben schließlich die Polizei gerufen. Na ja, und nun haben sie und ich seit einigen Jahren wieder Kontakt. Sie hat mir erzählt, dass Markus' Tod ihr das Herz gebrochen hat und sie sich deshalb nicht mehr um uns kümmern konnte. Sie hat mir leidgetan, und es ist mir auch nicht leichtgefallen, aber irgendwie ist es mir gelungen, ihr zu vergeben.«

Ben betrat den Raum und setzte sich geräuschlos.

»Und Ihre Schwester?«, fragte Maline.

»Wie ich schon sagte, verweigert sie jeden Kontakt.«

»Also haben sich Ihre Schwester und Ihre Mutter seit über dreißig Jahren nicht gesehen.«

»Nicht ganz.«

»Was heißt das?«

»Ich habe versucht, sie in ›Daily Live-Talk‹ zusammenzubringen. Kennen Sie die Talkshow mit Clarissa Cordin? Die läuft jeden Mittag um vierzehn Uhr.«

»Clarissa Cordin kenne ich«, sagte Maline. »Aber ihre Sendung habe ich noch nie gesehen.«

»Na, jedenfalls haben die ein Special zum Thema ›Eltern suchen ihre Kinder‹ gemacht. Dazu habe ich meine Mutter und meine Schwester einladen lassen, ich hielt es für eine gute Idee und hatte die Hoffnung, dass die beiden von ihren Gefühlen überwältigt werden und über ihren Schatten springen. Natürlich wussten sie nicht, was sie erwartet. Ich habe auf den Überraschungseffekt gesetzt, aber der Schuss ging nach hinten los.«

»Wieso?«

»Weil meine Schwester sich geweigert hat, mit unserer Mutter zu sprechen. Schließlich hat sie sogar die Livesendung verlassen.«

»Wann war das?«

»Ungefähr vor einem Jahr.«

»Und Ihre Schwester hat vor laufender Kamera das Studio verlassen?«

»Ja, sie war so wütend. Zum einen, weil Mutter sogar vor der Kamera gelogen hat. Zum anderen aber wahrscheinlich auch deshalb, weil Hilla einige Tage vorher erfahren hat, dass unsere Mutter früher oder später in ein Pflegeheim muss und wir für die Kosten aufkommen sollen. Meine Schwester weigert sich zu zahlen und hat einen Anwalt eingeschaltet.«

Vivian sah von Maline zu Ben.

»Es ist alles sehr kompliziert, aber egal, was Hilla auch macht, ich hätte gerne mehr Kontakt zu ihr. Aber sie ist so verschlossen. Sie glaubt, dass sie keinen Menschen auf der Welt hat, aber das stimmt nicht. Ich bin für sie da, vielleicht kann sie es ja eines Tages annehmen.«

Maline lächelte, allerdings lief ihr die Zeit davon. »Haben Sie von dem Auftritt in der Talkshow eine Aufzeichnung?«, fragte sie deshalb.

»Natürlich.«

»Ich würde sie mir gerne ansehen, und zwar so schnell wie möglich.«

»Meine beste Freundin wohnt hier gleich um die Ecke. Sie hat eine Kopie der Aufnahme. Wenn Sie wollen, kann ich sie holen.«

»Nicht nötig«, sagte Maline. »Wir werden sie bei ihr abholen. Nennen Sie mir einfach Name und Anschrift. Dann schicke ich die Kollegen vorbei.«

Vivian Markowitz machte die erforderlichen Angaben.

»Was für einen Wagen fahren Sie?«, fragte Maline routinemäßig, als sie einen Kollegen zur Adresse von Vivians Freundin geschickt hatte.

»Einen Transporter, warum?«

Ben sah Maline mit großen Augen an. Maline blieb der Mund offen stehen.

»Einen weißen Transporter?«, fragte Ben schließlich.

»Ja. Warum?«

»Hat Ihre Schwester Zugang zu dem Fahrzeug?«, fragte Maline so ruhig wie möglich, was ihr schwerfiel, denn sie waren gerade auf eine Verbindung zwischen dem Fall Heidkamp und dem Fall Lene Markowitz gestoßen. An einen Zufall konnte sie kaum glauben, und es war nicht einfach, noch einen Moment sitzen zu bleiben und die nötigen Informationen einzuholen.

Vivian Markowitz zuckte mit den Achseln. »Sie hat die Schlüssel zu meinem Haus, für Notfälle. Natürlich kann sie auch mein Auto fahren. Sie wusste, dass ich mit den Kindern in Paris bin.«

Kanalisation

Als Lou wieder zu sich kam, war sie von völliger Dunkelheit umgeben. Sofort holten sie die Ereignisse ihres letzten großen Falls wieder ein, als sie in der Nähe von Overath in Bedrängnis geraten war. Augenblicklich fühlte sie das Gleiche wie damals in Schiefenthal, als sie eingeschlossen in einer Kiste unter der Erde nur knapp dem Erstickungstod entkommen war. Beklemmung und Todesangst. Bei diesen Gedanken begann sie hektisch zu atmen, und ihr Herz schlug wie verrückt. Und obwohl es hier unten kalt war, hatte sie einen Schweißausbruch. Jetzt bloß nicht durchdrehen. Sie richtete sich auf und lehnte sich mit dem Rücken gegen eine Wand. Es tropfte leise von der Decke.

Lou tastete vorsichtig den feuchten Boden um sie herum ab. Erfolglos. Handy und Taschenlampe waren verschwunden. Ihre Atmung wurde wieder flacher. Ihre Schläfen pochten. Sie musste raus, nichts wie weg hier. Aber wohin? In welche Richtung sollte sie laufen? Aus welcher Richtung war sie gekommen? Egal. Hier sitzen bleiben konnte sie nicht. Hoffentlich war Norman Freitag nicht in ihrer Nähe.

Sie stand auf und schlug mit dem Kopf mit voller Wucht gegen die Decke. Der Schmerz durchfuhr ihren ganzen Körper. Lou wurde fast ohnmächtig, fiel auf die Knie und brauchte einige Minuten, um sich zu erholen. Wieder ergriff sie ein Panikanfall. Diesmal drohte sie zu hyperventilieren. Sie ließ sich auf den Boden fallen und mobilisierte alle Techniken, um gegen das Beklemmungsgefühl anzuatmen.

Du bist nicht eingeschlossen, und du bist in keiner Kiste gefangen.

Es funktionierte. Ihre Atmung wurde ruhiger.

Die Kollegen suchen dich. Sie atmete fast normal.

Du kannst jederzeit hier raus. Ach ja? Wohin denn? Was, wenn die Kollegen dich hier nicht finden?

Erneute Panik. Jetzt bekam sie fast keine Luft mehr. Trotzdem machte sie sich auf. In gebückter Haltung. Dabei tastete sie sich mit den Händen vor. Nach ein paar Schritten stieß sie wieder gegen eine Wand. Erschöpft sank Lou zu Boden und versuchte, sich zu sammeln, verschnaufte einen Augenblick, kontrollierte ihre Atmung, bis sie ruhiger wurde.

Dann war da auf einmal ein Geräusch. Zuerst konnte Lou es nicht zuordnen. Es klang wie Zähneknirschen, dann wurde daraus ein leises Fiepen. Kein Zweifel möglich. Ratten! Das Geräusch kam näher, dann hörte Lou das Tippeln kleiner Krallen auf dem Steinboden. Als aus dem Fiepen ein Fauchen und Schnauben wurde, war sie sofort in der Hocke. Hastig kroch sie vorwärts. Und wirklich, der enge Gang wurde breiter. Nach ein paar Metern konnte sie fast schon wieder aufrecht stehen. Sie schöpfte Hoffnung und versuchte, sich zu erinnern. Alle paar Meter ist ein Ausstieg, hatte der Angestellte der Stadtwerke gesagt. Aber wie sollte sie einen Ausgang finden, hier, in der völligen Dunkelheit? Immerhin war das Fauchen der Ratten vorerst verstummt.

Polizeipräsidium

Maline setzte Vivian Markowitz in das Büro eines Kollegen und traf sich mit Ben im Videoraum. Sie schob die VHS-Kassette in den Rekorder und spulte bis zum Anfang. Dann starrten sie beide gebannt auf den Bildschirm. Die Moderatorin Clarissa Cordin betrat das Studio, begrüßte das Publikum und die ersten Gäste. Die Sendung »Daily Live-Talk« hatte an diesem Tag unter dem Motto *»Wo warst du all die Jahre?«* gestanden.

CC, wie sie sich gern selbst nannte, trug ihr langes Engelshaar offen und präsentierte sich in einem lässigen dunkelgrauen Anzug mit modischen hellblauen Turnschuhen. Sie war höchstens fünfundzwanzig Jahre alt und gab sich betont locker. Maline stellte den Ton etwas lauter. CC interviewte zuerst eine siebzigjährige Frau, die eine Freundin aus der Grundschulzeit überraschen wollte. Maline spulte vor. Nach einem weiteren Werbeblock ließ sie das Band laufen.

»Jetzt haben wir eine dramatische Geschichte für Sie.« CC gab ihrer fröhlichen Stimme eine betroffene Betonung. »Begrüßen Sie zuerst einmal mit mir Frau Lene Markowitz.«

Eine zierliche kleine Frau trat aus der Kulisse. Ihr Haar war hochtoupiert und ihre Wangen glühten.

Ben und Maline lehnten sich gleichzeitig vor. Lene Markowitz setzte sich auf das Sofa und lächelte in die Kamera. Bei der Großaufnahme sah man deutlich, wie sehr sie schwitzte. Schweißperlen rannen vom Haaransatz die Stirn herunter.

»Das ist jedenfalls nicht die Frau, die in der GM liegt«, sagte Maline.

CC begann das Gespräch. »Lene, ich darf Sie doch Lene nennen, oder? Wir haben Sie heute eingeladen, weil sich jemand fragt, wo Sie all die Jahre waren. Haben Sie eine Ahnung, wer das sein könnte?«

Die alte Frau schüttelte den Kopf.

»Überlegen Sie mal. Gibt es einen Menschen, den Sie viele Jahre nicht gesehen haben?«

Lene Markowitz' Gesicht blieb regungslos.

»Sie haben doch Kinder, oder?«, versuchte es CC noch einmal.

Die Miene der alten Frau hellte sich etwas auf. »Ach, meinen Sie vielleicht meine ältere Tochter Hilla?«

»Ja. Wie lange haben Sie Hilla nicht gesehen?«

»Über dreißig Jahre.«

»Warum haben Sie Ihre Tochter so lange nicht gesehen?«

»Die vom Jugendamt haben sie mir weggenommen.«

»Und warum?«

Lene Markowitz zuckte mit den Schultern.

»Angeblich sollen Sie Ihre Tochter geschlagen haben«, half Clarissa Cordin ihrem Gast auf die Sprünge. Ihre weißen Zähne blitzten.

»Alles gelogen.«

»Die Kinder sollen ziemlich verwahrlost gewesen sein, als das Jugendamt sie Ihnen wegnahm.«

»Das stimmt gar nicht!« Lene Markowitz begann zu weinen.

»Aber darum geht es hier und heute auch gar nicht«, sagte Clarissa Cordin und reichte ihr ein Papiertaschentuch. »Wollen Sie denn Ihre Tochter sehen?«

Lene Markowitz hob den Kopf und blickte direkt in die Kamera. »Natürlich!«

Maline fielen die tiefen violetten Ringe um ihre Augen auf.

Clarissa Cordin erhob sich vom Sofa, ohne ihren Studiogast aus den Augen zu lassen.

»Sie haben Ihre Tochter also mehr als dreißig Jahre nicht gesehen. Hat sie sich denn nie bei Ihnen gemeldet? Hat sie nie Kontakt mit Ihnen aufgenommen?«

»Die Kinder waren ja in einer Pflegefamilie. Ich habe versucht, über ihren Vormund was rauszukriegen, aber da war nichts zu machen, und irgendwann habe ich dann aufgegeben.«

»Was ist aus Hilla geworden?«, fragte Clarissa Cordin in die Kamera. »Das werden wir gleich sehen, denn Hilla ist hier. Das alles und noch viel mehr gleich.«

Nach einer Käsewerbung und einer Vorschau auf mehrere Spielfilme ging es weiter. Clarissa Cordin stand nun vor dem Sofa und kündigte Hilla Fischbach an, die wenige Augenblicke später aus der Kulisse trat.

Maline hielt das Band an.

»Gerion Fischbachs Frau«, sagte Ben. »Da ist kein Zweifel möglich.«

»Wie hätte ich ahnen können, dass die Frau, der ich die Bilder vorgelegt habe, nicht Vivian Markowitz, sondern Hilla Fischbach ist?«, sagte Maline.

»Hey«, sagte Ben, »das konntest du nicht wissen. Du hattest mit dem Fischbach-Fall doch gar nichts zu tun. Und wer kann ahnen, dass Hilla Fischbach so dreist ist und zu den Bildern der toten Frau aus dem Rhein einfach falsche Angaben macht? Da muss man auch erst einmal draufkommen.«

Maline ließ das Band weiterlaufen.

CC bot Hilla Fischbach einen Platz neben ihrer Mutter auf dem Sofa an. Doch Hilla setzte sich auf einen Sessel, der etwas abseits stand.

»Hallo, ich begrüße Sie herzlich in meiner Sendung.« Die Moderatorin lächelte in die Kamera und sah dann Hilla an. »Sie konnten draußen auf dem Monitor unsere bisherige Sendung mitverfolgen. Freuen Sie sich, Ihre Mutter zu sehen?«

»Ehrlich gesagt nein.« Hilla klang entschlossen, saß kerzengerade und sah direkt in die Kamera. »Ich möchte festhalten, dass ich heute hergekommen bin, weil mir gesagt wurde, dass ich hier meine liebste Schulfreundin von früher wiedersehen würde. Hätte ich gewusst, dass meine Schwester das ganze Theater veranstaltet, damit ich jetzt meiner Mutter gegenübersitze, wäre ich nicht gekommen.«

Clarissa Cordin hielt ihr Lächeln aufrecht. »Und doch sind Sie ins Studio gekommen. Sie hätten ja auch gehen können. Es war Ihre Entscheidung. Warum sind Sie jetzt hier?«

»Weil ich ein paar Dinge klarstellen möchte«, sagte Hilla und wandte sich an Lene Markowitz. »Du bist nicht meine Mutter. Du hast dich nie so verhalten, hast nur an dich gedacht und dich einen Dreck um uns geschert.«

CC drehte sich Lene Markowitz zu. »Was sagen Sie dazu?«

Lene Markowitz kämpfte mit den Tränen. »Das haben ihr die Pflegeeltern eingeimpft, die und das Jugendamt haben …«

»Oh, bitte lass das Theater!«, fuhr Hilla ihre Mutter an. »Du hast uns durch die Wohnung geprügelt, du und dein zurückgebliebener Ehemann. Und egal, was du sagst, ich weiß, dass du lügst, sobald du den Mund aufmachst, und deshalb werde ich nicht weiter mit dir reden. Nicht hier und nicht woanders. Und glaub ja nicht, nur weil der Richter das Verfahren gegen dich eingestellt hat, bist du auch wirklich unschuldig. Das bedeutet nur, dass man dir die Körperverletzungen und den Mord an Markus nicht beweisen konnte.«

Ein Raunen ging durch das Publikum.

»Mit Mordvorwürfen sollten Sie vorsichtig sein«, sagte CC.

»Es ist aber die Wahrheit«, sagte Hilla und zeigte auf ihre Mutter. »Diese Frau dort hat meinen kleinen Bruder zu Tode geschüttelt. Er war noch ein Baby und …«

»Das ist gelogen!«, schrie Lene Markowitz. »Meine Tochter war schon immer eine Lügnerin!«

»Ach, sag doch, was du willst«, sagte Hilla und stand auf. »Keinen Cent kriegst du von mir, hörst du! So weit kommt es noch, dass ich dir jetzt noch einen unbeschwerten Lebensabend finanziere! Da spende ich mein Geld lieber der Heilsarmee!«

Maline drückte die Stopp-Taste.

»Hilla Fischbach hat ein Motiv, und sie fühlt sich im Recht«, sagte Ben. »Der Hass dürfte tief sitzen und der Wunsch nach Gerechtigkeit auch.«

»Der Eindruck entsteht jedenfalls«, sagte Maline. »Aber du vergisst dabei, dass wir bis jetzt keine Leiche haben. Und wie Cäcilia Althof in die Geschichte passt, ist mir auch ein Rätsel.«

Kanalisation

Lou hörte das Abwasser rauschen. Das Geräusch wurde lauter, und auf einmal endete der Gang. Sie stieß mit den Knien und Händen gegen eine Mauer. Jetzt hatte sie Gewissheit. Sie befand sich in einer Sackgasse, einem der vielen unterirdischen Tunnelgänge, die ins Nichts führten. Die ganze Mühe umsonst.

Lou dachte nicht lange über ihre Situation nach und drehte um, bevor sich ein erneutes Panikgefühl ankündigen konnte. Sie kroch vorwärts und spürte an einer Stelle einen kalten Luftstoß. Sie blieb stehen und ging in die Hocke. Anscheinend war da eine Öffnung. Sie tastete sie ab. Das Loch in der Mauer war ungefähr einen Meter im Durchmesser. Wieder hörte sie deutlich das Abwasser rauschen. Da musste der Kanal sein. Ihr kam ein Gedanke. Wenn sie den Kanal gegen die Fließrichtung des Wassers ging, musste sie wieder am Kronleuchtersaal herauskommen. Hoffnung keimte auf, und Lou klammerte sich an diesen Strohhalm. Sie überlegte nicht lange, zwängte sich durch das Loch, krabbelte über den fauligen, glitschigen Boden und versuchte, nicht an die Bakterien zu denken, vor denen die Besucher des Kronleuchtersaals gewarnt wurden. Außerdem hoffte sie, dass ihr jetzt keine Ratten entgegenkamen, denn das Loch war groß genug, um durchzukriechen, aber einer Ratte konnte sie hier kaum aus dem Weg gehen. Sie verdrängte die Geschichte, die sie mal gehört hatte, dass Ratten, die sich in die Enge gedrängt fühlen, sich regelrecht in den Gegner verbeißen.

Lou kroch vorwärts. Eine gefühlte Ewigkeit. In Wirklichkeit waren es nur ein paar Meter. Dann wurde der rohrähnliche Gang breiter. Lou konnte wieder stehen, und direkt neben ihr floss das Abwasser im offenen Kanal dahin. Sie suchte in der Finsternis nach einem Pfad, der neben der stinkenden Brühe entlangführte. Vergeblich. Lou hatte nur eine Chance. Sie musste in das Abwasser steigen. Sie sträubte sich, aber nur kurz. Schließlich schwang sie sich über die bauchhohe Mauer und sprang in die Brühe. Glücklicherweise war der Kanal an dieser Stelle nicht besonders tief. Lou machte sich auf den Weg, gegen die Fließrichtung. Der Boden des Kanals war seifig. Einige Male rutschte sie ab und landete in der Brühe. Fluchend setzte sie ihren Weg fort und versuchte, nicht daran zu denken, dass sie gerade durch Schmutzwasser watete, in dem Tampons, Haare und sonstige Ekeligkeiten schwammen. Doch nach nur wenigen Metern wurde der offene Kanal wieder zu einer geschlossenen Röhre. Lou merkte es daran, dass sie gegen die Öffnung stieß. So weit sie es ertasten konnte, war die Röhre ziemlich breit, allerdings ging ihr das Abwasser mittlerweile bis zur Brust. Wieder musste sie sich entscheiden. Weiter oder zurück. Ein Licht in der Ferne nahm ihr die Entscheidung ab.

Endlich. Die Kollegen.

»Hallo!«, schrie sie. »Hallo! Ich bin hier!«

Lou ging weiter, schlug mit der flachen Hand auf die Wasseroberfläche. Dabei schrie sie, so laut sie konnte. Dann trat sie auf einmal ins Leere. Im Kanal ging es abwärts. Der Pegel stieg unvermittelt an. Lou schluckte unfreiwillig einen Mund voll stinkender Brühe und strampelte instinktiv ein paar Schritte zurück. Es gelang ihr nur mit Mühe. Panisch schnappte sie nach Luft, als sie wieder festen Boden spürte. Zu ihrer Erleichterung war das Licht noch da. Jetzt sah sie sogar zwei Lampen.

»Hierher! Ich bin hier!«

Als sie kurz Luft holte, war da wieder das Fiepen. Diesmal lauter. Und es waren mehrere Ratten. Instinktiv versuchte sie, schneller voranzukommen. Doch das Fiepen und Fauchen der Nagetiere wurde nicht leiser. Und dann sah Lou die Ratten. Sie schwammen nicht weit von ihr entfernt im Abwasser und kamen direkt auf sie zu.

Polizeiwache Rösrath

Gerion Fischbach war leichenblass. Sein sonst so akkurat gekämmtes Haar fiel ihm ins Gesicht, und seine Augen hetzten unruhig hin und her.

»Ich habe es Ihnen doch bereits erklärt«, sagte er. »Ich wollte dem Mädchen nur die Spielkarte wiedergeben, die sie im Haus meines Vaters verloren hat.«

»Für wie bescheuert halten Sie uns eigentlich?«, fragte Hauptkommissar Wiemers. Seitdem er zusammen mit Lou Vanheyden und ihrem Kollegen die Tatortarbeit im Fall Engelbert Fischbach durchgeführt hatte, hielt ihn die Kölner Mordkommission über den Stand der Ermittlungen auf dem Laufenden. »Sie wussten doch, dass wir nach der Karte suchen. Warum haben Sie den Dunklen Magier behalten?« Wiemers stand auf, stützte sich mit beiden Händen auf dem Tisch ab und betrachtete Fischbach aufmerksam. »Weil Sie die Karte nur dann haben können, wenn Sie zur gleichen Zeit wie das Mädchen am Tatort waren. Und was schließen wir daraus?« Er setzte sich wieder. »Sie sind der Mörder. Sie haben Ihren Vater umgebracht. Es sind Ihre Stiefel, die das Kind hinter dem Vorhang gesehen hat! Geben Sie es doch endlich zu!«

»Sie verdrehen ja alles«, sagte Gerion Fischbach.

»Ach ja? Dann verraten Sie mir mal, warum Sie am Tatort waren.«

Fischbach sah demonstrativ aus dem Fenster. »Ich möchte, dass Hauptkommissarin Vanheyden hierherkommt. Sie ist die Einzige, mit der ich sprechen werde.«

»Was glauben Sie, wo Sie hier sind?« Wiemers hatte Probleme, seine Wut im Zaum zu halten. »Worüber wollen Sie denn mit Frau Vanheyden sprechen? Die ganze Geschichte ist doch sonnenklar! Sie haben Ihren Vater umgebracht, weil er verhinderte, dass Sie eine eigene Kinderarztpraxis eröffnen. Sie sind ausgerastet und haben diesen widerlichen Mord begannen. Lilli war zufällig im Haus. Sie haben Angst bekommen, weil sie befürchteten, dass das Kind Sie erkannt haben könnte. Aber dann wurde Ihnen klar, dass Lilli Sie nicht gesehen hat. Sie haben die Kleine für Ihre perversen Phantasien benutzt und heute versucht, sie in die Tat umzusetzen. Ende der Geschichte. Aus dieser Nummer kommen Sie nicht raus. Die Vorwürfe gegen Sie lauten: Verdacht eines Tötungsdelikts und Nötigung. Tja, Herr Doktor, Ihre eigene Praxis können Sie endgültig vergessen.«

»Also gut!« Fischbach stieß die Worte zornig aus. »Ich war da, weil ich den Alten zur Rede stellen wollte. Er hat mir meine berufliche Zukunft verbaut, er hat gegen mich interveniert, und das seit

Jahren! Ich war so wütend auf ihn, als ich es herausfand, und bin zu ihm gefahren. Aber da lag er schon tot in der Wanne. Ich wollte gerade gehen, als das Mädchen ins Haus kam.«

Fischbach rieb sich die Augen. Sie waren rot unterlaufen. Er atmete tief durch. »Es war meine Frau«, sagte er leise.

»Was haben Sie gesagt?«

»Meine Frau, sie hat meinen Vater auf dem Gewissen.« Fischbach zog die Schultern hoch, als wolle er seinen Kopf dazwischen verstecken. Er wirkte auf einmal klein und ängstlich.

»Sie wollen mir also jetzt weismachen, dass Ihre Frau Ihren Vater ermordet hat.«

Fischbach sprach leise weiter. »Sie hat es nicht selbst getan. Sie hat jemanden engagiert.«

Wiemers schnappte nach Luft. »Wen? Einen Auftragskiller?« Er beugte sich zu Fischbach und sah dessen Mundwinkel zucken. »Und aus welchem Grund? Was war ihr Motiv?«

Fischbach rührte sich nicht.

»Kommen Sie«, sagte Wiemers. »Sie wollen Ihrer Frau den Mord anhängen, dann müssen Sie mir auch etwas bieten. Wen hat sie engagiert und warum? Und bevor Sie antworten, muss ich Sie ausdrücklich darauf hinweisen, dass Sie Ihre eigene Frau nicht belasten müssen.«

»Ich weiß«, sagte Fischbach. »Aber Sie verstehen nicht. Mein Vater hat Hilla von Anfang an abgelehnt. Für sie ging es in der ganzen Angelegenheit nie um meinen Vater. Der Umstand, dass sie nie eine Beziehung zu ihm aufbauen konnte und sich ihre Kontakte auf Familienfeiern beschränkten, wird die Sache für sie einfacher gemacht haben. Emotionen wären nur hinderlich gewesen. Wie dem auch sei. Ich glaube, dass Richard meinen alten Herrn ermordet hat, dafür hat sie jemand anderen getötet.«

Wiemers lehnte sich vor. »Also gut. Wer ist Richard?«

»Richard ist ein Bekannter meiner Frau. Sie haben sich vor Jahren kennengelernt und eine Zeit lang Kontakt gehalten. Von ihm wusste Hilla, dass mein Vater früher auf dem Kastanienberg Angst und Schrecken verbreitet hat. Jedenfalls hat sie mir damals die Leidensgeschichte dieses Richards unter die Nase gerieben. Dabei hat sie so getan, als sei ich für das damalige Handeln meines Vaters verantwortlich.« Jetzt sah Gerion Fischbach dem Kommissar in die Augen. »Es war ein Deal, ein Pakt, wenn Sie so wollen. Soweit ich weiß, hängen drei Personen mit drin.«

Wiemers fixierte Fischbach. »Drei? Und der Name der dritten Person?«

Fischbach kaute auf seiner Unterlippe. »Keine Ahnung.«

»Und woher wissen Sie von dem sogenannten Pakt Ihrer Frau?«

Gerion Fischbach setzte sich kerzengerade auf. »Ich habe die E-Mails meiner Frau gelesen. Ihr Passwort war leicht zu knacken. Die Inhalte der Mails waren zwar nicht eindeutig, aber ich hatte einen Verdacht und verstand schnell, worum es ging.« Er sah erneut aus dem Fenster. »Wirklich misstrauisch bin ich allerdings erst geworden, als Hilla meinen Vater zu ihrem Geburtstag eingeladen hat. Heute weiß ich, dass sie sich nur ein Alibi verschaffen wollte, das ich dann ja auch bestätigte, weil ich selbst keines hatte.«

»Sie erzählen das alles so, als würde Sie der Mord an Ihrem Vater nicht berühren, unabhängig davon, wer es nun tatsächlich war«, sagte Wiemers.

»Mein Vater hat mir viele Steine in den Weg gelegt«, sagte Fischbach. »Seit Jahren haben wir nur das Nötigste miteinander gesprochen. Die Umstände seines Todes finde ich bedauerlich, aber die Tatsache, dass er tot ist, kümmert mich nicht weiter. Alles andere wäre reine Heuchelei.«

»Wusste Ihre Frau, dass Sie hinter Lilli her waren?«

»Sie ahnte etwas, aber ich glaube nicht, dass sie die kleine Lilli Vohwinkel dabei im Auge hatte.« Fischbach schüttelte den Kopf. »Ich habe sie in meinem Arbeitszimmer überrascht. Sie wollte zur Polizei gehen, da habe ich sie mit meinem Wissen über ihre Machenschaften in Schach gehalten.«

Die Männer schwiegen einen Moment.

»Es ist noch nicht vorbei«, sagte Gerion Fischbach schließlich. »Sie müssen meine Frau finden. Ich bin mir sicher, dass es drei Opfer geben wird. Bisher gibt es aber nur zwei Tote. Christoph Heidkamp und meinen Vater. Es fehlt die dritte Leiche, und ich vermute, dass es sich dabei um die Mutter meiner Frau handelt.«

Fischbach schloss die Augen. »An Ihrer Stelle würde ich keine Zeit verlieren.«

Riehler Straße

»Danke, dass du so schnell gekommen bist«, sagte Norman und schnallte sich an.

»Verdammt! Die Polizei sucht nach dir!« Antonia versuchte, ihrer Stimme die nötige Festigkeit zu geben.

»Und trotzdem bist du gekommen«, sagte er.

»Bild dir bloß nichts ein«, schnauzte sie. »Ich bin nur hier, weil ich alte Freunde nicht hängen lasse. Was wird hier überhaupt gespielt? In meine Wohnung ist eingebrochen worden, du hast eine Polizistin niedergeschlagen und ... Mensch, wieso flüchtest du denn vor der Polizei in die Kanalisation?«

»Ich hatte keine Zeit nachzudenken.« Norman sah Antonia von der Seite an. »Ich muss dir was sagen. Mit dem Einbruch, das war ich ...«

»Was, du? Spinnst du?«

»Weil ich dachte, dass du auch was mit der Sache zu tun hast.«

Antonia schüttelte den Kopf. »Mit welcher Sache? Mensch, Norman, du bist ja völlig durchgeknallt.«

»Ich wollte doch nur ...«

Sie funkelte ihn böse an. Aber zum ersten Mal sah sie so etwas wie Angst in seinen Augen.

»Ich wollte doch nur sicher sein, dass du nicht auch ... und die Kommissarin wollte ich nicht umhauen. Ich hatte einfach nur Panik, weil sie mich verfolgt hat und nicht locker ließ. Außerdem war sie mir dicht auf den Fersen.« Er war den Tränen nah. »Ist sie verletzt?«

»Keine Ahnung.«

»Hoffentlich nicht«, sagte Norman. »Ich wollte das alles nicht!«

»Du sagst mir jetzt sofort, was hier gespielt wird«, sagte Antonia. »Oder ich schmeiß dich aus dem Auto! Wie bist du überhaupt aus dem Kanal rausgekommen?«

»Das war Glück. Am Ebertplatz stand einer der Deckel offen. Ich bin einfach rausgeklettert.«

»Und was willst du jetzt von mir?« Sie nahm Normans Hände und sah ihm in die Augen. »Ich weiß nicht, was hier los ist, aber ich fände es besser, wenn du dich stellen würdest. Ich fahre dich auch ins Präsidium, wenn du willst.«

»Auf keinen Fall!«, schrie Norman. »Die wollen mir nur was anhängen!«

»Was denn?«

»Ich rede erst, wenn du losfährst«, sagte Norman.

»Ich muss zu Christian«, antwortete Antonia. »Er will unbedingt mit mir reden. Irgendwie scheint er auch in der Klemme zu sitzen.«

»Christian?« Norman sah Antonia in die Augen. »Ich hab also doch recht.«

Antonia startete den Wagen. »Womit?«

»Es ist wahr, die Sache mit der Selbstjustiz.«

Antonia verdrehte die Augen. »Jetzt fang nicht wieder damit an!«

»Aber ich bin mir sicher. Vier Leute sind in die Sache verstrickt, und auf jeden Fall sind Richard und Christian dabei.«

»Schon wieder Richard? Du hast doch wirklich einen Knall. Und wie kommst du jetzt auf Christian? Er ist ein lieber Kerl. Die beiden sind völlig harmlos und würden keiner Fliege was zuleide tun.«

»Du erinnerst dich doch, dass Richard mal erzählt hat, dass sich sein Bruder Georg erhängt hat«, sagte Norman.

»Natürlich, Richard hat wochenlang von nichts anderem gesprochen«, sagte Antonia und fuhr auf die Mülheimer Brücke.

»Genau.« Norman war ganz aufgeregt. »Weißt du auch noch, wem Richard die Schuld an Georgs Tod gegeben hat?«

»Nein.«

»Professor Engelbert Fischbach.«

»Ach ja?« Antonia klang genervt.

»Mensch«, sagte Norman. »Richard hat über nichts anderes gesprochen. Er und Christian haben Briefe an den Professor geschrieben, sie wollten eine Entschuldigung dafür, dass er Georg als minderwertiges Subjekt abgestempelt und damit einem überdurchschnittlich begabten Menschen sein ganzes Leben versaut hat.«

»Und jetzt glaubst du, dass Richard den Professor deswegen umgebracht hat? Das kann ich mir nicht vorstellen. Wie soll denn der schmächtige Richard eine solche Tat begehen und sie vor allen Dingen planen? Du weißt, ich mag Richard, aber der Hellste ist er nicht.«

Norman schüttelte den Kopf. »Ich weiß nicht, ob Richard den Professor getötet hat.«

»Jetzt verstehe ich langsam gar nichts mehr«, sagte Antonia.

»Ich bin ja auch noch nicht ganz hinter die Geschichte gestiegen«, antwortete Norman. »Aber Richard und Christian haben sich mit anderen zusammengetan. Ich habe die beiden gesehen. Letztes Jahr in einer Kneipe in Ehrenfeld. Sie saßen da zusammen mit einer Frau und einem Typen, den ich nicht kannte. Ich hätte mir gar nichts dabei gedacht, wenn Richard nicht so schrecklich nervös geworden wäre, als er mich sah. Ich hatte den Eindruck, dass er sich ertappt fühlte, nur wusste ich nicht, wobei ich ihn ertappt hatte.«

Sie erreichten Mülheim. Antonia bog auf den Bergischen Ring ab.

Norman wurde sofort hektisch. »Hey! Wo willst du denn hin?«

»Auf die A4. Ich habe dir doch gesagt, dass Christian mich um Hilfe gebeten hat, und außerdem muss ich tanken.« Die nächste Ampel war rot.

»Da siehst du es doch«, sagte Norman. »Christian will dich sprechen, weil an meiner Version der Geschichte doch etwas dran ist.«

»Das kann ich mir nicht vorstellen«, sagte Antonia. »Immerhin hilft mir Richard bei meinen Projekten. Im Gegensatz zu dir ist er auch eher für den gemäßigteren Weg.« Sie fuhr zur Tankstelle und öffnete die Wagentür. »Ich werde jetzt tanken, und dann fahren wir zu Christian.«

Während sie tankte, überlegte Antonia, wie sie Norman am besten wieder los wurde. Sie wollte ihn auf keinen Fall mit ins Bergische nehmen. Vor allem deshalb nicht, weil die gesamte Kölner Polizei nach ihm fahndete. Schließlich kam ihr eine Idee.

»Kannst du für mich zahlen?«, fragte sie ihn. »Ich habe mein Portemonnaie in dem Chaos heute vergessen.«

»Klar.« Norman stieg aus und verschwand im Inneren der Tankstelle.

Antonia sprang in ihr Auto, startete den Motor und fuhr in Richtung A 4 davon.

Engelskirchen

Der Wind heulte ums Haus und rappelte an Christians Zimmertür über der Scheune. Er kauerte auf dem Boden, umfasste seine Beine mit den Armen und legte den Kopf auf die Knie. Bewegungslos saß er da. Er überlegte, ab welchem Punkt die Sache schiefgelaufen war. Dabei zitterte er am ganzen Körper und fluchte innerlich, weil er sich nicht der Polizei anvertraut hatte. Aber in der Situation damals hätte er es als Verrat an seinem alten Onkel empfunden. Jetzt dachte er anders darüber, aber was nutzte ihm das? Zu groß war seine Wut auf Fischbachs Ignoranz gewesen. Zu gewaltig die Empörung über seine Schuld, sein Schweigen und seine Arroganz.

Deshalb hatte der Plan, in den ihn Onkel Richard schließlich einweihte, auch für ihn durchaus seinen Reiz gehabt. Nein, wenn er ehrlich war, hatte er den Vorschlag begeistert aufgenommen. Ein völlig Fremder wollte den alten Fischbach um die Ecke bringen, wenn Richard dafür Lene Markowitz tötete. Christian hatte dem Vorschlag sofort zugestimmt. Der widerliche Professor sollte sterben. Da waren sich sein Onkel und er einig. Vor allem weil sie seinen Tod als gerechte Strafe empfanden. Und Fischbach sollte vor seinem Tod das Gleiche durchleiden wie die Heimbewohner, die er mit dem Kopf in die Toilettenschüssel gedrückt hatte, wenn sie wieder einnässten. Auch Richard und sein Bruder Georg hatten dieses Martyrium mehrmals durchlebt. Von anderen Schikanen ganz zu schweigen. Und auch der Tod von Fischbachs Hund war ein Teil von Richards Rache. Fischbach hatte damals einen kleinen süßen Foxterrier einschläfern lassen. Richards Bruder Georg hatte ihn wochenlang in einem geheimen Bretterverschlag mühsam aufgepäppelt. Auch diese Grausamkeit konnte Richard dem damaligen Heimleiter nicht verzeihen.

Jetzt kämpfte Christian mit den Tränen. Er hatte seinem Onkel im Chat beigestanden, denn die genauen Anweisungen zum Mord an Lene Markowitz waren übers Internet gekommen. Christian hatte seinen Onkel auch zu dem einzigen persönlichen Treffen der Gruppe begleitet. Dabei war er Salvatore und Hilla das erste und letzte Mal begegnet. Und obwohl sie ansonsten wenig Gemeinsamkeiten hatten, erkannte Christian gleich, was sie alle miteinander verband: Sie wollten raus aus der Opferrolle und aktiv werden, das Schicksal herausfordern. Deshalb der Plan, die Mörder, die sie in ihren Augen alle drei waren, zu töten. Fischbach sollte in seinem Tod das durchleiden, was die Heimkinder erlitten hatten. Christoph Heidkamp musste verhungern, so wie Emilio verhungert war, und sein Vater sollte über den Tod seines Sohnes hinaus leiden. Lene Markowitz musste im Rhein ertränkt werden. Damit bestand Hilla Fischbach auf einen Tod für ihre Mutter, wie ihn schon im Mittelalter Kindsmörderinnen gestorben waren. Für die Hintergründe zu den einzelnen Taten hatte sich Christian wenig interessiert. Ihm war wichtig erschienen, dass Hilla der Kopf der Gruppe war und bei ihr die Fäden zusammenliefen. Sie war seine Ansprechpartnerin, ihr teilte er seine Internetadresse mit und tauschte sich mit ihr hin und wieder im Chat aus. Spannend hatte er es gefunden, dass niemand von Rache sprach, sondern von Gerechtigkeit.

Sie kundschafteten die Gewohnheiten ihrer Opfer aus, gaben die Informationen weiter und verschafften sich Alibis. Und Christian half seinem Onkel und registrierte, wie er aufblühte. Auf einmal schien es, als habe er den Selbstmord seines Bruders überwunden. Er hatte ein Ziel und begann zu handeln. Christian erkannte seinen Onkel nicht wieder, und auch über sich selbst staunte er nicht schlecht. Denn eigentlich bezeichnete er sich und Onkel Richard als Pazifisten, die Antonia Satorius bei ihren friedlichen Aktionen unterstützten und Gewalt, in welcher Form auch immer, ablehnten. Aber damals machte sie die Aussicht auf Gerechtigkeit fast euphorisch.

Doch so einfach war die Sache dann nicht. Die Ernüchterung

kam schnell. Spätestens als sie die Nachricht von Engelbert Fischbachs Tod erreichte, wich ihr Tatendrang nackter Angst. Denn nun sollte sein Onkel Lene Markowitz töten. Aber wie sollte der gutmütige Richard Schwammborn eine alte herzkranke Frau umbringen, die in einem Altenheim lebte? Christian erkannte augenblicklich, dass weder er noch sein Onkel in der Lage waren, einen Mord zu begehen.

Was tun? Fischbach war tot, und Onkel Richard musste seinen Teil der Abmachung einhalten. Hilla bestand darauf. Der Ton ihrer Mails verschärfte sich zusehends. Sie hatte den Tod ihrer Mutter bis ins Detail geplant. Richard sollte sich im Magdalenenstift als ehrenamtlicher Helfer ausgeben. Christian kannte das Tandem-Projekt durch einen Freund, der in diesem Altenheim als Zivi arbeitete. So sollte Richard das Vertrauen der alten Frau gewinnen und sie dann bei einem Spaziergang in den Rhein werfen. Allerdings nicht irgendwo, sondern in Höhe der Salzgasse. Dieses Detail war Hilla besonders wichtig, und aus ihrer Sicht war die ganze Aktion ein Kinderspiel. Onkel Richard fügte sich. Scheinbar. Unter dem Namen seines Bruders Georg erschlich er sich das Vertrauen der alten Frau. Im Hintergrund suchte Christian verzweifelt nach einem Ausweg. In ihrer Not weihten sie schließlich sogar Lene Markowitz ein, und dann kam ihnen der Zufall zu Hilfe. Cäcilia Althofs plötzlicher Tod war ein Umstand, den sie glücklicherweise entdeckten und geschickt nutzten. Allerdings zitterte Christian jetzt noch, wenn er daran dachte, dass er die tote Frau durch die Kölner Altstadt geschoben hatte.

Natürlich war ihnen von Anfang an klar gewesen, dass die Täuschung irgendwann auffliegen würde. Und Hilla Fischbachs Wut wollte Christian um jeden Preis entgehen. Aber er brauchte Hilfe. Deshalb hatte er Antonia Satorius angerufen. Ihr vertraute sein Onkel, und er vertaute ihr auch. Sie war die Einzige, die ihn nicht verurteilen würde.

Draußen fuhr ein Auto auf den Hof. Sekunden später klopfte es leise. Christian stand auf und öffnete die Tür.

Er erkannte Hilla Fischbach nicht sofort. Sie trug einen langen Lodenmantel, ihre Haare hingen ihr strähnig im Gesicht, und sie hatte einen wirren Gesichtsausdruck. Quer über der Schulter hing ein Bogen. Bevor Christian etwas sagen konnte, schnellte sie vor, packte ihn am Hals und warf ihn auf den Boden.

»Wo ist dein Onkel, und wo ist meine Mutter? Warum hat sich Richard nicht an seinen Teil der Abmachung gehalten?«

»Er konnte nicht«, sagte Christian.

»Wo sind sie jetzt?« Hilla Fischbach nahm den Bogen, spannte einen Pfeil und zielte. »Jeder von uns hat sich an die Abmachungen gehalten. Salvatore hat exakt das mit Fischbach gemacht, was ihm Richard aufgetragen hat.«

Christians Mund war trocken.

»Ich habe Heidkamp eingesperrt, so wie es Salvatore wollte. Er ist gestorben wie Salvatores kleiner Bruder. Auch ich habe mich genau an die Anweisungen gehalten, die wir getroffen haben, oder?«

Christian brachte kein Wort hervor.

»Ich verstehe ja, dass Richard dich um Hilfe gebeten hat, obwohl das gegen die Abmachung war. Aber warum habt ihr es nicht geschafft, meiner Mutter Schlaftabletten ins Essen zu mischen und sie dann in den Rhein zu werfen? So schwer war eure Aufgabe nicht!« Sie zielte mit dem Pfeil nach wie vor auf Christian. »Wo ist meine Mutter?« Jetzt spannte sie den Bogen nach.

»Nein, bitte«, wimmerte Christian. »Sie … sie ist in einer Pension in Köln.«

»In welcher? Los, verdammt, rede endlich!«

»Vietorstraße. Pension Engeler in Kalk.«

Max-Bruch-Straße

Rufus Heidkamp saß im Wohnzimmer. Er hatte kein Licht gemacht, die Tür zum Garten war nur angelehnt. Der Wind stieß sie ein Stück auf. Vom nahen Wildpark hörte er das Grunzen der Wildschweine. Ein kalter Luftzug ließ ihn frösteln. Als er den dunklen Schatten auf der Terrasse sah, verkrampfte er sich leicht. Die Gestalt blieb unschlüssig auf der Türschwelle stehen.

»Ich habe Sie erwartet«, sagte Heidkamp. »Nehmen Sie bitte Platz.«

Salvatore Carboni setzte sich in einen altertümlichen Ohrensessel. Eine Weile schwiegen sie sich an, ohne sich aus den Augen zu lassen.

»Ich hätte mich besser um Sie und Ihren Bruder kümmern sollen«, sagte Rufus Heidkamp schließlich in die Stille.

Carboni antwortete nicht.

»Auch wenn Sie es mir nicht glauben, ich habe immer wieder an den kleinen Emilio denken müssen. Es lässt einen nicht kalt, wenn solche Dinge geschehen.« Heidkamp hustete, seine Kehle war trocken. »Und auch wenn der Richter uns damals freigesprochen hat, weiß ich, dass ich Schuld auf mich geladen habe.«

Carboni reagierte nicht.

Heidkamp spürte einen Krampf im Nacken. »Ich möchte Sie um Verzeihung bitten. Ich weiß, das hätte ich viel früher machen sollen, aber ...«

Carboni löste sich aus seiner Erstarrung und sah an die Decke. »Hilla nennt uns Irrlichter. Wissen Sie, was Irrlichter sind?«

Heidkamp war irritiert und kramte in seinem Gedächtnis. »Irrlichter sind, glaube ich, Leuchterscheinungen im Moor. Aber ich ...«

»Nach Hillas Definition sind es brennende Seelen«, sagte Carboni und sah Heidkamp an. »Ich finde, damit trifft sie den Nagel auf den Kopf. Unsere Seelen brennen, weil das Leiden niemals aufhört.« Er begann zu weinen. »Ich habe Emilio geliebt. Er war mehr als mein Bruder, er war mein Vertrauter.«

»Ich weiß, was Leid ist«, sagte Heidkamp. »Sie haben mir meinen Sohn genommen. Er war mein Licht, mein Ein und Alles. Und wenn ich daran denke, wie er gestorben ist, zerreißt es mir das Herz.«

Carboni starrte Heidkamp an, er wollte antworten, aber diesmal ließ Heidkamp ihn nicht zu Wort kommen. »Warum mussten Sie ihn töten? Wieso sind Sie nicht einfach zu mir gekommen, wir hätten reden können.«

»Ich wollte nicht reden, ich war mir sicher, dass Sie mich nicht verstehen können, weil Sie nicht das Gleiche empfinden wie ich. Jetzt sieht die Sache anders aus. Ich glaube schon, dass Sie nun wissen, worüber ich rede. Und darum ist es mir gegangen. Ich wollte, dass Sie etwas fühlen. Ihr Leid interessiert mich nicht, und reden will ich nicht mehr.«

»Warum sind Sie dann gekommen?«

»Ich musste Sie ein Mal sehen, Ihnen ein Mal gegenübersitzen und mich davon überzeugen, dass Sie tatsächlich leiden.« Carboni lächelte. »Ich sehe Traurigkeit in Ihren Augen, aber es verschafft mir keine Genugtuung, jedenfalls nicht in dem Maße, wie ich es erwartet habe. Ich ...«

»Was haben Sie dann davon?« Heidkamp sprach ganz ruhig. »Sie werden ins Gefängnis gehen. Die Polizei wird Ihnen nachweisen, dass Sie in irgendeiner Form am Tod meines Sohnes beteiligt waren. Dessen bin ich mir sicher.«

»Das ist mir egal.«

Sie sahen aus dem Fenster. Beide.

»Meine Frau ist schwanger«, sagte Carboni.

»Sie werden nicht viel von dem Kind haben«, antwortete Heidkamp.

Carboni sah zu ihm rüber. »Ich bin zeugungsunfähig, meine Frau weiß davon nichts. Ich habe es ihr all die Jahre verschwiegen. Sie wollte keinen Mann, der ...«

»Ach!«, fiel Heidkamp ihm ins Wort. »Wenn Sie glauben, dass Christoph der Vater ist, haben Sie sich geschnitten!«

»Nein. Ich weiß, dass auch er keine Kinder mehr zeugen konnte«, sagte Carboni. »Er hat es mir selbst erzählt.«

»Sie Narr. Durch Ihre Rache haben Sie alles verloren.«

»Ich finde nicht, dass ich viel besessen habe.«

»Das kann ich nicht beurteilen. Ich weiß nur, dass die meisten Menschen das, was sie besitzen, nicht schätzen können.« Heidkamp stand auf. »Ich rufe jetzt die Polizei. Sie wissen ja, dass nach Ihnen gefahndet wird.«

»Ich weiß.«

Heidkamp ging langsam zum Telefon. Es stand auf einem Beistelltisch neben dem Fenster. Aus den Augenwinkeln sah er, dass Carboni eine ruckartige Bewegung machte. Gleichzeitig durchbrach ein Schuss die Stille.

Polizeipräsidium

»Wo ist Lou?«, fragte Ben.

Maline saß am Schreibtisch und stützte den Kopf in ihre Hände. »Sie ist unten bei unserem Arzt. Angeblich fühlt sie sich ganz gut.«

»Ist sie wirklich durch das Abwasser geschwommen?«, fragte Ben und rümpfte die Nase.

Maline sah ihren Kollegen an. »Ja, und ich kann nur hoffen, dass sie gegen sämtliche Krankheiten dieser Welt geimpft ist.«

»Norman Freitag hat sich mehr oder weniger freiwillig gestellt«, sagte Ben. »Alex vernimmt ihn gerade.«

Maline stand auf. »Jetzt müssen wir uns nur noch um Carboni und Hilla Fischbach kümmern.«

»Vergiss Christian Schwammborn nicht«, sagte Ben.

»Ja, aber vorher hole ich mir Pommes und eine Currywurst. Willst du auch was?«

»Nein danke«, sagte Ben. »Ich muss auf meine Figur achten. Seitdem die Zwillinge da sind, komme ich kaum noch zum Joggen.«

Vietorstraße

Maline ging gerade an den Außenmauern der Köln Arcaden vorbei, als ihr Handy klingelte.

Es war Ben. »Eine Freundin von Christian Schwammborn hat gerade angerufen. Offensichtlich hat Hilla Fischbach vor, ihrer Mutter etwas anzutun. Sie ist auf dem Weg in die Pension Engeler.«

»Wo ist das denn?«

»Vietorstraße. Und jetzt halt dich fest. Gerade ist eine Meldung auf der Leitstelle reingekommen. Du weißt ja, dass wir nach Vivian Markowitz' Auto fahnden.«

»Ja und?«

»Ein Passant hat uns mitgeteilt, dass dieser Wagen in der Vietorstraße steht.«

»Mensch, das ist ja hier um die Ecke!«

»Maline! Mach keinen Quatsch, ich …«

Maline beendete das Gespräch und rannte die Kalker Hauptstraße entlang, bog links in die Vietorstraße ein und sah schon nach ein paar Metern das Schild der Pension Engeler. Gleichzeitig registrierte sie den weißen Transporter vor dem Eingang. Der Wagen war leer. Sie sprang die drei Stufen zur Tür der Pension hinauf und stand nach wenigen Schritten vor der Rezeption. Ein Nachtportier saß in der Ecke und schlief. Maline lief um die Theke herum, packte den alten Mann am Arm und rüttelte ihn wach.

»Welches Zimmer hat Lene Markowitz?«, flüsterte Maline.

Der Portier rieb sich die Augen und sah Maline kopfschüttelnd an. »Wer? Sie müssen lauter sprechen. Meine Ohren sind nicht mehr die besten.«

Ein Geräusch lenkte Maline ab. Es kam vom oberen Stockwerk. Sie zog ihre SIG Sauer P6 aus dem Holster. Im gleichen Augenblick begann der Nachtportier zu schreien. Maline fuhr herum, hielt ihm mit einer Hand den Mund zu, steckte die Pistole in ihren Hosenbund und zog mit der freien Hand ihren Ausweis aus der Jackentasche.

»Ich bin von der Kölner Polizei«, flüsterte sie energisch und dicht an seinem Ohr. »In welchem Zimmer befindet sich Frau Markowitz?«

»Zimmer 12!«, stieß der Portier hervor.

»Sie müssen ganz leise sein. Bitte! Ich gehe jetzt rauf, und Sie rühren sich nicht vom Fleck, meine Kollegen müssen gleich hier sein.«

Der alte Mann ließ sich auf seinen Hocker fallen, starrte Maline an und nickte ununterbrochen.

Maline lief zur Treppe und rannte sie hinauf. Auf der letzten Stufe blieb sie stehen, presste sich gegen die Wand und spähte vorsichtig um die Ecke. Der Korridor im ersten Stock war leer. Sieben Türen gingen von diesem schmalen Flur ab. Maline hielt die Pistole im Anschlag und schlich über den Gang. Die Zimmernummern gingen von eins bis sechs. Sie musste in den zweiten Stock und lief ohne nachzudenken die Treppe hinauf. Als sie fast oben war, ging das Licht aus. Maline stoppte abrupt und lauschte. Im Haus blieb es ruhig. Sollte sie umkehren? Wo blieben die Kollegen? Einige Schritte von ihr entfernt sah sie das Leuchten eines Lichtschalters. Automatisch steuerte sie ihn an. Nur drei Schritte. Ein Schlag mit der flachen Hand. Licht. Wenn auch etwas spärlich. Maline sah sich um. Sie war allein und schritt die Türen ab. Die Nummer 12 war das letzte Zimmer auf dem Flur. Sie hielt den Kopf gegen die Tür und lauschte. Nichts. Sie klopfte. Zuerst leise, dann etwas lauter. Es blieb still. Sie drückte die Türklinke herunter. Die Scharniere quietschten.

»Guten Abend.« Die Stimme kam von der Treppe hinter ihr.

Maline fuhr herum und sah über den Korridor. Hilla Fischbach stand am Ende des Gangs. Maline riss ihre Pistole hoch, doch bevor sie schießen konnte, spürte sie einen heftigen Schlag in der Magengrube. Sie taumelte, die Pistole fiel ihr aus der Hand. Ungläubig starrte sie auf den Pfeil in ihrem Bauch. Sie fiel gegen die Wand und sank langsam zu Boden. Zuerst spürte sie nichts. Da war kein Schmerz. Ruhe statt Panik und ein seltsames Gefühl von Wärme. Maline hörte Hilla Fischbach die Treppe runterlaufen, während sie sich auf den Korridor legte. So wollte sich ausruhen. Nur einen Moment. Mit einer Hand umklammerte sie den Pfeil und bemerkte das Blut. Jetzt begann sie zu zittern. Ihre Zähne schlugen leise aufeinander. Maline versuchte, sich auf das Rosenmuster der Tapete zu konzentrieren. Sie durfte nicht ohnmächtig werden, dessen war sie sich bewusst. Aber die Augen fielen ihr immer wieder zu. Und schließlich wehrte sie sich nicht mehr dagegen. Sie wollte schlafen. Nur eine Minute.

Vietorstraße

»Hilla Fischbach ist geflohen«, sagte Ben und zog Lou sanft vom Rettungswagen weg.

»Das interessiert mich alles nicht«, sagte Lou und wandte sich an einen der Sanitäter. »Wird meine Kollegin es schaffen?«

»Der Pfeil hat wahrscheinlich die Milz durchbohrt«, sagte der junge Mann, schloss die Tür und stieg eilig an der Fahrerseite ein.

Der Rettungswagen raste mit Blaulicht davon. Lou bekam eine Gänsehaut. Sie hatte gesehen, wie die Sanitäter versuchten, Maline wiederzubeleben.

»Sie hat zu viel Blut verloren«, sagte Lou.

Ben legte einen Arm um ihre Schultern. »Sie wird es schaffen. Maline ist zäh.«

»Und wenn nicht?« Lous Knie zitterten. »Was, wenn Maline stirbt? Ist es das wirklich wert?«

»Richard Schwammborn und Lene Markowitz sind in Sicherheit. Sie befanden sich in Zimmer 12 der Pension und stehen unter Schock. Bisher sind sie nicht vernehmungsfähig, aber sie sind mit dem Schrecken davongekommen.« Alex stieg aus einem der umstehenden Einsatzwagen. »Hilla Fischbach ist gesichtet worden. Sie steht auf der Deutzer Brücke. Offensichtlich will sie sich in den Rhein stürzen.«

Dann lass sie springen, dachte Lou. Sie war auf einmal unglaublich müde. Die Stunden in der Kanalisation hatten sie mehr mitgenommen, als sie zugeben wollte, und jetzt noch die Sorge um Maline. Doch Lou riss sich zusammen und mobilisierte ihre letzten Kräfte. Ohne ein Wort zu sagen, ging sie an Ben und Alex vorbei zu einem der Zivilfahrzeuge und setzte sich auf den Beifahrersitz. Die beiden Kollegen folgten ihr.

Alex setzte sich ans Steuer. »Bist du okay?«

»Alles in Ordnung«, sagte Lou.

Alex und Ben warfen sich einen fragenden Blick zu.

»Sollen wir dich nach Hause fahren?«, fragte Ben.

»Nein«, antwortete Lou. »Lasst uns zur Deutzer Brücke fahren und diesen Fall endlich zu Ende bringen.«

Deutzer Brücke

Die Szenerie wirkte gespenstig. Ein Notarztwagen und Löschzüge der Kölner Feuerwehr standen quer auf der Brücke und hatten den Fahrzeugverkehr zum Erliegen gebracht. Die Bürgersteige waren mit Absperrbändern versehen, und bereits jetzt reckten dahinter etliche Schaulustige die Hälse. Hilla Fischbach war ungefähr in der Mitte der Brücke über das Geländer geklettert und klammerte sich mit einer Hand an der Außenseite fest. Sie schwankte bedenklich über dem Rhein und gestikulierte wild mit ihrem freien Arm. Ein Zivilbeamter stand einige Meter von ihr entfernt und versuchte offensichtlich, mit ihr ins Gespräch zu kommen.

Lou, Alex und Ben stiegen aus dem Fahrzeug und rannten auf die Brücke.

Max Conrady stellte sich ihnen in den Weg. »Sie will springen, wenn wir ihr zu nahe kommen. Und bis jetzt will sie weder mit dem Zivilbeamten noch mit einem Seelsorger reden.«

»Kann ich es versuchen?«, fragte Lou. »Ich würde gerne mit ihr sprechen.«

Der Chef winkte den Einsatzleiter herbei.

»Sie hat keine Chance, wenn sie springt«, sagte der Beamte. »Die Brücke ist zwanzig Meter hoch. Entweder wird sie von der Strömung weggerissen, oder sie stirbt beim Aufprall. Wenn sie springt, springt sie in den Tod!«

»Ich habe mit Frau Fischbach von Anfang an in der Mordsache ihres Schwiegervaters zu tun gehabt«, sagte Lou. »Vielleicht kann ich zu ihr durchdringen.«

Wenige Minuten später näherte sich Lou langsam Hilla Fischbach.

»Hilla«, rief sie schon von Weitem. »Vivian macht sich große Sorgen um Sie.«

Hilla Fischbach sah Lou an. Ihr Blick war apathisch.

Lou ging weiter. »Vivian versteht, warum Sie das alles getan haben. Ihre Mutter hat Ihnen viel Leid angetan. Ihnen, Vivian und Ihrem kleinen Bruder. Sie versteht, dass Sie ihn rächen wollten. Wirklich.«

Hilla stand jetzt ganz ruhig. Lou blickte über das Brückengeländer. Auf dem Rhein kreuzte ein Boot der Wasserschutzpolizei, die verhindern wollte, dass Hilla Fischbach bei einem Sprung auf ein Schiff aufschlug.

»Was ist mit Ihrer jungen Kollegin?«, fragte Hilla Fischbach. »Ist sie tot?«

»Sie wird es schaffen«, sagte Lou und wunderte sich, dass ihre Stimme nicht zitterte.

»Ich habe alles falsch gemacht.« Hilla Fischbach hielt sich nun mit beiden Händen am Geländer fest. Allerdings baumelte ihr linkes Bein über dem Abgrund. »Was ist mit Gerion? Habt ihr ihn festgenommen?«

»Er sitzt bereits in Haft.«

»Ich hätte früher zur Polizei gehen müssen«, rief Hilla Fischbach. »Ich war blind, weil ich nur mit mir beschäftigt war, mit mir und meiner Rache. Und letztlich hat niemand seinen Seelenfrieden bekommen. Salvatore nicht, Richard nicht und ich auch nicht. Es ist alles umsonst gewesen!«

Sie rutschte vom Geländer ab, fing sich aber im letzten Moment. Lou machte einen Satz auf sie zu. Nun war sie ihr so nah, dass sie ihren Arm hätte berühren können. Hilla hielt sich nun wieder mit beiden Händen am Geländer fest.

Aus den Augenwinkeln sah Lou, dass einige Reporter und Fernsehteams versuchten, auf die Deutzer Brücke zu gelangen. Sie wurden von der Schutzpolizei zurückgedrängt.

Hilla Fischbach drehte sich nach Lou um. Ihre Schminke war verschmiert. Lou erkannte Panik in ihren Augen. Aber immerhin schien sie jetzt wieder sicherer zu stehen. »Es war schrecklich«, sagte Hilla. Sie sprach so leise, dass Lou sie kaum verstehen konnte. »Ich meine, es war nicht leicht, Christoph Heidkamp einzusperren, ihn qualvoll verhungern zu lassen und ihn dann in dem Wald abzulegen.«

»Warum haben Sie ihn nicht einfach irgendwo im Bergischen verscharrt? Warum haben Sie ihn …«

»Warum? Ich weiß es nicht! Ich bin rumgefahren, habe einen geeigneten Ort gesucht. Und dann bin ich durch den Kölner Norden gekurvt. Der Transporter hatte kaum noch Sprit. Ich hatte Angst, dass ich mit Heidkamp im Auto liegen bleibe. Ich …« Sie sah Lou an. Ihr Blick hatte etwas Flehendes.

»Kommen Sie«, sagte Lou.

Und Hilla Fischbach streckte ihr tatsächlich ihre Hand entgegen. Lou zögerte nicht, ergriff sie und hielt sie fest. In dem Augenblick ließ Hilla Fischbach los. Ihr Gewicht schleuderte Lou gegen das Geländer. Ein Aufschrei ging durch die umherstehenden Menschen. Lous Puls hämmerte gegen ihre Schläfen. Hilla Fischbach hing frei schwebend über dem Rhein. Der Lichtkegel eines Scheinwerfers, der an einem der Polizeiboote angebracht war, erfasste sie.

»Ich kann sie nicht mehr halten!«, schrie Lou, während Hilla Fischbach ihr langsam entglitt. »Sie ist zu schwer!«

Zwei Schutzpolizisten kamen ihr zu Hilfe. Doch bevor sie Hilla Fischbach am Arm packen konnten, rutschte ihre Hand aus Lous Hand, und sie stürzte in die kalten Fluten.

Epilog

Neusser Straße

Als Lou die Tür öffnete, stürmten zehn Personen gleichzeitig an ihr vorbei in das Apartment. Die kleine Wohnung platzte beinahe aus allen Nähten. Lou beobachtete Maline, die lachend zwischen ihren Freunden stand. Als sich ihre Blicke trafen, verharrten sie einen Augenblick. Dann löste sich Maline aus den Armen einer Freundin und bahnte sich einen Weg in Richtung Lou.

»Danke für die Überraschungsparty«, sagte sie und drückte Lou kurz. »Ich hätte es auch nicht einen Tag länger in der Klinik ausgehalten.«

»Wie fühlst du dich?«

»Ganz gut. Sie haben mir die Milz entfernt, aber der Arzt hat gesagt, dass ich wieder völlig gesund werde. Wahrscheinlich komme ich in zwei Wochen schon wieder zum Dienst.«

»Das hat keine Eile«, sagte Lou. »In ein paar Tagen ist sowieso erst einmal Weihnachten. Nutze die Feiertage, um dich auszuruhen.«

»Ich werde es versuchen. Und du? Wann fliegt ihr nach Cornwall?«

»Morgen früh.«

»Wie geht es dir ohne Frieda? Ist es sehr schlimm für dich, allein in dem großen Haus?«

»Bisher habe ich noch keine Zeit gehabt, mich einsam zu fühlen. Das wird wahrscheinlich noch kommen.«

Ben gesellte sich zu ihnen. Er hatte einen Kranz mit frisch gezapftem Kölsch in der Hand und hielt ihn seinen Kolleginnen entgegen. Aber sie lehnten beide ab.

»Was ist eigentlich mit Salvatore Carboni?«, fragte Maline.

Ben wirkte überrascht. »Hat dir niemand was erzählt?«

»Nein.«

»Er hat sich erschossen«, sagte Lou. »In Rufus' Heidkamps Haus.«

»Ja«, sagte Ben. »Carboni ist zu Heidkamp gefahren, um sich davon zu überzeugen, dass er leidet, und hat sich dann eine Pistole in den Mund gesteckt. Heidkamp steht immer noch unter Schock.«

»Sie tun mir leid«, sagte Maline. »Alle.«

»Auch Hilla Fischbach?«, fragte Ben. »Immerhin war sie der Motor. Sie hat die anderen unter Druck gesetzt.«

»Sie ist tot«, sagte Maline. »Sie hat einen hohen Preis bezahlt.«

»Das sehe ich auch so«, sagte Lou. »Die Rache hat sie aufgefressen.«

»Bist du darüber hinweg, dass du sie nicht halten konntest?«, fragte Ben.

»Ganz drüber hinweg kommt man vielleicht nie, wenn man ein Leben nicht retten konnte. Aber bei aller Empathie, wenn ich an Christoph Heidkamp und die Umstände seines Todes denke, an seine Frau und die Kinder, die nun ohne Vater aufwachsen, halten sich meine Gefühle für Hilla Fischbach in Grenzen.«

»Habt ihr rausgefunden, warum Heidkamp so viel Geld abgehoben hat?«, fragte Maline.

»Ja, er hat damit eine Schiffsreise für sich und seine Frau gebucht«, sagte Ben. »Er wollte mit ihr in die Antarktis. Es sollte eine Überraschung zum zehnten Hochzeitstag sein, und damit sie bei der Durchsicht der Kontoauszüge nichts merkt, hat er das Geld bar abgehoben. Sie hat die Tickets vor ein paar Tagen in einer seiner Reisetaschen entdeckt.«

Sie standen einen Moment schweigend zusammen.

»Der ganze Fall war unglaublich«, nahm Ben dann den Faden wieder auf. »Drei zutiefst verletzte Menschen schließen einen Pakt und versprechen sich gegenseitig, füreinander zu töten.«

»Ja, aber letztlich sind sie alle drei nicht mit ihren Taten klargekommen«, sagte Lou.

»Das stimmt«, sagte Ben. »Carboni hat zwar Engelbert Fischbach getötet, aber mit den Konsequenzen konnte er nicht leben.«

»Carboni hatte eine Garage in der Südstadt, von der nicht einmal seine Frau etwas wusste«, sagte Lou zu Maline. »Dort hat er an einem Boot gebaut. Einer seiner Freunde hat uns erzählt, dass er damit eines Tages abhauen wollte. Weg von seiner Frau, weg von seiner Vergangenheit. Wahnsinn, wie wenig man manchmal den eigenen Mann kennt.«

»In der Garage haben wir auch Sprühflaschen und das Gift gefunden, mit dem der Hund des Professors getötet wurde«, sagte Ben an Maline gerichtet.

Sie schwiegen einen Moment.

»Christian Schwammborn und sein Onkel sind auch nicht mit der Sache klargekommen«, sagte Maline. »Die beiden konnten die Tat ja nicht einmal ausführen. Sie hätten Lene Markowitz niemals töten können.«

»Nur Hilla Fischbach brachte die nötige Kälte mit«, meinte Lou.

»Wo hat sie Christoph Heidkamp denn eigentlich die ganze Zeit eingesperrt?«, fragte Maline.

»Im Haus ihrer Schwester Vivian«, sagte Ben. »Hinter dem Schuppen gab es einen fensterlosen Anbau. Da hat sie Heidkamp gefangen gehalten. Die Spurensicherung hat eindeutige Beweise gesichert.«

»Sie müssen die Taten lange im Voraus geplant haben«, sagte Maline.

»Das haben sie«, sagte Lou. »Christians Vater hat sich vor einem Jahr erhängt, Heidkamp kam vor elf Monaten nach Deutschland zurück, und Hilla Fischbach kämpft seit einem knappen Jahr gegen die Unterhaltsverpflichtung für ihre Mutter. In der Zeit wird die Idee des Komplotts entstanden sein. Ich vermute ja, dass die TV-Sendung Hilla Fischbach in ihrer Idee bekräftigte.«

»Woher kannten sich Salvatore Carboni und Hilla Fischbach eigentlich?«, fragte Ben.

»Norman Freitag hat ausgesagt, dass er die drei vor ungefähr neun Monaten in einer Kneipe in Ehrenfeld gesehen hat«, sagte Ben. »Seit dieser Zeit hat er sie immer mal wieder beobachtet. Aber natürlich hätte er nie gedacht, dass die drei zu solchen Taten fähig sind.«

»Ist ja auch wahnsinnig«, sagte Maline.

»Christian Schwammborn und sein Großonkel sitzen in U-Haft«, sagte Lou.

»Alex hat es mir erzählt«, sagte Maline und sah Lou an. »Hast du ihn wirklich abserviert?«

»Ich fürchte, ja. Ich habe lieber Schluss gemacht, bevor sich Alex zu viel Hoffnung macht.«

»Und was ist mit Ray?«, fragte Maline.

Lou tat erstaunt. »Was soll mit ihm sein?«

Maline lächelte. »Ich weiß, dass er dir gefallen hat. Einer Kriminalkommissarin kannst du nichts vormachen.«

»Wirklich, Ray interessiert mich überhaupt nicht.«

»Dann ist ja alles klar«, sagte Maline.

»Genau«, antwortete Lou.

»Ende der Polizeigespräche.« Hanna war zu ihnen getreten. »Maline muss sich jetzt setzen, und ich werde die Marzipantorte heraufholen. Ich denke, es wird langsam Zeit für Nachtisch.«

Sie machte sich auf den Weg in die Backstube, während Lou Maline zu einem Sessel begleitete. »Ich will jetzt los«, sagte sie. »Ich muss noch packen, und Weihnachtsgeschenke habe ich auch noch nicht gekauft.«

»Geh ruhig«, sagte Maline.

»Ich schau nachher noch mal rein. Dann muss ich mich jetzt noch nicht von dir und Hanna verabschieden.«

Es klingelte.

»Ich mache schon auf.« Lou ging zur Tür und öffnete. Ein Blumenbote brachte rosa Rosen.

Maline sah Lou fragend an. »Du musst die Karte lesen«, sagte Lou. Sie konnte ihre Neugier kaum verbergen.

Maline zog das kleine Kärtchen aus dem Umschlag, las und hielt die Luft an.

»Von wem sind die Blumen?«, fragte Lou.

Maline reichte ihr die Karte, die den einzigen Satz im Bruchteil einer Sekunde überflog. *»Es begann im November, Jasmin«.*

»Ganz schön selbstbewusst, die Frau vom Express«, sagte Lou. »Wie wirst du reagieren?«

Maline zuckte mit den Schultern.

Auf der Neusser Straße herrschte Hektik, wie sie vor großen Feiertagen üblich war. In den Auslagen der Geschäfte tummelten sich Rentiere, Weihnachtsmänner und pausbäckige Engel. Aus fast jedem Laden tönten Weihnachtslieder. Mal rockig, mal konservativ.

Lou stoppte kurz im Café Runkel, um für ihre Schwester Mandelhörnchen zu kaufen, die sie so sehr liebte. Während die Bedienung die Süßigkeit als Geschenk verpackte, sah Lou sich im Café um. Alle Tische waren besetzt. Am liebsten hätte sie sich auch die Zeit für einen Caffé Latte genommen, aber daran war nicht zu denken.

Als sie das Café verlassen wollte, entdeckte sie Ray. Augenblicklich erhöhte sich ihre Herzfrequenz. Er saß an einem Tisch am Fenster, in Begleitung einer auffallend hübschen Frau. Als Lou die Tür öffnete, sah er zu ihr hoch. Er wirkte überrascht, lächelte dann aber und winkte. Sie reagierte nicht und beeilte sich, aus der Tür zu kommen. Aber sie fühlte ein flaues Gefühl in der Magengrube. Schnell trat sie in die Kälte hinaus und vermied es, sich noch einmal nach ihm umzudrehen. Mit großen Schritten ging sie davon und merkte erst an der Wilhelmstraße, dass sie in die falsche Richtung gelaufen war.

Sie drehte um, wechselte die Straßenseite und bummelte durch die Geschäfte. Sie wollte nicht an Ray denken und auch nicht darüber nachgrübeln, warum er sie irritierte und wer die Frau an seiner Seite gewesen war. In ein paar Tagen war Weihnachten. Morgen flog sie zusammen mit ihrer Mutter und ihrer Tochter nach Cornwall. Sie freute sich schon jetzt auf das Meer, den obligatorischen Nachmittagstee und die herrlichen selbst gebackenen Scones. Für einige Tage würde das Leben unbeschwert und einfach sein. Und sie war dankbar, dass sie diese Aussichten für die Festtage hatte.

Als sie später mit schweren Taschen nach Hause kam, wurde sie bereits von Frieda erwartet. Gemeinsam stellten sie das Paket für die Kölner Tafel zusammen und packten anschließend die Koffer. Frieda übernachtete heute bei ihr und verzog sich früh auf ihr Zimmer. Sie wollte ihren Freunden noch Weihnachtsmails schreiben.

Lou machte es sich im Wohnzimmer gemütlich. Zündete Kerzen an und löschte das Licht. In Gedanken war sie schon in Cornwall, hörte die Wellen des Atlantiks gegen die Steilküste schlagen und spürte die salzige Gischt auf ihrer Haut.

Dank

So ein Buch kann ich nur schreiben, weil es Menschen gibt, die mich bei meiner Arbeit unterstützen. Dafür möchte ich mich bedanken:

Bei Luca Tengeler, der mich in die Welt des Yu-Gi-Oh! eingeführt hat. Bei Michèle Maria Landeszki für die frühen kritischen Worte, die mich letztlich auf die richtige Idee brachten. Bei Anne Versmold für die geduldige und prompte Beantwortung meiner Fragen rund um die Themen zur Rechtsmedizin. Bei Uschi Zich-Waßer für die effektive Kritik, die mir sehr hilfreich war. Bei Cedric Waßer, der trotz Abiturstress Zeit fand, meinen Text zu lesen und mich mit seiner Genauigkeit verblüffte. Bei Ralf Waßer, dem schnellsten Leser von allen! Bei Feral Sabuncuoglu für die Übersetzungen ins Türkische. Bei Tanja Au und Anette Gehrke für die offene Auseinandersetzung und haargenaue Arbeit. Bei Christiana Zwicker für die Kritik, die noch mal anders war. Bei Maren Leisner für die Informationen zu den kriminalistischen Details, für die unerschütterliche Unterstützung und für alles andere. Beim Team des Emons Verlags für die wirklich gute Zusammenarbeit. Und bei Stefanie Rahnfeld für das gute Lektorat.